跨度新美文书系
Kuadu Prose Series

跨度新美文书系
Kuadu Prose Series

It's Snowing
Outside

喊雪

刘海生
◎著

中国文史出版社

在寻觅中得到安宁

——作者的话

生活的艰辛中，阅读是温馨的港湾。但愿我的文字能够陪伴你，使你不寂寞。

我的思维是凌乱的、无序的，放纵的、自由的，真诚的、友爱的，零碎的、简单的。我希望，我的文字会像没有方向的河流，在你的心里激起浪花，在你的感觉里流露出一丝甜蜜。如果你掬起一捧溪水，你不会问它流向何方；如果你看到澎湃的小河，你不会询问河水的来源。在大山里，有了河水就有了家园；在平原上，有了河水就有了故乡。水是生命的起源，水是人类的摇篮。但愿我的文章如水，给你的心底留下一片涟漪，在咆哮的生活里留下一片安宁。

世界上有很多比喻都是肤浅的。我最崇拜的是对教师的比喻——教师是蜡烛，照亮别人，燃烧自己。在生命的消耗里，能给人留下光亮的是教师，是蜡烛一样的教师。因为教师在生命退去的过程中，把知识教给学生。这无与伦比的高大，实际是延续了教师的生命。生命如火，躯体如柴，其实每个人都是如此。生命犹如一团火，互相照耀，互相温暖，互相点亮，互相安慰。所以，我们有了朋友，有了夫妻，有了家庭；有了关怀，有了鼓励，有了等待。星星之火，可以燎原。苍生翻覆，天地共荣。

我不知道我的文字会存在多久，但是我知道我的真诚和爱会留在阅读者的心里。这星星的火焰，是我生命燃烧里迸射出的花朵，无论是耀眼还是暗淡，都是生命的闪烁。大千世界，生命如潮；万物复苏，生命竞相开放。我把我的感悟、我的奔波的历程，告诉给你，愿你珍爱生活，珍爱自己。收录在这里的有散文、小说、哲理感慨，记事、记人、记景、记物，所思、所见、所说、所问，无所不包，纷呈多彩，虚幻猜想，尽在眼底。

生活是沸腾的，人类是竞争的。当我们在和谐的欢快里，关爱着别人的时候；当我们在忙碌里倾听着呻吟的时候；当我们发现人生里的苦难而不能自拔的时候；当我们只顾呐喊忘记低吟的时候；当我们放纵而不能自己的时候；当我们望眼欲穿，找不到航标的时候，那么就坐下来，安心地读我的书，在阅读和寻觅中得到安宁。

目　　录

感　　觉

　　天黑了么，黑了么？我望着缓缓落下去的太阳，我知道冬季的到来，就是黑暗的到来，就是黑暗裹挟着寒冷的到来；晚风在树梢上停留了片刻，荒草干枯的震颤粉碎在麻雀的低吟里，炊烟在黑夜里匆匆地走动，直到淹没了田野。

　　冬天的日子是在心灵里走过。人们把自己关在温暖里，把一年的总结都落实在冰雪的季节。天空飘落的雪片，记录了生活的脚步；冻结的清水，凝固了激烈的感情。我不喜欢城市里的冬天，树木枯萎之后，房屋都是灰暗的；车辆和人流失去了欢乐，仿佛虫子在爬。空气里弥漫的寒冷徘徊在光洁的马路上，锅炉腾起的烟雾像厚厚的棉絮把整个城市都包裹起来了，远远看去，像一个冒气的馒头。

　　乡村就不是这样。收获后的庄稼人，房前屋后都垛满了庄稼的秸秆，高高地矗立着，那是向冬天的挑战；聪明的人们，把柴草垛的柴草垛得非常精密，即使夏天的雨也浇不透。妇女们抱起柴草烧炕做饭的时候，她们知道丈夫的心思，知道从哪捆秸秆抱起，抱到最后也不会淋湿雨；日子过得仔细的人，就不拆大垛，而是在柴草垛的四周搂着被风吹下来的碎柴，搂成一抱，抱在怀里，一步步往家走，小路上没有一点掉落的枝叶。她们就这么抱着，也不知道哪一天，山一样的柴草垛在新的柴草到来时，烧没了。乡村的冬天，就是把柴草烧掉，把温暖和饭菜做熟的过程。城里人烧煤，乡下就是烧柴。广阔的土地上，养育了靠泥土生活的人们。大地是上天的恩赐，恩赐给农人们的一张烧饼。

　　这些年的雪少了，冬天都是干涸的。田野裸露在阳光下，像榨去青春的妇女，披着一袭破碎的旗袍，横陈在凄美的落日里。记得雪盖大地的时候，洁白的雪反射着快乐的太阳，交相辉映，壮烈而隆重。覆盖的积雪会把房屋的门窗遮掩，高兴的人们会爬过松软的雪粉，沾着满身的雪粒，站立在冬天的清空里。瑞雪兆丰年。高大的农民冬天里就体会着未来的喜悦。也不知道哪一天，这雪就少了，没了。整个的冬天偶尔飘落的雪，也稀落得如厨师蒸完馒头拍掉的手掌上的面粉，顶多是再拍打一下围裙上沾附的，也看不出多少来。雪，那带着花瓣的雪，那棉絮般的雪，那浩浩荡荡的雪，不知哪里去了。茫茫大地，一个干净的冬天。

　　天，还是黑得越来越早。寒冷在一次次寒流里越来越沉重。冬天不会推迟它的脚步，季节的列车按着自己的目的地进发，呼啸的声音在我们的耳边飞驰而过。当我们仰起头，看日月星辰的时候，新的列车车站就到来了。我们永远看不到终点，永远感觉的是列车飞驰而过，感觉的是季节的交换，感觉的是生命的缩短和历史的增长，感觉的是人的渺小和现实的伟大，感觉的是这短暂的冬天。

　　感觉到了，天地是多么壮丽。

风雪夜归人

　　冬天的温暖给人带来了新的麻烦。人们的习惯是应该冷的时候一定要冷得令人惊叫，应该热的时候一定要热得让人赞叹。不冷不热的，连穿衣服都不知道穿什么好。

　　暖冬里的雪就更少，北国裸露在没有屏障的阳光里。

　　1月28日的时候落了一场雪，大地一片白色，银装素裹的景色出现了。我30日到局里开会，天空飘起了雪花。我们在轻盈的雪花里欢快地前进，同去的一个朋友给我讲起了他的故事。

　　他从山东来到嫩江县，生活不好患上大骨节病，又回到山东上学，病好后回到嫩江。当时是推荐上大学，有个中专指标，村里的女副书记是他的同学，他找到她，填了一张表，就上中专去了，回来在乡里教书。村里的女副书记后来成了他的妻子。女副书记根本看不上他，她比他学习好，她说过，就是剁成馅，喂鸭子，也不嫁他。她当时等大学指标，结果第二年就不推荐了。他在乡里教学，成了国家干部。校长给他们介绍成为一家。结婚了，他还和她开玩笑，说她没有剁成馅，也成他老婆了。后来农场缺老师，他们全家来到了农场。

　　到局里去，要穿过几个县市，他非要吃点饭。我们就选中前边的小城休息。我以前在这里吃过饭，没有找到像样的饭店，要不就是脏，要不就是做得不好。正好知道一个文友在这里，据说还开了饭店，不如去看一看。这一期的《青年文学家》还发了这位文友的头条，文章写得缠绵而富有激情。但是我和他说，这是第一次见面，你请客你花钱，不要以为我们借理由来白吃。在我的心里，做买卖的，眼里看东西不是东西，是钱。

我们三个人，要了四个菜：白菜木耳、带鱼、熏酱鹅拼盘、炒青菜。盘子里的菜很多，味道很好。上菜的同时，我的文友来了。看文友的文章，以为文友很暴烈，没想到会像轻风一样走进来，说了几句话之后，很平静地看着我们吃饭，除了小心地微笑和几句真挚的语言，就不再说话。我向文友要了当地的酒，文友和我们一起慢慢地喝着。从文友处我知道，市里一些文艺界知名人士都到这里吃过饭。我给作协的曹主席打电话，他听到我在这里很高兴。

外面的雪还在下着。文友坐在我们中间，就像飘落的一枚雪花，静悄悄地融化在我们的印象里。我知道，越是沉默的、不喜言语的人，越有恒心和毅力，看似一朵雪，炸裂起来是一团火。飞雪的燃烧，当搅得周天寒彻。

果然像我想象的那样，当我下午赶回农场的时候，文友准备了酒菜和朋友在等我。我说了很多理由不能去，文友只轻轻地说不行，大家都在等你。雪落大地的声音，虽然轻，但不容改变。

菜摆好了，写作的和管写作的来了，我被挤在中间，酒倒满了茶杯。按我老婆的话，我不能喝；按我当时病中的身体，我不能喝。但是，在这些陌生的朋友面前，我又不能不喝。小城故事多。第一杯我就得干掉。干掉一杯后，我给市里的文友们发去短信，说出我的处境。他们在回复时充满了嫉妒，说我肯定被美女包围了，偷着乐吧。

轮流喝下来，天色已经很晚了。大家非要送我出城。面对外面的风雪，他们不希望我走，文友说，住处都安排下了。可是我执意要走。我不习惯住在外面。于是，他们和我一起向城外走去。

黑暗的天空里，飘下白色的雪花。热情的朋友们在雪花里相拥而别。我们的车走出很远了，我还能感觉到我身后的灯光和灯光里飞舞的雪花。

雪花飞舞的情景，留在我的记忆里。

废　　墟

我居住了十几年的地方，现在是一片废墟。

我曾无数次来到这里，而这一次似乎对我的内心冲击更大一些。放眼望去，沧海已变成良田。当年的水域，到处有农人耕种，青草茂盛，绿意葱茏。我小的时候，好像都很遥远，现在却很近。南面那一片树林，是三棵树村。树旁长满了野杏，开花的时候，从很远的地方望去，鲜花像滚动的火焰。结的杏只有指甲大小，我们会连树枝一起弄下来，坐在屋檐下，一颗一颗地揪青杏吃，苦涩的味道刺激得我们好不兴奋；我们常常连杏仁一起吃掉。杏仁是嫩白色的，里面是苦的浆汁；如果不吃杏仁，薄薄的杏肉嚼起来就会酸得牙齿和嘴唇都会麻木。我经常到杏树林里打鸟，灵活焦急的小鸟会在我的瞩目下叨食夹子上的诱饵而被夹住，在它挣扎的时候，我很兴奋地把它拿在手里。在锅灶下面的芦苇燃烧后的余灰里把鸟烤熟的味道我至今难忘。剥去黑色的煳壳，里面的肉香得几乎让人晕倒。

记得我家住的那趟房，是四户。挨着我家的是食堂，单身住在里面，炒菜的香味经常诱惑着我。后来变成了住户，住的最后一家我还记得。他娶了一个后老伴，屋子很冷，他在外面打鱼，只剩下他的后老伴在家里，后老伴把自己的侄子领来做伴，我们就一起玩。她让侄子到一个鼓包的地方刨煤，那煤是过去的煤堆剩下的煤底子。土和煤掺和着，根本不着。我在她家玩，她在炕上做鞋。她的侄子叫百岁。她就喊百岁看炉子，屋里冷了。百岁就打开炉盖，我就能看到炉子里的一星火光，连炉盖都烤不热。百岁就喊："大姑，煤不着火苗啊！"

挨着百岁家就是学校，我从一年级到三年级，都在这里上。我美好的朦胧的童年就在这里度过。最让我难忘的是，父亲在这里听取工人的批评。其他人戴的高帽子，就放在学校里。我怕我的父亲也戴。我的恐惧直到春天来了的时候才消失。

学校的旁边是同学小富家。我几乎天天在他家玩。他矮小的父亲给我讲迷失在苇塘里的故事；他的母亲是达斡尔族，身体不好，天天吃止痛片。

现在这栋土房看起来是这么小，这么短。房子西头的水坑就连着大河，只有一步之远。中午我会跑到河里，用筛子到芦苇密集的地方一捞，就会有虾和泥鳅被捞上来。房后的坑，是那年备战，家家户户挖的防空洞。最小的是我挖的。挖的时候我曾幻想着把它变成我的城堡，可是挖了几下，就再也挖不动了。

我坐在废墟的土包上，朋友给我照了一张相。东面是一片草地，小时候看着是那么大，现在却小得可怜。茂密的绿草里，我家的鸡就在那里觅食。我的最好的一个玻璃球就丢在这片草地里，至今没有找到。

我不知道，我的家园是什么时候变成废墟的。我在废墟不规则的土堆上，看到的仍然是我永远埋没不了的我的童年。我苦闷的母亲和艰难的父亲，在这狭小的天地里，一定经常回想大上海的繁华、部队生活的欢乐。家里有一个铝锅，父母多次对我说，在医院生我的时候，就是用这个锅天天给母亲送鸡汤。我母亲只有生我的时候才这样幸运，其他孩子都是在战火的农村生下的。记得我哥哥生下来没有多久，鬼子就进村了，我母亲抱着孩子逃难的情景我听起来都害怕。可是，我和我的父母来到这里——这一片水的世界、草的家园——我会理解我的父母当时的想法。可是我的父母并没有过上幸福的生活。这片废墟埋没的是我父母的精神家园。这片草地停留的是我父母的美好畅想。我仿佛依然能听到我母亲呼喊我吃饭的声音，听到我父亲朗朗的笑声。

那废墟下面，有我幸福的脚印。

那废墟下面，有我爬过的炕席和母亲为我缝补的针线，有为了越冬而发芽的土豆，为了御寒而烧得过热的土坯炕，有我最怕的老鼠和老鼠弄碎的墙皮。

废墟，是我的一段记忆。

对夏至的奢求

我喜欢酷热的夏天而害怕寒冷的冬天。

于是，在我心里，有两个节日被我牢记着，一个是夏至，一个是冬至。至者，尽也；达到了至，夏季和冬季就到头了。夏至，是落日最晚、白天最长的一天；冬至，是落日最早、白天最短的一天。就像过年希望除夕长一些一样，我希望多有几个夏至。

春天来了的时候，本来是高兴的日子，可是我却担忧着夏至的到来。因为北国的春天来得晚，刚刚有春意，夏天就来临了；夏天还没有体会，夏至就到了。好日子总是短的。天气变冷后，倒是希望冬至快些来，寒冷的日子早日过去，可是冬至却姗姗来迟，非要等到一年的最后一个月，才在人们的无奈里到来。冰冷到了极致，暖意也就快到了。所以盼冬至，希望冬至快些到来，其实也是对春天的盼望。

任何时候，世界都是平衡的。在一年里行驶到一半的时候，就是夏的终结；在最后的月份里，冬至就结束一年的故事。无论好与坏，都平衡着。自然是这样，人就不这样想，只是希望着温暖时时在左右，凉意离得远远的。自然与人总是有差距。

实际上人还有很多奢求，人的贪婪就是把地球都纳入囊中都不会感觉满足。

于是人们想到如何战胜自然。这些年我们都做了哪些我不得而知，但是，对自然的破坏确是实际的。人们到了为我所需的地步。比如太湖的蓝藻事件，我就感到很惊讶。几年前，我到我仰慕的太湖去，在游船上我和我的家人就感觉这美丽的太湖竟如此肮脏，废弃物和蓝藻到处都是，为什么没人管理，直到不能饮用才大呼小叫？大自然的事，不去管，它就报复你；管的不是正道，就被自然吃掉。世界上只有大自然是唯一的公平了。如果失去大自然的公平，人类会是什么样子，谁也不会想到。人类的消亡，正是大自然的恢复和大自然的力量。

人的心理都是自私的。如果说，让我选择，我会希望每天都是夏至，不要有可怕的冬天。科学家说，地球的变暖，使冰山融化，造成地球人的灾难。我不这样想。天气暖和了，我们北国的人不穿棉衣，不取暖，不用买棉衣、买煤，我们生活的成本就会下降，何乐而不为呢？至于海平面上升，二氧化碳造成臭氧层黑洞，与我们生活在冬季里的人有何相干呢？

要毁灭都毁灭。毁灭是公平的，就不会有人惊叹。一起被埋入海洋，成为另一种人类的化石，不也很好吗？

我们现在做的，不就是在毁灭自己吗？

人类的毁灭，也没什么了不起的。发达国家在限制废气的排放，我就不赞成。我们生活在苦难之中，为什么就不能再走一次工业革命。我们寿命低，因为我们生活质量低，我们没有必要为生命质量高的发达国家付出。要坏就一起坏，要好就一起好。

如果我说了算，我就让夏至不动，在暖和的气候里，把我们的庄稼种好。如果我们东北也能种两季庄稼，粮食就吃不完，人们不仅不会挨饿，还会富足。

夏至，其实你来得早了，走得快了，我像对我的恋人一样，舍不得呢。

冬天的早晨

我害怕冬天的寒冷，害怕冬夜的漫长，害怕冬日的寂寞，可是我喜欢冬天的早晨。

冬天的早晨是朦胧的、清新的、漂亮的，像儿童堆起的雪人，像圣诞老人火红的皮袄，像不施粉黛的少女。如果我贪睡起得晚，阳光就照进房间里。冬天早晨的阳光是粉红色的，美丽得如羞红的脸颊，贴在雪白的墙壁上，望着你在笑。沸腾着霜花的天地间，阳光的碎片碰撞着，放射出圣洁的光彩。炊烟缭绕在灰色的树林里，长长的像林带篱笆一样分割在田野上。田野上的积雪在阳光下显得娇柔而又明亮，崭新得如婴儿躺在睡床上，正打着盹，泛起梦中的笑靥。顶着积雪的房屋，像系着头帕的陕北汉子，齐刷刷地唱着嘹亮的信天游，太阳就冉冉地升起来。

冬天的早晨是懒散的、放松的、自在的。院落里的积雪睡着，院落里的草垛睡着，伸展着手臂的白杨树睡着，妇女们烧火做饭腾起的烟雾，也懒懒地扑落下来，在低空里徘徊。冰雪的路上，勤劳的人用车轮碾轧的声音发出刺耳的尖锐的声音，转眼就消失了。如果我起得早，就会在这清静的时刻到路上去走。没有一丝风，寒冷像水一样扑打过来，湿凉了衣服和温暖的脸。晶莹的霜花像春天发芽的小草，满山遍野。脚踩上去，冰碴破碎的声音如絮语般响起来，震动得让人无法忍受。

冬天的早晨是透明的、寂静的。站在平原上放眼望，一望千里，看到的是地球的边缘、天空的一角。迟迟没有降落的月亮在透明的天空里，像一块早春里开始融化的冰凌，千疮百孔，转眼就要消失在灰蒙蒙滚滚而去的江水中。遥远的尽头，一只没有睡醒的野兔被惊吓得向树上撞去；鹰，凝固得成为一个符号。远远地传来叫喊的声音，远得找不见一个人影。

我喜欢冬天早晨的清纯，冬天早晨的空旷。经过一个夜晚的洗礼，冬天的早晨是出水的芙蓉，是新生的公民。无论那过去的黑暗里，折磨了多少生命，出现了多少厮杀；无论那过去的黑暗里多么残酷，多么冰冷，冬天的早晨是新鲜的、可爱的。这种黑暗里的新生，是新的开始、新的起点。

我不知道为什么冬天的太阳不能化尽冰雪，那光芒不是和夏日的一样么？我不知道为什么冬天的天空会忧愁，那宇宙不是和春天的一样么？我爱冬天的早晨，因为有雪，因为有霜，因为有轻纱般的炊烟；我爱冬天的早晨，因为清静，因为净化，因为美丽。春天的早晨是不安宁的，夏天的早晨是喧闹的，秋天的早晨是焦躁的，只有冬天的早晨，才这般的宁静动人，这般的雍容华贵，这般的令人难忘。

我在冬天的早晨看到的是一幅画，是太阳这支巨笔蘸着白雪的浓墨画出来的，千里冰封，万里雪飘。

初　　恋

雪莲是我的好朋友。她聪明而机警。我们在一起，就常让她把我绕了。

"大哥，我们一人讲一个故事吧。"

"行。"

"咱们都讲初恋，谁也不许编，都讲自己经历过的。"

"好。你先讲吧，你讲完我讲。"

"咱们还是公平竞争，猜钢镚儿。正面是你的，反面是我的。行吧？"

结果肯定是我输了。她把手背对着我，让我先猜。我猜完了，她打开的时候又手心对着我了。

"我先讲也可以，但约法三章：不许笑，不许传，不许乱联系。同意我就讲。"

"同意。"

我开始讲。

我那时候还很小，她出现在我面前的时候，我却没有紧张。因为她非常可爱，生得小巧精神，眼睛圆圆地望着你。衣服很得体，颜色更合适，除了黑色就是白色，黑白相间。她灵巧轻盈，也无拘无束。很快，她也喜欢上我了。当时，两小无猜，谁也没想别的。有时她耍娇，会在我身上蹭来蹭去；有时候我高兴，会把她抱在怀里。

我们谁也没有多想，但是谁也离不开谁。

我们家人也很喜欢她。她经常挨着我睡。她不喜欢回到自己的空间去。

后来，她要和家里一起到农村去。我们恋恋不舍。记得我还哭了。为了不让我知道，她是偷偷地到农村去的。我连着好几天都梦见她，希望有一天能见到她。我还天真地想，她会自己从农村跑回来，因为她聪明记路。这种梦想没有实现，她真的在我眼里永远消失了。

我经常望着离我们家很远的农村，那里有一片模模糊糊的树，像一抹灰云。她就在那里。我担心，她吃那里的玉米面饼子能吃下去吗？

我在我家的房山头几乎天天看那片模糊的树。早晨的太阳把树染红了，红得火一样；晚上，夕阳把树染红了，树也变成了霞光。在没有星星的夜晚，她会在乡村的小路上轻盈地走过，亮亮的眼睛，闪动着光芒；白天她会酣睡不醒，轻轻地打呼噜的声音，像小溪不知疲倦地奔流。听惯了这种声音，就什么音乐都不想听了。

后来，我终于有机会来到了那个村子，我在豆腐坊见到了她。

她还是那身衣服，黑白相间，可是旧了、脏了，没有了光泽。我和她打招呼，她没有理我，我知道时间太久，她把我忘了。

我求家里把她找回来，她太苦了。家里的亲人只笑不说话。我求我的朋友，他们都是大人了，让他们给我偷偷地把她领回来。他们答应了。

可是，我到底没有见到她。

我现在还想着她。

"这就是我的初恋。雪莲，该你讲了。"

雪莲诡笑了一下，"大哥，你不要生气，我根本就没有初恋。那时候，我周围都是女孩，和谁初恋去？"

"那你为什么要听我的初恋，你是不是太坏了？"

"你更坏。"雪莲看着我，显然生气了。

"我？"

"对！"

雪莲对我闪动着眼睛，突然笑起来。她的诡计都在这笑声里。

"那个她是谁，我听出来了。那个她，是只猫。"

长空雁叫

这个季节，正是长空雁叫的时候。

傍晚的时候，天空明亮，夕阳恋山，高深的天际，会传来一片雁叫。开始很轻很轻，像湖水舔着堤岸，由远及近，声音会越来越大，大到惊涛拍岸，卷起千堆雪。黑乎乎的雁阵出现了，排成一字的、人字的，划过天空。早春的时候，是从南面飞来；深秋的时候，又从北面飞回。飞来飞去，都离不开这片水、这片草、这片沼泽。

大地还在冰封，积雪还在覆盖，寒冷还在肆虐，注目着荒原感到生活渺茫，季节遥远、希望无期的时候，突然，天空里响起一声雁叫，叫声十分遥远，遥远得只能感觉到这声音。感觉到后，又会怀疑自己的听觉，感觉，看天地茫茫，夜幕已落，黑暗正浓，星光正稀，春寒敲打着棉衣，冻土复苏的震颤在脚底下涌动，根本就找不到一个黑影在空中出现，发觉不了一只翅膀在身边飞过。那一声雁叫，是从心里发出来的，是积蓄已久的热恋的声音。

当一排大雁从头顶飞过的时候，才证明那遥远的声音是真实的。

春天，在一声雁鸣里开始了。

从冬天里走出的我，会很久地看着天空飞过的大雁。"啊啊"的有节奏的叫声伴随着上下摇动的翅膀，仿佛春湖里轻舟的竞赛，翅膀犹如壮汉的摇桨，雁叫犹如齐齐的号子，在淡蓝的天空，呼呼地向前行。散碎的云絮扯开在天空，是竞舟激起的涟漪，有时落下一颗流星，好像落下一颗汗滴。望着雁群远去，消失在黑暗里，我的内心就十分失落、忧郁，伙伴们都休息去了，夜晚到来了。我还在想着，那雁阵会落在何处，今晚睡在何处。我童年的梦就驮在雁的翅膀上，在无依无靠的天空里寻找、飘浮。

清晨，起得早的时候，大雁正降落到沼泽里去，看到的是徐徐滑下来的矫健的身姿。它们在草丛里觅食。天黑的时候，看到的是回家的雁群，它们吃饱喝足，心情舒畅地唱着歌往家里去。幸福的感觉可以从变换的阵容里看出来，轻微的、整齐的、欢乐的、好听的，一阵阵的，美好的叫声，撒满了天地。

长空雁叫，叫来了一个季节，叫来了一个绿色的世界。

记得我穿着被我折磨了一冬的棉衣，棉衣到处都是裸露的棉花，脚上穿着棉靰鞡鞋，戴着沾满芦花的棉帽子，用一双傻乎乎的眼睛看着天空，等待着飞来的雁群。我站在一个土堆上，体会着那越来越近的美妙的叫声。

大雁的叫声，成了我生命中的一部分。

沉重的翅膀

鲲鹏展翅
九万里
翻动扶摇羊角
背负青天朝下看
都是人间城郭

我很热爱这首诗，因为它太大气了，只有伟人才能有这样的气势和胸怀。万里长空，俯瞰大地，宇宙尽在囊括之中。

鲲鹏，原指一种大鸟。这种大鸟据讲现在已经消失了。古书上有记载。庄子曾经描写过它。于是，人们为不能见到这种大鸟而遗憾。遗憾就遗憾吧。现在就是有这样的鲲鹏也早就烹而食之了。丑恶的人类。最后地球都会消化在我们的肠胃里。

不说这些了，还是说大鸟。

我在苇丛里看到一种大鸟，两条长腿轻轻一跳，宽大而绵延的翅膀遮蔽了半个天空。纵身飞起，在太阳和蓝天之间像一道幕布划过。长鸣如泣，翅羽如歌。我问这是什么鸟，人们说，这是丹顶鹤。

丹顶鹤就是鲲鹏。

丹顶鹤在我心目中是完美的、高大的，是力量，是向上。纵横于宇宙，跨越于山河，展翅于湖海，漫步于沼泽。头顶一轮红日，身驮一片黑土，心底荡漾一泓洁白。

我的这种感觉来自哈拉海湿地上升飞的丹顶鹤。有机会我到扎龙湿地旅游，看到扎龙给旅游者放飞养育的丹顶鹤的时候，让我大

16

吃一惊。

我问：这还是丹顶鹤吗？

笼子里飞起一团白雾。起飞的丹顶鹤张开肥厚的翅膀，在低空向游客飞来。庞大而笨拙的身体在我们的头顶上，像厚重的云飘过去，没有飘多远，就急忙飞回到起飞的地方。如果不赶快落下，我担心它们会摔落下来。

养育已经使它们失去了野性的矫健，安逸已经使它们失去了奋斗的精神，宠爱已经使它们失去了天空的追求，满足已经使它们失去了浪漫的理想。

我不知道看这种豢养后的放飞还有什么意义。我过去一直仇恨枪杀它们的人，现在我才知道，比枪杀更可怕的是养育，是爱戴，是搂在怀抱里。这种疼爱比枪杀更让人愤恨。有一天我们驯化了所有的动物，不让它灭绝，这无疑是建起了一座动物博物馆，只证明着动物的存在，而不会理解它们的作用。

齐齐哈尔市观鹤节的时候，放飞了一组丹顶鹤。据说，还要到奥运会上去放飞。我想，我们国人津津乐道的事情，到了国际的舞台上，会带来什么样的思考？把在牢笼里关起来的丹顶鹤放飞在世界的天空里，再把它们收回来，重新在牢笼里生活，我想这是对大自然的一种亵渎，对生命的一种扼杀，对自由的一种钳制。人类不仅能征服世界，还能驯服世界。我所不知的是野生的丹顶鹤和养育的丹顶鹤，它们谁最幸福。

扎龙每天都有放飞丹顶鹤的时间表。习惯了按时间飞起来，按地点落下去，按范围吃饭的丹顶鹤，已经是人类的朋友，或者叫长得像丹顶鹤一样的人类了。

望着丹顶鹤张开的沉重的翅膀，我想，它们飞起来还有什么用呢？

蓝色的梦

　　有一种花一直牢牢地印在我的脑海里、我的心灵上，我多少次都想把她描写出来，把她告诉朋友。每当我想起我的草原，我就想到她；每当我想到遍野的花朵，我首先想到她。她留在我的记忆里，使我童年的梦有了色彩，这透明的燃烧般的蓝色，照亮了我混沌的童年。我的被棉袄棉裤棉鞋棉帽子棉手套包裹的可怕的冬天的压迫，在这片蓝色里一下子解放出来，我像在圣水里洗净了灵魂，轻松得云絮般飘起来。

　　草原是广阔的，草原上的花朵是多彩的。我在这片草原上奔跑的时候，我遇到了她。她生长在草原的低洼处，不是一朵两朵，而是一片又一片，一片又一片地开满了草原。我喜欢叫她马兰花。她生在湿湿的泥土里，有时是浅浅的水泡着她们，我把我黑黑的躲避了一个冬季的脚踩到水里，一把一把地采摘着花朵，把她们抱在怀里。高高的枝叶碰撞在我的胸怀，蓝色的蜻蜓翅膀一样的花瓣，开放在我的手上。

　　草原上的鲜花有各种颜色的、各种形状的，可是我的心目中只有这种兰花可爱。她的蓝色是那种宁静里的狂放、深沉里的艳丽，蓝中有紫，紫中有蓝，浓郁欲滴，如皇帝藏在后宫里的贵妃，美而不荡，娇而不俗；花瓣长长地伸出，似乎没有团圆收拢之意，但是花瓣又突然放大，以一个圆润的水瓢样结束，无意间把花朵放大；圆润的样子肥厚而大方，如杨贵妃的一张脸。整个花朵形状如书法里的狂草，挥洒自如，放之而不会飞走，收之而不会沉睡，恣意烂漫，如火如荼。在绿色的草原上，她开放得如此热烈，恨不得把大

18

草原尽收腋下。我爱她的簇拥成片，星星之火，可以燎原；我爱她的放纵大胆，不依传统，又不失风采；我爱她的择地而居，以荒原为傲，以低处为美。我也不知道为什么，她会这样牢牢地跟随我的记忆、占据我的童年，在我荒凉的梦里开放。

今天我在这严冬里想起她，我要感谢我的朋友。当我看到她贴出的那张照片的时候，我就激动得了不得。她不仅贴出了这张照片，还告诉了这种花的真实的名字。我知道她的地域里是有这种花的，她知识的丰富教育了我。给我机会把这种花朵记录在这里。我一直想写下我对这种花朵的纪念，就因为我不知道她的名字而写不出。但我的心里一直惦念着这恬静而美丽、高雅而平易的花朵。就像我童年里看到的最美的女人至今还忘记不了她那嫣然一笑一样，我跑着奔向她的花丛贪婪地采摘的情景，今天还历历在目。

我不是那种喜欢花的人，只要花朵美丽就高兴得以为天上掉下个林妹妹。花是为好看而开的，人是为了好看而有上进心的。能够留在我心里的，是花的颜色，比如这种蓝蓝的花朵，她蓝蓝的样子，既能让我在梦里梦见她，又能使我因为看见她而做梦。

喝上一口忘情水

防疫站的人来化验水。等结果出来了，都基本合格，只有十八队的化验单找不到。化验员说，这个队的水有问题。

什么问题？如果不能喝，马上通知十八队，就不要饮用了。

化验员说，喝是能喝，就是有一种物质化验不明白，要到上级或更上级去化验。那么十八队的人还喝不喝这水呢？

可以喝。不是没有得什么病吗？

十八队的人不仅得病少，身体还特别健康。

省防疫部门下来人了。他们到十八队转了一圈，找了一家借住下，说是考察的，很神秘的样子。十八队的人因为居住偏远，什么消息也没听到。队里来了新人，大家感觉很新鲜，都伸着脑袋看热闹。

防疫部门来的是三个人。他们借住的农户，有一间空屋，他们给的租金还很高。住下后，有一个中年模样的人就问这个住户，吃的是哪里的水。

住户姓王，能说会唠，还好传话，队里的人叫他碎嘴子。他见住在他家的省里人张嘴就问吃哪里的水，就知道他们队里的水有问题，没有几分钟就把这个意思传遍了全队。他把省里问他话的人叫"省头"。

碎嘴子说：省头问我吃哪里的水，水能没有问题吗？

有人问他，你咋回答的？

还咋说，咱就这一口井。碎嘴子说，我就给他讲了咱这口井，

20

他都听得入神了。

这口井是十八队的骄傲。当年打井的时候，怎么打都不出水。十八队的水层也就十几米，可是直到打了二百米的时候，水才出来。下了井管，还没安抽水设备，水就呼呼地冒出来了。这是一口自流井，水柱冒出地面几米高。怕安上控制设备，水再憋回去，队里的人围着打井队，不让他们安井头。水就这样流，从来没有间断过。天气旱的时候、冬天的时候，水照流。清澈的水，没有一点沉淀物。有人试过，把水放在瓶子里，再从别的生产队拿来一瓶做对照，一个月后，别的队的水浑了，十八队的水还是清的。队里的人家家没有淘过缸。

"喝了这井里的水，有什么好处，你能看到的，你说说。"省头问碎嘴子。

碎嘴子想也不想地说："那可多了。浇地，菜园的菜长得就好。"他见省头看着他不说话，寻思这菜园可能不说明问题，谁家浇的菜园长得不好。他想了想，一拍脑袋，把一个最好的事例给忘了，"自从我们这里有了这井，鸡鸭鹅下蛋就多起来了。"

"怎么个多法?"省头感兴趣了。

"怎么多呢，这样说吧，过去一个鸡下二百个蛋，现在能下三百个。"见省头眼睛不转地盯着他，他把脑袋的运转速度加快了，"特别是冬天，照样下。"

省头听了笑了。一个鸡每天下一个，要下三百个就要下到冬天。碎嘴子也没有说错，有的鸡鸭鹅每天能下两个。

这时候，和省头一起来的另外两个人走过来，把省头拉到一边，小声地说起什么，碎嘴子很警觉地听起来。因为远，只隐隐约约地听到好像在说自己的老婆，他的脑袋轰地大起来。他真怕老婆做出见不得人的事。队里的风气不好，男男女女们好往一块凑合，现在全场都出了名。队里的男的出去找不到对象，女的嫁不出去。好好的一个生产队，被人看不起。他是打井那年来的，孩子早不在一起了。谁知道到了十八队，也没几年的工夫，老婆也管不住自己，他也看不住自己，这生人来了，要惹麻烦可就坏了。

这时，省头走过来，对他说，我们是搞社会调查的，包括民风，我们都要了解一下。老同志可不要给我们添麻烦哪！

　　"你们不是查水的吗？"

　　"水也查，民风也要了解。"

　　第二天，省头和另两个人找到队长，把来的意图说明白。队长听后，一拍大腿，说："我咋没往这上面想呢？"

天边有一只会唱歌的云雀

雪莱有一首诗《致云雀》。我读的时候，没有很深的感觉。但他对云雀倾注的感情是令人感动的。尤其结尾的一句"世界将会侧耳细听，就像我现在这般"。一只鸟儿的叫声，会惊动世界，这种赞美是到了极致了。

我一直不知道什么是云雀。我想云雀应该是一种高贵的鸟，它像云一样，在天空成群地飘飞过来。夕阳的红霞染红了鸟群，空旷的草地的上空，汇集着好听的鸟叫声。

我还把它理解成家雀，或叫麻雀。但是，因为它们不会歌唱，不会飞向高空，我把它们否定了。

我为我没有见过云雀而难过。

我想，那些喜欢雪莱《致云雀》诗的人都见过云雀吗？他们在读这首诗的时候，脑子里想象的这种鸟是什么样子？他们能在雪莱华丽的诗句里读出云雀的歌唱吗？"如同行云流水一般的心灵的曲调"是从哪里飞来的？

当查阅完资料，我有一种恍然大悟的感觉。

云雀，又叫阿兰、告天子、朝天柱，百灵科。

我们习惯把云雀叫阿兰。春天刚刚开始，天空里传来的一种鸟的叫声，就是云雀。暖洋洋的大地上，百姓开始耕种。休息的时候，头顶上鸟叫的声音伴随着你；劳作的时候，鸟叫的声音追随着你。那只鸟仿佛挂在天上，挂在头顶上。不知疲倦地叫，声嘶力竭地叫，声音高亢时一如仰天长啸，婴儿长啼；声音连贯时又如潺潺流水，琴音清脆。据说，世界男高音帕瓦罗蒂的高音是难以企及的。可是，如婴儿拳头大的云雀，它把叫声充满整个天空，任何人类的歌手都黯然失色。我望着混合着阳光的淡蓝的天，看着云雀拍动着翅膀，像小时候转动的纸风车，那灰色的身体飘浮在空中，转眼融化在一片光芒里。我疑惑那叫声是从哪里奔涌出来的，仿佛阳光和蓝天都在鸣叫。出于对它的敬佩，我期待着看到它的样子，就是那种看到蛋，就想看到下蛋的母鸡一样的心情。当我在草地上或在垄沟里看到它的时候，我又不相信是那个欢叫的它了。它在草丛和土块间警觉地蹦跳，像一个顽皮的孩子。

我在我的作品里描写过它，我叫它阿兰，并不知道它叫云雀。我要知道它有这样一个烂漫的名字，我会更多地去写它。因为，我从小光着脚在田野里奔跑的时候，它就在我头顶上唱，唱得我忘记了苦难。

也只有云雀，才能这样地叫；也只有这样用整个身体或生命在唱，才能引起伟大诗人的歌颂。

用生命去追求，就能获得永恒。

我认识一个作者，她在山沟里写作。那里很冷，但她活得很自由。她写她身边的故事，描写眼前的景物。她靠着暖气管道取暖，破旧的暖气不影响她照一张做沉思状的照片。寒冷的冬天，她穿上单薄的旗袍，在朋友家里潇洒一番，留下一张俏皮的玉照。她要到上级机关办事，要坐半天的公共汽车；她还晕车，能坐在公共汽车的驾驶室里就幸福得不得了。她自比云雀，在山的那边歌唱，报晓着春天。我不知道教科书上是怎样写冬天的云雀的。我想，如果羽毛不丰厚，那么柔弱的一只云雀，怎样和风雪搏斗？我们都知道，冬天来了，春天就不会远了。

> 你好，欢乐的精灵
>
> 你压根儿不像飞鸟
>
> 你从天堂或天堂附近
>
> 毫不吝啬地倾倒
>
> 如同行云流水一般的心灵的曲调

乡村的爱情

　　一年四季，对于城里人来说，就是冷暖的问题；而对于乡村来说，则是生活和生存。春种夏管秋收，哪个环节出问题，都直接影响农民的生计。冬天是乡村闲暇的季节，农民把收获销售出去以后，开始安排婚嫁。所以，冬季变成了乡村繁衍的季节。

　　我有机会参加乡村的婚礼，感觉都很舒畅。娶媳妇的婆家所担心的是媳妇的娘家挑理，既怕送亲的娘家在宴席上喝不好，又怕喝多了闹事。无论谁家婚嫁，拿个三十二十的全家老少全去。女的放开吃，男的放开喝，孩子放开地闹。婚嫁是乡村的节日。

　　我到一个村主任家参加他儿子的婚礼。去的时候，没赶上那一悠儿，要等下一拨。村主任把我领到另一家，让我在这里等。我一看这屋是收彩礼的。炕上放着一张饭桌，桌上是两盘菜，三个人围在桌子周围，喝着大玻璃杯里的酒。来人随礼，一个在红纸上记，一个数钱，一个把钱收起来。记的那人，边记边喊着"李三，五十元。""张二，三十元。"记下一笔，然后喝口酒，吃一口已经冰凉的菜，十分得意的样子。

　　因为天气冷，等下一悠儿吃饭的，就到这屋里取暖。大都是妇女，男的少。没有几个凳子，炕沿上坐不了几个，都站着。无论男女，每个人都抽烟，抽完一颗又接一颗。土屋里本来狭小黑暗，十几个男女，很快把屋子抽满了烟雾。我想到外面躲一下，外面又冷得受不了。只能望着烟雾发呆。他们却不管这些，抽得很自在。一边抽烟，有个妇女还过去看账单，记账的不忘占一下便宜，去搂那妇女，没想到早被妇女推倒在炕上；借着机会，妇女拿起他的酒杯，喝了一大口。这时又有人进来，一边搓手叫着冷，一边拿起桌子上的烟，点着，大口地吸起来。等到我们吃饭的时候，已是中午，我终于冲出了烟雾。

村主任告诉我，媳妇是别的屯的，介绍两个月，趁着冬天闲着，赶紧结婚算了。他还介绍我看他儿媳妇，不住地强调我的职务。小媳妇有一种乡村的美丽，就是健康的、干净的、利索的那种，结婚化妆的浓艳也掩饰不住田野带给她的风采。主任的儿子很瘦弱，但很精神。他们相识只有两个月，就在一起，看起来很和谐。我就想，农民有没有爱情，农民的爱情是什么样式的？李双双的先结婚后恋爱是对农民婚姻的概括。闹矛盾时，疯狂地打，漫天地骂；劳动时，夫妻拼命地干，往往女的比男的干得还多，苦比男的吃得还多，福却比男的享得少；活一辈子，也就那一件出门时穿的衣服。日子过起来了，小两口感情就深起来了，知冷知热，知情知意，恩恩怨怨，打打闹闹，离开几天，才知道想，知道恋，知道惶惶得睡不着觉。

乡村的爱情，就是这样没有爱情的爱情，没有恩爱的恩爱。也许他们一生都不知道接吻，一生都不会说爱你的话，可是却活在真实的爱情里。

冬天，这个寒冷的季节，乡村却把它闹腾成收获的季节、欢乐的季节；冷，挡不住爱情，热乎乎的炕头，是幸福的温床。

桌子摆好，菜上来了。我有幸和各村主任在一起。一个村主任说，结婚都排满了，喜酒也喝不过来了，为难里透出按捺不住的喜悦。

倒上酒，开始喝。

美好的乡村。

两个细节

在某超市购物，结账的时候，前面是一个女性正在付款。她穿着一件淡黄色羽绒服，面部皮肤白净，眼睛明亮，看上去不十分漂亮，但却很精神。

她买的东西是两听奶粉，装在精致的纸盒里。这种消费品是高档的，和她的衣着和相貌都很般配。她肯定不是一个普通消费者。

结完账后，她还不走。

后面排队的很着急。

她对收款员说，给我一个塑料袋。

收款员说，你有包装不用塑料袋。

但是，她那双美丽的眼睛不动地看着收款员。收款员终于拿出一个塑料袋给她。她接过来，并没有用，而是叠一下，从纸盒的边缘缝隙放进去，然后，提着奶粉的原包装走了。

她觉得，虽然我买的奶粉有外包装，但得不到另外的塑料袋，就吃亏了。虽然只有几分钱的塑料袋，塑料袋也很薄，但是，人的高矮和价值，就在这薄薄的一层上。生活中的平等，其实，并不是什么大事搅扰着人们，让人不舒服的细节起着至关重大的作用。《甘南县志》上记载，当年，鬼子血洗一个村庄，是因为村里的三个人杀了做买卖的鬼子。分鬼子钱的时候，少给了一个人一块大洋，因为他的贡献少了点。结果，他不这样想，他觉得吃了亏，连夜跑到县城，向鬼子告密。鬼子被他领来，杀了全村的人。

我们常常看到领袖们到访时隆重的场面，没去想里面的细节。礼炮的多少，国事访问还是国是访问，都要计较一番。人的尊严就是在多一礼炮和少一礼炮上。所谓礼仪之邦的礼仪，就是在研究人们所关注的细节，也就是心理的满足。

最近，在哈尔滨开会。晚上休息的时候，我的朋友就去打麻将。打一通宵，无精打采地坐在会场上。当我问起他赢了没有，他兴高采烈地忘记了困倦，不住地说，赢了，赢了。然后，掏出钱来，慢慢地数起来。我见他手里的钱，有两张一百的，其余就是零钱。他数完后，告诉我，他赢了二百三十四元。他把赢的钱装进兜里，一会儿又拿出来数。这样往复了好几次。他是某公司的董事长，年薪在五十万以上，但是，对这点钱却很重视，高兴得他一天都是乐的。第二天，他输了一百多，数的时候，手里只有些零钱。他说他困了，想睡觉；不顾正在开会，趴在桌子上睡去了。醒了，又查了一遍零钱。

如此有钱的人，却对这点输赢看重，可见输赢在人心里的地位。

我想起李嘉诚先生的一件事。他在下车的时候，掉在地上一元钱港币，因为天黑，没有找到，第二天起来，又接着找，直到找到。他说，这钱花了行，丢了不行。

大家在一起议论明星，说他们这么有钱，还找岁数大的有钱的做伴侣，不值。大家以为有钱的会找没钱的成为伴侣，有些扶贫的味道。实际是，越有钱越羡慕有钱的，越愿意找有钱的成为伴侣。把钱聚在一起，更加有钱，才是有钱人的心理。善良，是没钱的人才有的。

想起当年的供销社

我以为"供销社"这个词随着市场经济的发展，在中国的商业历史上会消失得无影无踪。当我看到附近村屯原来的供销社，突然有一天挂起一个牌匾，把当年供销社的名称喷绘在上面，老旧的房屋也焕发了青春。我不知道是谁的奇想，但是，给我灵魂深处的记忆却是一个冲击。

那个年代，只要有商业活动的地方就有供销社，遍布全国各地，尤其是乡村。乡镇上最好的房子，不用问，是供销社。现在也能在一些发展慢的乡村，找到门脸上用水泥刻出的某某供销社的字样。里面还在卖货，但是已经成为自己家承包的了。也许那卖货的就是供销社职工的后代。

当时，国家统购统销，各个供销社是销售的末端。货物是按人群的多少分配的，样数各处都是一样的，只是数量不同。我记得场里的女人们路过农村的供销社，见到那里有钩衣服的钩针，当地都不知道干什么用的，放了好多年，一下子被我们的人给买走了。供销社的人也乐得了不得。场里的供销社建在场区最高的地方，当时就是场里的沃尔玛。货物齐全，谁能在这里上班，也有无上光荣。就是走进供销社，闻的味道，也很舒服。调料、五金、布匹，各种气味汇聚在一起。特别是冬天，当中立一个大铁桶做炉子，烤得人热乎乎的。

我小的时候，最有意思的一次远行，就是到很远的供销社去。蹚过一条小河，走进乡间的小路，又在土路上走了很远，才来到安子匠村的供销社。这个供销社，除了公社的供销社，它是最大的，离我家有二十几里路。我们在这里挑选了很久，才小心翼翼地买了我们喜爱的东西。我买的是一个圆形的小钱包，红色的，口上有拉链，打开，里面有两个夹层。我又买了一串五枚别针放在里面，剩下的几角钱放在夹层里。我们各自拿着自己心爱的东西往回走，由于高兴，一点劳累也没有了。我把钱包捏在手里，感到自己成了富有者。

在回来的路上，走过高粱地的时候，我们在地里采了"乌米"；我也不知道这两个字怎么写。就是高粱没有吐穗，在应该结穗的地方长出了白色的东西，老化后是黑色的，吃到嘴里，特别的好吃。我们每个人把肚子吃饱，把嘴吃得黢黑。走出高粱地，太阳正要落到草原里面去。我们急急忙忙地蹚过小河，向家里走。夏日里，傍晚的天空，是非常的美丽的。

供销社，我是看着它消亡的。

自营经济泛滥的时候，供销社被推到了后台。无法生存的职工，开始包柜台。在无可奈何的情况下，供销社卖给了大家。

过去的东西，再怀念，也没有用了。但是，供销社里没有假货，这对乡下人来说，是再幸福不过的了。

供销社，是一种体制的产物；如果是一个人来经营它，这遍布全国各个角落的商业网点，会是最大的沃尔玛或家乐福。可惜，没有人会把它复活。

捞起水中的月亮

我有许多话想说。

我出生在上海，而我成长的地方却是亘古荒原。大上海我没有记忆，荒原上的每片沼泽、每朵芦花、每一棵坚挺的野草，一团团的蚊子和一群群的野鸭，都深深地留在我的脑海里。我的家庭并不穷苦，父亲是转业干部，母亲勤劳持家，但夏天我都是光着脚，从不穿鞋。我甚至都回忆不起来童年任何一双鞋子的模样。我赤脚走过草地，走过泥沼，走过滑溜溜的雨季，走过无忧无虑的童年。我至今记得我穿第一双皮鞋的情景。我的第一篇小说《山东姑娘》得到了编辑的肯定，编辑要和我谈谈稿子。我去的时候，穿一双黄胶鞋，又在商店买了一双猪皮鞋。临进编辑部门的时候，我把脚上的胶鞋脱下来，装进书包里，穿着皮鞋进了编辑部。遗憾的是，多少年后我向这些编辑老师讲出这个细节时，他们竟没注意。

《山东姑娘》的出现，使我的写作热情更加高涨，一切业余时间都被写作占用了。这时候我才发现自己的文化太贫弱。当我当了五年的造纸厂工人之后，我感到我不能再"劳动"下去了，于是我选择了教师这个职业。教学相长，一边教学生，一边提高自己。我和学生们一起背古诗、和学生一起写作文，我把写日记的习惯传授给学生。

一次偶然的机会，我的一位在机关做领导工作的老师选中了我，我开始走向仕途。

我以我的愚笨和沉默赢得了挑剔的机关干部的信任。当我的老师空出他的位置的时候，我便顺理成章地当了一位科级干部。那时候我还没有野心，唯一对我有诱惑的是科级干部的工资等级线高，挣的工资多。当角逐副场级这个领导位置的时候，上帝正安排我给当时的场长写报告文学。那是一位拼命工作并创造了业绩的领导，但人们并不认识他。我初次尝试写报告文学，我把小说和报道、想象和现实结合在一起写，我成功了。那位场长获得了更大的成功。

我知道我的善良和无能，我的纯真获得了大家的信任，我的慈悲又使我陷入苦苦挣扎。当我看着我生存的诺亚方舟要沉没的时候，我选择了场长这个职业。现在想起来，当初做场长的时候我是把工作和写作搅在一起了。面对精简而抗争的职工，我竟有一种挥手指点江山的味道；面对开不出工资的困难，我这个天生不会算算数的笨蛋，竟许诺给职工开支。连李嘉诚都为难的合资项目，竟然成功了。

写小说，还是场长工作？我无以作答。但知识分子的劣根性终于逃不过劫数。我的宽容，给我带来了麻烦；我的同情，竟被无情地玩耍。我忘记了我刚当场长时一位挚友说给我的话：善门难开，善门难闭。

我久久热爱的荒原本是我生命的一部分，但我却遇到了前所未有的矛盾。我要开发它，改变这里的贫穷。环保主义者说它是一片世界著名的湿地。湿地是什么，我不知道。但那里有鸟有鱼，有苇有草，有水有花，我就在那荒凉得让人幸福、广阔得让人痴迷的环境里长大。我怎么会破坏这块地方呢？不在这地方种地这些人又怎么活呢？争论终于开始了。谎言重复一百遍就是真理。双方都在这么做。双方都是胜利者。

我是不是在把我成长的摇篮变成废墟？

一位领导者在向人们做着丰功伟绩的时候，是不是同时在积累罪恶。领导是一把双刃剑。

有一天我对妻子说，我们小时候在草地里看到的"老瓜瓢""马蛇子"都没有了。女儿便追着我们问，让我们描述这些植物和动物的样子。无论怎么描述，这种现实的东西都不存在了，也许以后连标本都难找到了。

我向妻子和女儿讲述荒原上的狼，讲述成群的黄羊子、狡猾的狐狸、肥硕的大雁。她们和我同样生活在这片荒原上，而她们听我讲这些却像听一段童话故事。

荒原就在我们的前面，荒原却在我们面前消逝了。

我的父辈们是来征服这片荒原的人。

我们这些继承者们面对被征服的荒原却骄傲不起来。我茫然，我自己难道成了叛徒？

当我只能用笔去描绘这片土地的时候，我隐隐地感到了悲哀。

我笔下应该是荒原的复活。

当我真的用笔去描写我身边这片土地的时候，我才发现我的笔力不足。

我曾去寻找我童年住过的土屋。土屋被风雨蚕食得没有多少痕迹了，撂在那儿的只是几个土堆。有一棵杨树生长在那里，枝杈里填着一个喜鹊窝。屋前屋后的水泡子都干涸了，有人在用四轮拖拉机在那里种地。那里根本长不出庄稼来，但是裸露的河底放在那儿闲置，勤劳的人们又不忍心。

我找到了当年停靠渔船的码头。码头里是贴着地皮生长的草，死气沉沉的。那时候每天都有一船船的鱼送过来，等渔船一靠岸，我就会跑到船上，在鱼堆里捡老鳖。那时候水泡里的鲫鱼在当地很出名。抬眼望去，我仿佛在没有河水的荒原上又看到了当年一张接一张的帆，和帆下面哗哗作响的沉重的渔船。这种幻想不免让人心酸。

大自然正在惩罚当年向它宣战的人类。

随着年龄的增长，我对作为人和作为自己越来越失望了。有时坐下来，一想，便感到十分的孤独。明明是很好的朋友，或是友好的同事，为了一点利益的不均便翻起脸来，进而成为仇敌。人际关系变得十分脆弱，人的动物性越来越明显。人们那种原始的友情正在淡化，金钱和物欲越来越强烈。也许这是社会发展进步的阵痛，在这阵痛中会脱胎出一个圆满的世界。

看到我们身边的东西、电脑、公路、摩天大厦，你会感到生活的发展；而你在追寻那些来去匆匆的行人，你会发现一片正在调整重建的废墟。许多跨越几个时代的人，在不断调整着思维，适应着形势，锁定新的目标。所以，用文学去捕捉当代人的灵魂，是五花八门、丰富多彩的。作品中去选择什么样的主人公，这人往往是多面性的。塑造"伟人"的作品正在受到挑战。平常人、极富个性的人正汹涌而来，但是时代也呼唤着英雄。没有感召力的作品毕竟是一杯白开水。我常常为自己找不到英雄而苦恼，同时为塑造作品中的英雄而自卑。

这些年来，一边工作，一边写作。工作是为了生存，写作是为了娱乐。苦恼的时候，在写作的港湾里寻求哲理；忙碌的时候，在工作中寻找安慰。造物主总是这样戏弄人类，给你吃饭的幸福，是为了你活着；给你性的愉悦，是为了繁衍。人们都在不知不觉中把应该做的事都做完了。人们并没有刻意去做，也并没有去思考这些，一切无意的东西都有意地存在着。而我的写作却是艰难的，虽然是爱好，在一种成就感的幸福里制造精神产品，但这种产品离废品也仅一步之遥。

其实，工作是写作之本。但作为文学作品来说，它折射出身边的人和事，往往就引起一些嫌疑。所以，写起来便战战兢兢，画虎不成反类犬。

有时候自己都不知道写了些什么。

但是，写了也就写了。

出　关

序

2006 年 12 月 25 日至 2007 年 1 月 8 日，受组织安排，到新西兰和澳大利亚考察。行程近万公里，到新西兰的奥克兰，澳大利亚的布里斯班、悉尼、墨尔本等城市走马观花，受到了一番教育，收获了一番感想。以"出关"为题，分两部分写在这里：一部分是国外一些事的感想，一部分是旅游团的故事。

我们一行，原定十人，有两人拒签，只有八人，只得加入旅行社。

北京某旅行社接纳了我们。从哈尔滨飞北京，是正常的旅行。但，旅行社为省钱，飞往天津，再由天津乘车去北京。到天津后，有面包车接送。晚上八点才在北京一简陋宾馆住下。

第二天早五点出发到机场，办理有关手续。

飞香港三小时，再飞新西兰的奥克兰。

我无法叙述在飞机上度过的漫长的十几小时。当我们从飞机上站起来的时候，每个在这种煎熬中度过的人都仿佛解放一样，从飞机上跑下来，站在奥克兰的土地上。

于是，很多故事开始了。

既然是出国考察，先谈国外的感想为最。

说　房

看到新西兰的住房，我们先是惊讶。排在一起的住房，没有一个是相同的。每个房子都有自己的特色，既好看，又适用。除了市中心有高楼大厦，到处是平房，最高的两层楼。台阶、雨搭、车库，各不一样。过去在电影里看到的寓言故事里的建筑，现实存在着。我不知道是设计师统一设计的，还是每个人的想法，漂亮的住房成为新西兰独特的景观。

难道没有人想到防火通道吗？房屋确实很拥挤，但是，这种特色又不能破坏。大家生活得很安静。

我们正在建设社会主义新农村，房屋建设是大事。大家感到，我们的差距很大。我们能建设出这种房屋吗？

大家一边看，一边叹服。我们住的如特茹瓦小镇，宾馆的院门是两块木板支撑出一个三角，既简单，又好看。有人感触，我们弄个大门，要几十万。

我说：不要从房屋上看，这里有很多人文的东西。我们即使放开，也建设不出这样的房子。

我们几千年的教育，就是统一的教育。我们认为的建筑，是完美、精致，不敢把缺憾当作美。所以，维纳斯只能出现在国外。

思想不活跃，不会有这样的想法。

所以，不是房子，是教育。五千年的进化，是儒家的学说。思想不能越雷池一步。喜欢背着手，扬着脖，在老师的带领下，朗诵"人之初，性本善"。

没有开放的教育，就没有不受拘束的生活；没有把孩子放进天空和海洋，就永远被绑缚在固定的模具里。

救救孩子。

以改变我们今后的生活。

说　车

国外轿车几乎普及。新西兰人均占有小车1.2辆。无论是澳大利亚还是新西兰，人们出行离不开车。马路上，车流滚滚，看不到行人。新西兰的车，大多是日本的二手车，价格便宜。我常常看到一家人出行，开车的人女的多。孩子坐在座位上，天真稚嫩的可爱样子。

没有看到堵车。

给我留下深刻印象的有这样几个方面。

汽车从来不鸣笛。无论是街上，还是停车场，没有一点声音。车走到人的跟前，你没有发现，他在一边等着，你发现了，让开了，司机向你微笑着，把车开走了。

法律规定，开车长途旅行，必须每两个小时休息十五分钟。在澳大利亚和新西兰，司机都做到了。每到休息的时候，司机都要做记录。看到他们认真地在记录本上写着，我们都不太理解。因为在我所知道的国内的司机里，是做不到的。我们在几天的旅行中，没有离开车，但是，司机一言不发地履行着自己的职责。法律规定，不许在车上就餐和喝带糖的饮料，无论导游还是司机，都坚持到底。

这是严肃的事。还有烂漫的事。这两个国家的小车后面，都有一个牵引钩，是用来拖车的。轿车、吉普，后面会拉一个小车，车上是船或其他东西。我们走的时候，以为面包车装人都没有地方了，每人一个大提包根本没地方放。早晨，车来了，后面拖一个密封的车斗，我们一边放东西，一边感慨万千。

这里车多，我们感到，无处不是人性化的。

管得宽松，是人性化；开得自由，是人性化；与行人友善，是人性化。我们同来的人中，有交通部门的。他们说，在国内，大车拖斗都要查，小车早就罚款了。

说　船

　　我们中国人历来讲究三大件，新、澳两国也讲三大件。也许是导游总结的，房子、车、船，是他们的三大件。

　　因为靠近海边，他们把海作为游乐的场所。就像家家有汽车一样，家家有船。小船顶在车上边，拉到海里去；大船拉在车后边，拖到海里去；豪华的游轮，停靠在海湾里。

　　路上随时都可以看到拉着船的汽车。海里到处是船。看到很小的孩子，穿着救生衣，坐在塑料小船里，划着桨，在海水里玩；妈妈坐在另一艘小船里玩，岸上会有一个男人在一边看。我想，他和海里的是一个家庭的。

　　晚上，我们乘坐了一艘豪华游艇，在海湾里漂流。海岸上是最高的范思哲酒店，富人区。辉煌的灯火，让我们迷醉。游艇的甲板上，聚满了观光的中国人。豪华的船舱里，向我们解说的是一个打工的中国人。

　　这时，海面上升起了焰火，我才知道，今天是元旦。在异国他乡，我跨进了新的一年。绽放的焰火，正是我不平静的心。我在游轮上给家人打去电话，向我的女儿和妻子祝福新的一年。回首过去，满身伤痕，一腔沧桑，心和身体仿佛被抛在大海上漂浮，疲于奔命，疲于挣扎。想到新的一年，不知路在何方，又有多少荆棘坎坷，会出现在我生活的道路上。路漫漫其修远兮，吾将上下而求索。开放的礼花，只有这异国的人们才最有权利欣赏，我们太沉重了。尤其我又长一岁的时候，我感觉除了童年有过欢乐，这些年燃烧的都是生命。

　　我们离开游船，回到住所去。当时已经夜里十一点了。路上走着幸福的男女，见到我们的车走过，姑娘们会向我们挥挥手，把她们的喜悦释放给我们。

　　我想起导游的话，这些外国人每一周的每一天都有说法。周四是开工资的日子；周五是喝酒的日子，因为有钱了；周六是母鸡的日子（没成家的女人们在一起欢聚），姑娘们有钱了，在这一天要玩个痛快；周日是家庭团聚的日子，和家人吃一顿晚餐；周一，是工作的日子，总得好好干一天；周二是看电影的日子，放松一下；周三是挨饿的日子，钱花完了，等着周四开工资。

十二点的时候，焰火又绽放在夜空里。男女兴奋的欢呼声像海浪撞击着我们的窗口。我疲倦地睡着了，我在梦中听到了这幸福的声音。

说　　人

我们旅游团的每个人都感到，生活在这两个国家的人是幸福的。不仅是他们的健康，不仅是他们轻松地在我们面前走过，不仅是他们脸上荡漾的笑容，几乎每一刻，他们都在幸福中。

他们有房，有车，有游艇，他们有很好的福利。生活不了，国家有补助；生了孩子，孩子有补助；妈妈不上班，妈妈有补助。总之，不用为生活发愁。导游告诉我们，老外最懒，什么活也不干。我想起我勤劳的东北人，猫个冬，放松一下，也被人赶着学科学、种大棚。勤劳致富。很多人勤劳了一生，一把老茧，一身破衣服，一肚子咸菜，和这个世界告别。我们喜欢用的词是"劳动是幸福的"，真的是劳动幸福吗？他们在海滩上冲浪不幸福吗？他们在草地上聚餐不幸福吗？他们喝着啤酒狂欢不幸福吗？我们在南太平洋的沙滩上，看着浪涌的高墙垒起来，又倒塌在黄沙里，大家高兴地脱去鞋子，去享受海水。我高兴不起来。他们以为我怕晒。我指着那些在海水里穿着游泳衣的嬉戏海水的人，说，欢乐在那里。导游说，这里叫情人海滩，允许女人不穿胸罩。我说，蹦极只有在国外出现，他们幸福得麻木了。

看到那些悠闲的真诚的欢笑的人群，我们的人不住地感叹，我们活得太累了，当官的钩心斗角累，百姓为生存累。就是幸福也是苦笑；就是欢乐也是沉重；就是有钱也是土财主。到这个世界走一圈，哭着落地，哭着入土。我们团里的男女，都喜欢看外国的小孩。

外国人，小时候漂亮，大了肥胖。胖的胖，小的小，一道美丽的风景线。我久久地看着一家人在草地上吃晚餐。四口人，婴儿被我们的女同事抱了抱，然后躺在铺在地上的毯子上。女儿热了，爸爸给她换上蓝色的连衣裙，把短裤换上三角裤，然后，一家人开始啃鸡块。啃得香甜、温馨、和谐，溢出来的都是甜甜的蜜。夕阳里，和着晚风向我们袭来。

他们的幸福，是他们自己营造出来的。法律，他们自觉地遵守；法律也保护着他们。公园里的烤炉放在那里，谁用都很方便，但是没有人偷走它；他们循规蹈矩地生活，差一点都不会改变。同样的盒饭，我们团的人拿错了地方，把我们的再串给别人，老外坚决不干。只有这样认真生活的人，才能有幸福可言。

政府就是服务。老百姓的呼声，是政府要听取和考虑的。很多政策，都是顺应民意的。女人要和男人一样平等，可以，不就是不戴胸罩吗？同性恋，可以，不就是男人和男人、女人和女人在一起吗？吸大麻，只要不超量，可以。

我们生下来就被管制，怕这怕那，其实，把人放开，把人的思想放开，天不会塌下来，地也不会陷下去。就像人生下来就不穿衣服一样，是穿得太久了，我们依赖了衣服，而不是衣服需要我们。

旅 游 团

所谓的旅游团是拼凑起来的。二十三人，来自各个地方。除了我知道我自己之外，其他我谁也不知道。他们也不知道我。大家都互相保密，为的是玩得轻松。到北京，我们同去的几个人稍微熟悉了。他们来自交通的多，从他们的眼神也能看出来，给人的感觉似乎总是在清点公共汽车上的人数和查车。团里按区域分了组。我们的小组长更加神秘。在吃饭的时候，我们小组八个人在一起，他说出他的经历，大家都很感兴趣。他原来是个间谍，搞情报的。现在，某个国家还掌握着他的资料，他是去不了这个国家的。他说，五年解密。他五年后能去这个国家。吃着饭，他为我们讲述了他的间谍故事。因为涉及国家机密，在此无法详说，但有些现在也见诸报刊了。所谓的间谍，也就是研究工作。我说，我看过电视剧《暗算》，他就不再说了。

旅游团在北京出发。男男女女们在领登机牌的地方集合，发送行李。

大家互相打量，谁也不认识谁。后来，一行人上了飞机，挨着坐也不认识。先落香港，后起飞到新西兰的奥克兰。一夜飞机，大家精疲力尽，滋生在心里的想法是，下次再也不受这个罪了。我胖胖的身子，夹在座位的中间，腿不能伸，腰不能直，幸亏能睡觉，一直睡到目的地。

我们的故事，是从下飞机开始的。

领队的小刘，在香港买了很多烟，每人分两条，给她带着。因为规定只能每人带两条烟过境。来到这块土地上，大家还很陌生、胆怯，但是，很快被机场的宽松气氛溶解了。我不会说英语，但是，微笑是相通的。我在微笑和手势里，出关。

也有两个小麻烦。

拿箱包的时候，老郭知道这个国家不让带水果，他把家里过圣诞节时的苹果从箱包里拿出来，扔在传送带旁边。我在旁边正拿包，一个女海关人员领着狗跑过来，狗在苹果上不停地闻，女海关拿起苹果走向我，我说，不是我扔的。她听不懂中文，我忘了。她还不走，老郭离得远点，看着。我不高兴地又说了一遍，"不是我的苹果"。女海关犹豫着，这时领队用英语告诉她，扔的人走了。女海关看看我，才拿着苹果走了。

另一件事，我们同来的一个人中，皮箱找不到了。他的箱子不大，但提手有些坏了，就办理了发运。在北京的时候，办托运的人说，这箱子小，容易丢。果然丢了吗？领队马上开始查询。

我们借此机会，把毛衣毛裤换下来。

奥克兰正是夏天。

奥克兰的阳光

　　大约忙活了一个多小时，也没有找到包。导游只得把大家领出来，准备上车。好在，丢包的人身上背了一个小包，钱都放在小包里。有了钱，什么事情都可以办到。但是，衣服在丢失的包里，他只能穿身上的这一套。身上的西装，加上领带，看起来像个干部。人们听说他在某县工作，就喊他县长。县长把小包背在身上，形影不离，天热得汗如雨下，他的小包背在汗透的衬衣上，再热也不放到别处。

　　导游给大家说了个套话：上车睡觉，下车尿尿，到地方拍照，回家一问，啥也不知道。

　　十分形象地概括出旅游者的面貌。

　　走出奥克兰飞机场大厅，门前一片开阔，绿色满眼，风景如画，飞机上的疲劳全忘记了。大家以为会去宾馆，导游说，晚上才能进宾馆，现在去参观。同时，提醒大家，奥克兰的阳光紫外线特别强烈，是国内的六倍，小心晒伤。

　　来的时候，妻子就查遍了网络，给我准备行囊。防晒霜买了，墨镜买了，临走，还把一顶遮阳帽放在了箱子里。看来，是用得上了。我从包里拿出小护士防晒霜，往脸上抹。这是生平第一次，脸上抹得油乎乎的。我身边的人并没有在意，结果，很多人晒坏了脸，特别是鼻子。在过后的几天里，我们的人很好认：都有一个红色的鼻子尖。我幸免于难，都以为我这黑乎乎的脸，抗得住奥克兰的阳光。这还是妻子的功劳。

　　奥克兰明媚的阳光让大家欣慰。但是，大家都十分疲倦，在车上就睡着了。导游一喊，大家才醒来。照相机几乎人人都有，摄像机也有两个，每到一个地方，都忙着拍照。到处风景宜人，拍在相机里就很好看。

　　在如特茹瓦小镇上，我们到毛利族旧址参观，看火山口喷出的水蒸气。导游诱导大家，问大家喜不喜欢泡温泉，大家很兴奋地接受了。原来温泉池子就是露天的。导游为我们租借了泳衣。当我看到把脱下的衣服放在一个塑料盆里，然后放进木格子里。我担心衣服丢了怎么办，问老板有没有能锁的衣柜。老板听不懂我的话，我不住地强调丢了衣服怎么办，也没人理我。见所有泡温泉的人都把衣服这么放，我也只能这样放了。衣服丢了，就光着走吧。

温泉池子里，几乎都是男女成对的，他们幸福地在水里搂抱，我在池子里泡了一会儿，感到没意思，就到另一个池子里去泡，仍然是如此。只有我们旅游团的人，孤零零地在水里。我挨着的是一个皮肤深色的女人，我好像在毛利族村见过她。她见我不住地看她，她有些手足无措，把腿放在一个气囊上，闭上眼睛泡着。

太阳的余晖照耀着温泉池。水流哗哗地响着。白色的海鸥落在海滩上。我不知道我是在泡温泉，还是融进了大自然的怀抱里。

奥克兰的阳光又升起来的时候，大家又出发了。旅游团里的女人们，到了这里，都换上了夏装。在北京还很臃肿的女人，一下子鲜亮起来，精神起来。奥克兰的太阳把休眠的中国北方女人唤醒了。短裙，坎袖上衣，挽得高高的头发，她们仿佛在参加节日的盛会。一路上我都懒着看她们，羽绒服包裹着，和发运的行包差不多。可是，在这里，她们像蝉蜕一样，变成了美人。夏天，属于女人。女人，拥有夏天。

女人，奥克兰的太阳。

榨菜、干鱼及其他

国人让饥饿吓怕了，到任何地方首先考虑的是不要饿着。到国外也是这样，即使只有短短的十二天，很多人的行囊里还是带了很多食品。领队的告诉大家，我们要去的国家，在食品卫生方面检查很严，千万不要带食品。谁也不知道，他们像变戏法似的，把很多食品都带来了。

几乎每一个小团伙里，都带了榨菜。不仅仅是几袋，而是几十袋。直到离开，怕也吃不完，每个人都会得到散发的一袋。这还不算奇的。有四个人，他们不说是哪里的，就说是长春的。后来我判断是延吉的，因为他们带了很多明太鱼干。不知道放在哪里，是怎样带过海关的。在国外的日子里，他们天天吃鱼干，在回来的飞机上，因为混熟悉了，也分给我一条。我说我不会弄，他们就帮我弄。干干的明太鱼，被中间分开，把里面的肉一条条撕下来，最后剩下纸一样的鱼皮。我嚼着干鱼丝，也没有什么味道。但是，在国外的日子里，它却是这些人下酒的菜。他们把自己成功地带到国外的干鱼当作笑话炫耀。他们不时地喊："闻到了吗，到处是臭鱼的味。"我们没有闻到，他们的感觉闻到了。

吃国外的饭菜，我也担心过。但是，我这海纳百川的肚子，什么都不怕。在如特茹瓦小镇的宾馆里，早餐我试着喝了凉牛奶，还在牛奶里泡了麦片，喝冰凉的果汁。喝惯了热粥的肚子，喝下这些东西之后，竟然很舒服，浑身很轻松的感觉。我在面包片上抹奶油，抹蜂蜜，抹果酱，把烤好的肉片，在盘子里用刀切成小块，用叉子放到嘴里去。我一直认为国外左手用叉子是不对的，现在我习惯了，左手用起来很方便。鲁豫有约里有句名言，拍电视，你感到越别扭，拍出的才好看。依次类推，别扭的，是正确的。

看到菜品中，有一个是大骨头，那巨大的样子，我们都认为是牛的骨头，但是吃起来，不膻，很香。新西兰的牛骨头这么好吃，有的要吃好几块。我给家人发短信，晚上吃的牛骨头，很香。第二天再吃的时候，我们产生了怀疑，感觉可能是猪骨头，但是，这么大的猪骨头，国内是看不到的。我问中国的服务员，他说是猪骨头，这时，有人在骨头汤的下面，捞出了猪尾巴。

吃中餐的机会多。每一个中国饭店，菜都是一样的，五菜一汤，饭随便吃。碰到好人，菜量大点，或是自助餐。一般菜量都很小。不要想中国人照顾中国人。他们是最了解国人的，到了外国，也是赚中国人的钱。菜不够，就另加菜，单独花钱。如果不喝酒，菜够吃，大家还带了那么多的榨菜。带干鱼的人每顿都要喝酒，飞机上也照喝不误。我们累了的时候，才喝一些。因为酒很贵，又不能自己买着喝，给大家买，又不情愿。一小瓶啤酒，都在六澳元以上，好的要七澳元。北京二锅头五澳元。一澳元等于六块五人民币。一般的矿泉水三澳元，我们买一瓶，喝完之后，再灌凉水。这两个国家的自来水水质好，可以直接饮用。

旅游团的飞机都是早班，那里的时间是六点钟，北京时间是凌晨两点左右。导游给大家带盒饭，一个小面包，一个小苹果，一个小盒酸奶，一个小纸盒饮料。大家在飞机上再吃点早餐，肚子好像也没饱。下了飞机，又上大巴，开始新的旅游景点的观看。

中午吃饭的时候，给家里打电话，家里刚起床。如果是自助餐，大家就会慢慢地挑拣食物。看似花花绿绿的菜，没有一个是值钱的。如果是西餐，大家干脆就挑一盘子烤肉片，抗饿，还不吃亏。

在黄金海岸市，晚上出游，导游让大家再交七十澳元，不仅能到住家看中产阶级的房屋，还能吃上袋鼠肉。对吃袋鼠肉大家很感兴趣。半夜的时候，我们来到一个中餐厅，里面闹闹哄哄的，我们一猜，里面肯定有中国人。外国人吃饭很静，多少人，都没有声息；只有中国人在桌上喊喊叫叫，旁若无人的样子，喝了酒就更了不得。果然，一桌的中国人，吃完了，不着急走，饭店要接待下一伙，在催他们。直到我们吃完袋鼠肉，他们也没走。

导游和购物

这次出关，到每个城市都有导游。和我们从北京同去的某旅行社的刘姓女士，是我们的领队，负责把我们带出去，交给导游；她管理我们的护照，怕我们偷渡。据说，跑一个要罚旅行社很多钱。我们也喜欢让领队统一保管护照，免得自己拿着丢了。连日的奔波，审美的疲劳，大家早就产生了尽快回国的想法。外边再美，也不过如此，不可能有跑的。特别是有些导游，大家回味起来，不尽如人意，感到中国人在欺骗中国人。这种丑陋，让大家平添了许多愤懑。特别是遇见的新西兰导游，大家一路都在骂他。

我们刚接触到这个导游的时候，还没介意。他说他姓梁，在这里读研究生，假期打工，给大家导游。他的知识很丰富，路上不住地讲新西兰的生物制药，水平如何高，高到世界都有位置。某个专家如何发明羊胎素，羊胎素的妙用，和新西兰的蜂胶，是世界少有的。大家被他的讲解感染了。然后，他又讲他在北京的父母的身世，怎样从富有者变成了贫穷者，引起大家的同情。谁也没有感到这是一种阴谋。他又讲起驼羊皮，新西兰的是最好的，曾经送给我们国家的领导人。不但吊起了大家的胃口，也引起了大家的同情。在领着大家购物之前，他又说，大家购物他有百分之五的提成，如果大家有想法，他可以把这百分之五返给大家。本来新西兰是第一站，还有澳大利亚没去，但是，还有很多人买了东西。当他情不自禁地在商场喊大家，再买多少钱的东西，他就可以升级了的时候，大家才知道上当。

后来碰到的导游要比他好些。布里斯班的小乔，言语不多，大家感到很信任；悉尼的小李，是个女导游，还带了个徒弟，上车就不停地说。大家有些反感。可是她知识比较多，还不停地拿男人开些性的玩笑，大家慢慢地接受她了。购物的时候，她说得也不多，只是把产品知识说一下。还告诉大家，这里的商品大部分是中国产的。当大家买了东西后，她很狡猾地说，谢谢大家。大家感到很亲切。当谁问到新西兰的和澳大利亚的东西比，好像新西兰的要好，这些澳大利亚的导游，几乎都轻蔑地说，澳大利亚的感觉，新西兰就是一个省；新西兰的感觉，就是澳大利亚的一部分。

领队是中国人，导游是中国人，就餐是中国的餐馆，购物的免税店是中国人开的。大家感觉是在国内旅行，看外国景观，有一种走马观花和飘浮的感觉。而且，很多打工的是中国人，跟没有出国一样。这些在国外的中国人，吃的还是中国游客身上的饭，靠国人的旅行活着，而且欺骗的还是初来国外的中国人，就更让人不舒服了。

大家好像到国外的目的，就是购物，每个城市都要买一些，送朋友，送领导，送亲戚。本在最后一站墨尔本已经没有可买的了，但是，因为兜里还剩了钱，就扛不住忽悠，还是有人买了一些。好像大家不是旅行的，是专门购物的；好像旅行只有购物才充实，才没有白来一次。当大家把兜里的钱变成包裹里的废物的时候，大家才满足地登上飞机。

46

在飞机上还有人说：这里的驼羊皮一万人民币，北京的燕莎要三万，到北京我去看看，是不是真的。

别人问他，你问明白驼羊皮怎么用了吗？

买一张羊皮，铺在床上，上边不能铺床单，直接躺在毛上，会是什么感觉？导游和大家开玩笑，说，躺在上面，必须裸睡。

仿佛又回到了原始时代。

旅游团花絮

旅游团中有两对夫妻。其中一对来自太原，北京下出租车的时候，男的丢了手机，知道出租车号，但是司机不承认，出租公司也没办法。当初以为带一个手机就够两口子用了，现在一部手机也没有了。两个人，男的深沉，女的活跃，买了很多送朋友的东西。我把袋鼠的阴囊袋介绍给他们的时候，服务小姐说这是幸运袋，因为袋鼠繁殖能力强，澳洲人把它的阴囊奉为圣物，祈求吉祥。他们夫妻买了好几个。另一对夫妻，是新婚。男的五十左右，女的四十左右。他们来自唐山，有自己的产业。女的是加拿大移民，男的正在办。女的说自己有糖尿病，身上安了胰岛素泵，但是，吃起来巾帼不让须眉。她说她管不住自己的嘴。她和其他女人一样，每天都换一件服装，她的服装要华丽得多。因为是新婚，两个人很亲热，不仅坐在一起，还搂抱、接吻。吃饭的时候，男的还给女的擦嘴，大家很不舒服。后来，团里有人又找不到包，她会英语，帮着找，很热心。大家对她的印象好。她的丈夫一直感冒，团里有人逗他，说他看老婆太紧，要不我们早下手了。因为在国外待的时间长，她显得很豪爽，大家很喜欢她。她买了一只很贵的布娃娃。她说她八月来的时候，姑娘就向她要这个布娃娃。当时还有别人的孩子，她没有买。这次来，给她姑娘买回去。

我把跟丈夫在一起的女人叫听装女人，放在铁听里，没有人敢开玩笑。独自出来的女人，我叫她们散装女人，没有了丈夫和家庭的看护，她们自由地飞翔。剩下的五个女人，也结了伴。两个河北的在一起，三个东北的在一起。河北的两个，很自负，买东西、看事情，都愿意发表自己的主见。见多识广的样子，不时也炫耀一下。上衣着粉色，或白色，很干净。其中一个是内科医生，喜欢和大家讲药物和化妆品。东北的三个女人，豪爽直率，说话也直，敢说，声音里有股苞米楂子味。比那两个年轻、干练，走路都带着风。什么地方都想去，都想看。看完赌场，问导游，红灯区去不去？大家逗她们，你们敢去呀？她们反而不理解：那有什么敢不敢的，不都是人去的地方吗。穿得少，怕晒到脸，用衣服包着头，其中一个还是被晒红了鼻子。

男的里面，除了那两个有老婆的，余下的有三伙。我们一伙，带干鱼的一伙，还有两个人，岁数大，不爱言语，离群索居。有时上车清点人数，说缺两个，肯定是他们俩。

我们这伙最活跃的是老郭。他女儿在澳洲上学，两年没有回去。他给孩子带的书写纸，特别沉，但他劲头特别足。快六十的人了，走路我们都撵不上他。手里不离的是孩子在澳洲给他买的日本的摄像机，从香港一直拍到回内地。说好给我们转录磁带，后来说，录得不清，等孩子春节回来再给我们弄新的。机场我们想看到父女相见的激动场面，可是，他们到一起，说两句话，就再也没有可说的了。回去的时候，孩子让老郭先带些东西去，等她回去的时候就省事了。老郭看着大包小包的东西，说，这孩子，拿这么多。我们说，替孩子拿东西，你高兴去吧。

带干鱼的一伙，笑话要多一些。比如，老白，在新西兰把皮夹克和羊毛衫忘在了如特茹瓦的宾馆里，到澳大利亚才想起来，最后找到了；把最昂贵的皮子装在箱子里了，从布里斯班到悉尼，托运行李，最后就少了他的。他也有糖尿病，在机场，他迈动着细瘦的两腿，在机场走来走去，平时在车上开玩笑的风采荡然无存。女士们尤其解恨，因为他好和女的开玩笑。

他们还有一个专管财务的，矮个，处事不惊。碰到个澳洲女人，见到我们团的人就想搂抱，都躲开了，他毫不在意地和女人抱在一起，还拍拍她的后背，成为大家的英雄。还有一个大个，脸很白，我们叫他小白脸。每次上车，他都最后一个。有一次，刚上车赶早班飞机，他说书忘在床上了，赶紧去取；等他上了车，车开出很远，他又说手机忘在床上了，又回去拿。他的书在床底下，到床底下拿书时，把手机放在床上忘了。这还不算他最精彩的故事。最精彩的是他给情人发短信，却发到老婆手机里去了。老婆发了火，打过电话骂起来。同行的人泄露给大家，大家笑个不已。

看 企 鹅

这次出国旅行，有很多应该记录在案的，我只能慢慢写来。因为时间仓促，写得很随意，只想让朋友们了解一二。

到墨尔本，是最后旅游的一个城市，以为没有多少风景可看。导游说，行车不到两个小时，可以看企鹅归巢，大家很有兴致。

在小镇上吃完饭，再行十几公里，就到了看企鹅归巢的海边。按照规定，不许拍照。企鹅要在天黑下来才回到岸上。我们到的时候当地时间八点多，大约九点才能黑下来，但是，人已经来了很多。我们通过木板搭的栈桥向海边走，两边的山坡上是人工用木料搭建的企鹅窝，有零星没有出海的企鹅在窝里探出头来。

海边用水泥砌的台阶，上面已经坐满了人。台阶下面的沙滩上也坐了一片人。我们在沙滩上挤出一块地方坐下。身边是男男女女的外国人，和他们活泼的孩子。外国人对大自然和动物充满了好奇和激动，成年人的脸上都是孩子般的欢笑。挨着我的是一对夫妻和他们的四个孩子。我坐下的时候，他们给我和我的朋友让出一块地方。很快我就被他们的友好感染了。他们焦急地看着大海，盼着企鹅早点出现。天慢慢黑下来，海浪像巨大的黑影从大海中奔跑过来，在海滩上破碎，爆起一片白色的水花。突然大家发出惊叫，孩子们兴奋地站起来。这时，个子高大的管理员跑过来，摆着手，制止着大家的骚动。他轻轻地摆着手，然后蹲下去，小心地看着海面。那种小心和天真的动作，与他庞大的身体很不协调。他引导着大家好奇地向海面上望去，仿佛一个奇迹就要出现了。

海面上，出现了一团团的黑影，若隐若现，从大海深处，向岸边漂浮过来。开始，有人还以为是玩耍的海鸥，现在可以肯定是企鹅了。它们被海浪冲到岸边，在乱石中探出身体，开始，你几乎辨不出是石头还是企鹅。越来越多的企鹅来到海滩上，美好的一幕出现了。它们有的三五只，走在前面的，又回头等等后面的，一副闲散的样子，大摇大摆地向岸上走；有的一伙好几只，排好队，整整齐齐向岸上走；有的拉开距离，好像领导一样，在前面领着，后边是拥挤的一堆，弄不好还有摔倒的；它们大腹便便，趾高气扬，绅士风采极浓。这种场面，只有在亚洲经合组织首脑峰会上才能见到；或者在大英帝国的议会上贵族们入场时才能见到。企鹅们把贵族的绅士风度和领导者的自尊演绎得淋漓尽致。

海水在海滩上哗哗作响，黑暗里，好像海水睡着后发出的粗重的呼吸声，企鹅的影子模糊起来。那些好奇的人们还在好奇地看着，我们走向栈桥。栈桥上的灯光昏暗，隐隐约约能看到栈桥的左右，黑乎乎的山上，没想到企鹅回来了很多。它们有的在梳理羽毛；有的站立着，四处张望；有的两个站在一起，好像夫妻在商量着什么；也有匆匆忙忙地找自己家园的；更有让人不可理解的，亲亲热热地拥在了一起。我们的印象里，只看到了几群，可是现在满山遍野都是企鹅了，不知道它们是什么时候跑来的。

我在离开企鹅岛的时候，把企鹅的宣传画拍了下来。我在扎龙自然保护区，看到养育的丹顶鹤与人共舞的情景，那是人工化的；这些在大海里觅食、晚上到岸上休憩的企鹅，却是自然孕育的。把人与自然和动物和谐地组合在一起，得到的是真正的快乐。

悉尼歌剧院

我不知道外国人到中国来要看什么，但是，我到澳大利亚去，却有很多要看的。袋鼠，考拉熊，这是澳大利亚必看的动物。据考证，郑和是最早到澳大利亚的，不知道为什么英国的库克船长成了发现者。当英女皇看到袋鼠在草地上蹦来蹦去的时候，她问这是什么。库克船长不知道，去问当地土著。当地土著说"不知道"。库克船长把土著"不知道"的发音告诉给女皇，说袋鼠叫"不知道"。袋鼠的名字又叫"不知道"。考拉熊叫"不喝水"。它吃桉树的叶子，桉树的叶子含有水分，又能催眠，考拉熊吃完就睡，不喝水。到澳大利亚后，导游会把这两个动物给你讲透。特别是袋鼠，它们的繁殖能力特别强，尤其红袋鼠，一步能跳六米。所以，到澳大利亚的人，都会买袋鼠精回去，红袋鼠精更好。于是，无论男女，在免税店里兴奋地挑选着袋鼠精，特别是红袋鼠精。我们的国人正为人口的不断膨胀发愁。买这么多的袋鼠精，会给计划生育带来多少麻烦。假如袋鼠的精液真的那么神奇，就有可能不小心谁生出小袋鼠的危险。

除了这两个小动物，澳大利亚可以炫耀的就只有悉尼歌剧院了。

来到悉尼歌剧院的时候，天空正飘着小雨。海岸上的悉尼歌剧院，一面连着陆地，三面伸在海里。海浪拍打着混凝土砌块，沸腾的海水在冷雨里翻腾着巨浪。走上高高的台阶，巨大的水泥板铺垫的广场，给人一种庄重的感觉。我想，在国内，这里都要铺上光滑的大理石，并且很"人文"地写上"小心滑倒"。可是，我脚下的嵌着粉色石块的水泥板，表面的粗糙永远让行人有一种踏实的感觉。进门后的大厅里，也不奢华。顶棚是巨大的水泥铸件，铸件上没有任何装饰。但是，要在这样的歌剧院演出，必须是世界顶级演员。中国的演员曾经在这里放歌，我们感到骄傲。

导游给我们讲解完之后，我对这个建筑的兴趣更浓厚了。

首先，它的设计者不是建筑师，而是一个丹麦的大自然爱好者。他是在澳大利亚征集设计方案的时候，被评委会选中的。他本来准备放弃，可是，后来他接过了这件工作。

他聘请建筑师为他设计，他亲自指导施工。

这里有世界最大的管风琴。

它的座椅是请一位著名医生设计的。考虑到人如何坐得舒适，椅子上有小羊皮，仿真人的皮肤设计椅子的表面，即使大厅里没有一个人，试唱时仍有像坐满人的感觉和回声。

外面的蚌壳，角度设计，是让海鸟站不到上面；瓷砖是在瑞士烧制，镀了四层釉，光滑得不仅站不住鸟，灰尘经雨水冲刷，很快就干净了。建成后只清洗了一次，是一个反战人士，趁管理人员不注意，爬上去，喷了一个反战标语。

歌剧院的灯光昏暗，为的是不吸引海鸟晚上在上空聚集，以防鸟粪落在上面。

歌剧院建了十几年，超过计划投资好几倍，政府领导为此下台。

丹麦设计师回到丹麦，并发誓再不来澳大利亚。澳大利亚二百年大庆的时候，邀请他，他坚决不来，后来派女儿送来一个礼物。现在在歌剧院的门前，是一个铜球，铜球上切下几个三角块。这些三角块，一面呈弧形，其余为角形，是他对歌剧院设计的理念。

一个世界知名的歌剧院，诞生的经历充满了故事。

我们寻找各种角度拍照歌剧院的外形。后来，无论在海上，还是在夜晚，拍照悉尼歌剧院是大家唯一的选择。因为离开了歌剧院，再没有令人兴奋的好去处了。

我想，这里有两个奇迹，一个是设计它的不是建筑设计师，再一个就是样式选择得奇特。

就像澳大利亚人把多如牛毛的袋鼠精卖给游客当保健品一样，也只有澳大利亚人才会选择这样的一个歌剧院。澳大利亚人不缺乏想象。

初识国外女人

我一直对国外的白种女人有一种感觉，她们是最漂亮的。这种印象是从国外的电影中得来的，比如玛丽莲·梦露，比如，比如。我的印象里，任何一个国外的女人都比中国的女性漂亮。但是导游说，国外的人最羡慕的是中国人。他们的理论是，上帝把人放在烤炉里烤。白人没有烤透，他们要到太阳底下晒；黑人烤过了；只有亚洲人烤得正好，棕色皮肤。

到了国外，我才有机会看到那么多的外国人，外国人里那么多的女人。我在 1978 年第一次走出哈拉海的时候，在北京的街道上看到了外国人，看到了发出杏仁味道的外国女人。这成为我永远难忘的气味和机遇。外国人高高大大的样子，不可一世的气质，扑鼻的味道，成为我最反感的印象。如果谁说国人不好不行，骂外国人我最赞成。那种气味我都受不了。可是，我出国了，我和外国人走在了一起。外国女人成为我们相处的对象。我的感觉，世界统一了。

国外的白皮肤女人都走过了这样的路程。孩提和青年的时候，苗条漂亮，白皙诱人；结婚后，肥胖高大，阔腹粗腿。导游说，这是吃马铃薯的结果。淀粉沉淀，使她们变得肥胖。这确实和她们的饮食有关系。中国五千年的发展，餐饮贯穿了始终。由于贫穷，可食的东西就广泛；国外以肉和奶为主，自然就长出国外的人种。导游告诉大家，国外在保健上很早就免费提供药品，预防"三高"的出现。

我还是很喜欢外国女人。她们生的孩子很小，像熊猫的后代一样，不足一个茶杯大，但是长起来，就是高大的、肥壮的。她们年轻时漂亮得像个天使，转眼就腰粗得像大象一样；如果生育，她们身边会跟一帮小孩。小的背着，大点的抱着，再大点的领着。手里还提着包裹，旁边的丈夫也同样背着大的包裹。一串人前前后后走在一起，庞大的家庭，和谐的步伐，中心是女性。

奶油，面包，牛肉，这样的饮食，培养了这样的女人。肥胖，不影响她们走路，不影响她们劳动，不影响她们欢乐。如果失去了这样的饮食，她们也许连走路都走不了。

这里的女人，穿黑色贴身内衣的比较多。牧场的女人穿，城市的女人穿；黑白相间；黑色也不容易脏。在某牧场，牧场主的女儿为我们开着胶轮拖拉机到牧场去的时候，我也感慨很多。我想起了北大荒第一个女拖拉机手梁军，现在开拖拉机的女性少了，开宝马轿车的多了。国外，女拖拉机手还在开着拖拉机。她黑色的紧身内衣、休闲的裤子、黑色的大头皮鞋，健康丰满，笑容灿烂。嘴唇上穿着一枚金饰。她领着我们看她的驼羊、猕猴桃果园，把草和各种元素混在一起的饲料投在牲口群里，成群的野鸭跑来抢食。牧场卷起的灰尘在拖拉机的上空飘荡。我又闻到了家乡草原的气息。

在黄金海岸市，外国女人在喝酒。正是元旦的时候，她们在酒吧里喝着，跳着；在马路上走着，唱着。见到我们这些中国人，她们夸张地做着动作，美好的舞蹈吸引了我们。我们也摆手，向她们发出男性的欢笑。我感觉，寂寞的国外，如果没有女性的欢乐，就成了睡着的城市。

年轻的外国女人，是美丽的；中年的外国女人，是健壮的；老年的外国女人，是成熟的。

美丽的年轻的外国女人，在她们年轻的时候，会尽情地享受美丽和快乐；玩，乐，笑，找好朋友，和男人在一起，和冒险在一起，和自然在一起，和刺激在一起。青春，就把青春享受个够；中年，有了家庭，就爱丈夫，爱孩子，爱家，爱你我的和谐气氛。你如果没看到外国人出行，就不会想到他们的包有多大，孩子领得怎样多，那才是全家出动，所有的东西都在包里，所有的家庭成员都在一起。老年，脸上的肉垂下来了，头发白了，但是，沧桑永远是骄傲的资本，沉静永远是面部的表情。我在赌场看到一些老人，他们来到老虎机前，把卡插进去，玩一会儿，不管赢输，就匆匆走了。

也许男人永远不懂女人的心理，更不懂国外女人的思维。但那种自爱、被爱、寻求爱的天性是一样的、相通的，嫉妒和争夺是相近的。国外女人也许永远改变不了她们发胖的历史，但是，也永远改变不了沸腾的爱情生活。

红 灯 区

在悉尼的女导游是大家满意的。虽然开始大家还不习惯她的唠叨、卖弄以及和男人开些过格的玩笑，但是，渐渐地熟悉后，发现她的知识较广泛，心眼也挺好，大家也有意和她接触或者说笑起来。起初喊她导游，后来喊她小李。

大家奔波得有些疲乏，在车上就迷糊着睡觉。小李有精神，滔滔不绝地讲。她问大家，你们知道为什么悉尼奥运会马拉松比赛，跑赛的运动员整体慢了三分钟吗？她想吊起大家的胃口，再说出来。大家实在是困，没人搭话，只想等她说出结果。她故意不说，等着有人问她。她是怕大家睡着了，她白费口舌。

见车厢里没有回应，她只好讲下去。

她说悉尼是一个开放的城市，很多东西在世界其他地方不允许，这里是可以的。比如同性恋，在世界上是一个敏感的问题。世界上的同性恋大会就在悉尼开过，而且还要求政府在法律上给予支持。所以，这里有同性恋街，很多同性恋者晚上聚在一起。这里有情人海滩，女人们不戴乳罩，和男人一样游泳。还有红灯区，允许一些女人从业，但是必须按要求检查身体。检查身体是免费的。介绍完这一切，小李开始总结。

"马拉松运动员跑到情人海滩，慢了一分钟；跑到红灯区，慢了一分钟；跑到同性恋街，慢了一分钟。正好三分钟。为什么？那些男女在路两侧欢迎他们，运动员也经不住诱惑啊！"

是不是整体慢了三分钟，只有天知道。小李说的慢了三分钟，是在给大家介绍这三个景点，吸引大家，引诱大家，如果另掏钱，她可以带大家去玩。

红灯区名字的由来，至今让人费解。为什么叫红灯区，是那里亮着红灯吗？红灯，是给人以警示吗？还是因为红灯有昏暗的意思？张艺谋的《大红灯笼高高挂》电影，和红灯区有联系吗？或者和某种不光彩的交易有关。我记得胶片洗印室里就亮着红灯，胶片在红灯下不曝光。红灯区，已经成为大家只可意会不可言传的地方。

同性恋，也是不被人理解的。正常的是饮食男女，可是，同性恋是男的和男的、女的和女的。这种畸形的恋情，也给生活带来色彩给社会带来扭曲。

女导游小李在这个时候，出现了一个小小的失误。

她说：因为这些景点不在安排之内，如果谁去，还要收钱。这样吧，我清点一下人数，谁去谁举手。

车厢里没有动静。不是都不想去，而是谁也不想把手举起来。虽然互相都不认识，但是内心里却有一道防线。这个防线是道德的、良心的、脸面的，很复杂。

小李笑了。好像真要犯错误似的。到了，你们就知道了。这样吧，谁去谁把钱交给我。

夜晚到来的时候，大家都默默地上了车。那一对度蜜月的男女没有去，他们留在宾馆里享受自己的红灯区。大家开玩笑说话都很不畅快，好像在做一件见不得人的事。特别是女同胞，脸上还挂着不好意思。大家这是干什么去呀？偷吗？抢吗？为什么这么可怕呀？

汽车在夜的街道穿行，灯火阑珊，人稀路静。白天就不热闹的城市，晚上埋在夜空里，好像早早地睡着了。如果不是导游提醒，谁也不知道红灯区到了。大家聚精会神地观察，细心地看，又装作不在意。我不知道是不是有人屏住了呼吸。

街道是静静悄悄的街道。

灯光是同样的灯光。

导游小李说，你们看到什么了吗？这里和其他街道有什么不同吗？见大家不回答，她又接着说，这里不同的是，晚上有警察巡逻。

大家果然看到了两个警察在走。小李说，澳大利亚的警察都有腰肌劳损，他们的腰上挂满了警具。

车在前边拐弯了。红灯区结束了。

大家除了黑乎乎的房子，别的什么也没有看到。大家好像同时叹了一口气。导游小李绝顶聪明，她说，你们也只能看到这些，谁也不可能到屋子里面去，是吧？见大家都笑了，她接着说，不过你们可以到前边同性恋俱乐部看看，但是不能拍照。

同性恋俱乐部也没有可看的，就是男人和男人喝酒，女人和女人喝酒。男的比女的多。

车往回返的时候，有人开始后悔花了冤枉钱。

世界上，只有想象是美好的。得到的，都是多余的。

我住过的旅馆

出国旅游离不开住，特别是这样每天都急匆匆地到处游览，居住下来，休息一下，是大家最盼望的。在我们下了飞机之后，大家急切地盼望着到旅店休息一下的时候，导游就会说，旅馆上午倒不出房，我们只有晚上才能住进旅馆。于是，把大包小裹放进巴士的物品厢，大家拖着疲惫的身躯，开始游览。这样的精神状态，看什么能打起精神哪？所以，只有不停地拍照，到了晚上，才到旅店去。

我不敢评价新西兰和澳大利亚的旅店，因为旅行团安排的都是小型宾馆或城边的宾馆。老郭的女儿在悉尼读了两年书，晚上看爸爸，自己开着车走了近两个小时，也没有找到我们住的旅馆，最后只得问悉尼的导游，才找到。见面后，老郭的女儿说，你们住到城边来了。我们也能感觉到，旅馆附近没有任何商店和酒吧，只有一条高速公路在门前穿过。我不知道这两个国家的大宾馆是什么样子，但是，大家对住这样的旅馆却非常满意。

旅馆的任何物品都很干净。毛巾像新的没有用过的一样；床单雪白，也像新的一样；物品齐全，但是没有拖鞋，没有垃圾一样的一次性洗漱用品；任何一个旅店里都有电吹风。开始以为国外没有两相插头，旅馆里给你准备了三相变两相的插头。另外，电吹风也是两相的，卫生间里有一个两相的插头。看不到服务员，收拾后的房间，你放在什么地方的东西还放在那里。服务台上有一到两个服务员，除了微笑，即使是会汉语的，也不会对你大声说话。整个旅馆每时每刻都是静静的。

旅馆的每一处都很干净，但是不奢华。房子不高，有电梯。我们常常被电梯搞糊涂，以为办完住宿手续，进的电梯就是一层，再上是二层，向上类推，三四五层。结果错了。初进的一层，是英语符号标的，上一层才是一层。等大家明白过来，开始离开旅馆了。旅馆的门很多，旅馆的走廊也很曲折。不注意，常常走不出来，只得回去重走。好些人因此影响了车的正点出发。我有一次，坐电梯到了停车场，费了好大劲才走出来。

这两个国家都不冷，房子都是板式的，很简洁，大声说话不隔音。临走的前一天晚上，老王隔壁住进一对外国夫妇，两个人兴奋得到半夜还没有睡觉，发出的声音让老王受不了，无奈之下，只得拍墙。第二天早晨在门口看到了那一对夫妇，老王指给大家。他们以为打招呼，男的点点头，女的脸上是灿烂的笑容，向我们摆摆手，老王倒不好意思了。

住宿是大家最放心的，不用担心旅馆的卫生条件，不用担心旅馆的服务态度，不用担心房间里的设施。高档的卫生纸每个房间都是两包，任何一个旅馆都是这样。我喜欢如特茹瓦小镇上的旅馆，小巧而烂漫，室内是一张双人床和一张单人床。窗外是民房，早晨起来，走廊的地上坐着夜里来旅行的客人，正和孩子们欢笑。我喜欢黄金海岸市的旅馆，窗外是一个平台，在平台上我看到了元旦的焰火，听到了狂欢者的欢笑。我喜欢悉尼旅馆里的酒吧，酒吧里没有任何菜肴，投币机里的小食品是中国产的，我们吃了一袋小食品，每人喝了三瓶啤酒，拿着旅店发的优惠卡，省了五角钱澳币。我有所疑惑的是，这些旅店都不大，可是能住下很多人。我更疑惑的是，国外的人都那么高大，走廊设计得连小巧的中国人过去都不宽松，建设的时候，消防审批了吗？我还疑惑的是，没有保安和更多的看门人，东西被偷怎么办？当然，我们忘在如特茹瓦的近万元的衣服，被他们送回到手里。

我们常常想得很多，外国人想得很少；我们常常以最坏来推测他人，外国人以正常的理念来安排生活。我们要防火防盗防偷防一切不测，以历史上的一万，防今后的万一，外国人好像没有这样的头脑，旅馆就是住宿的地方。

她是一个聪明的劳动者

我身边有那么多优秀的劳动者，可是我发现的很少。正如有一句话说的，我们缺少一双发现美的眼睛。

九三工会的领导在开妇女劳动致富会的时候，邀请我们场的一位妇女去讲话。她养了十七头奶牛，家里生活富足。我们安排写材料的高手为她准备讲话稿，但是她不用。她不用稿子向大家讲她的生活过程，讲得很精彩。大家赞扬她能讲，不怯场，讲得好。她说，我讲的是我做的，没有一句假话。她的自信来自她的事业。

在我的心目中，女人都是优秀的。世界上只有失败的男人，没有不成功的女人。女人在男人和社会的不公平对待下，像石头下面的植物，艰难地生长起来。男人的自尊是飘在空中的彩色气球；女人的自尊是家庭的殷实生活。

这个妇女，普通得像田野中的泥土，朴实得像随处而生的白杨树。她为了家庭的生活，在山东倒过蔬菜水果，赔过，赚过，什么苦都吃过。养奶牛，第一年下的母牛犊，第二年下了两个母牛犊，养了三个月，两个牛犊卖了一万元。有人给她两万五，买她的母牛，她不卖。钱再多也有花完的，有牛，可以下犊，可以挤奶，有赚不完的钱。她的奶牛喂得光滑，膘肥体壮。她把它们当孩子似的伺候，它们有淌不尽的乳汁。她还种地，地里的庄稼她也种出了经验。不等玉米秸秆干，就割下来，玉米棒子熟得又饱满又亮，玉米秸还绿着，喂牛。牛少的时候，种一百多亩地；牛多了，少种，五十多亩。养牛种地，每年收入多少万。

夏天挤奶，蚊蝇多，挤奶受罪，牛也受罪；她用纱窗布把牛棚罩上，蚊蝇进不来。她穿着背心拖鞋挤奶，奶也干净。家里现在要啥有啥，日子踏实而甜蜜。她说她最看不上过不起日子的老爷们儿，动不动找领导要低保，少个几块钱就骂大街。"我的日子是一点一点过起来的。我相信自己。"

她要回山东老家过年，我们把劳模表彰会提前开了。她是劳模会上的明星。

吃饭的时候，我先敬她一杯酒。她的个子不高，健壮结实，面色红晕，说话还没有改掉山东味。我见过许多聪明能干的山东人，他们也许不如南方人细腻，但是智慧是一样的；他们有着东北人的豪爽，但是比东北人坚强；他们有着东北人的健壮，但是比东北人肯吃苦。他们和东北人生活在同一个环境里，但是他们知道怎么在这个环境里把日子过起来。东北人和山东人的手里同样有一元钱，东北人是急着把这一元钱花掉，山东人是想办法把这一元钱存起来；东北人饿了会喊叫，山东人饿了紧紧腰带。同样是玉米，东北人把它轧碎，成为玉米楂子，山东人把它碾碎，摊出了煎饼；两种食品，两种性格。

地域滋养了人的秉性，籍贯圈定了人的思维，杂居沟通了人的习惯，嫉妒变异了人的追求，女性改变了人的社会。

听了这位劳动模范的讲话，我的讲话就没有讲。我把她的想法和实践，当成了讲话的内容。理论在实践面前，永远是矮小的。我仿佛受到感染，没有一个字的稿子，我竟能很顺畅地讲完。

祝那些劳动着的人们，好运。

曾经的两个邻居

我家当年在良种站居住，当时，站校合一，也可以说，我家居住在子弟学校。学校只有一趟供居住家属的房屋，东面做了学校食堂，西面住了四家。除了我家，一位数学老师的家，还有两家，一家姓刘，一家姓范，是学校的校工，并耕种着良种站的实验田。

这两个做校工的邻居，有一个共同的特点，就是能劳动。学校和良种站的活都是两个人干的。学校养了几头牛，他们用牛耕地、拉庄稼，干所有的零活。他们像牛一样，不言不语，默默劳动。

老范比老刘年轻些，长得精神健壮，把吃苦不当一回事。他有乐趣也有苦恼。苦恼是没有生出儿子，一连生了几个姑娘，急着要个儿子。他把小姑娘起名叫老改，意思是改个性别，生个儿子。老婆怀孕的时候，赶上计划生育，只准一对夫妇两个孩，组织上动员他不要再生了。可是他们夫妻坚持认为这个没有出生的孩子是男孩，不听劝告，一定要生下来。本来是工人，也不怕组织处理；当时还只是号召，也不太严格，稀里糊涂就生下来了，果然是男孩。全家大喜。

老范的乐趣是养鸽子、捉野兔。屋檐下是咕咕叫的鸽子，有了儿子，可以把鸽子给儿子烧了吃。冬天下雪，他就用铁丝做成套，到雪地里套兔子。他知道兔子走哪条道，每天都能套着。当时的生活都很苦，有野兔改善生活，大人和孩子都很幸福。

老刘只知道干活，家里的事从来不问。最舒心的是干完活，吃着老婆蒸得又大又暄的馒头。什么菜也没有，也能吃两个大馒头。家里的事都是老婆管，他连问都不问一句。

他家和老范家正相反，生了四个儿子，没有一个姑娘。四个儿子，老大有些聋，说话费劲。当时转正工人，说老大有残疾，不给转。老刘的老婆就开始找，说是当年冬天建主席像，放炮，耳朵震聋了。还有人给写了证明。最后转成了工人。转成工人还要成家，场里找不到媳妇，老刘的老婆就到远处托亲戚家给找了媳妇。媳妇的家里很困难，孩子多，年纪还很小，老刘的老婆就领到场里做了她的儿媳妇。媳妇生了孩子，她还要来照顾。

还有个孩子是哑巴，老刘的老婆就把他送到市里的聋哑学校上学，学了木匠，在学校还找了同学做媳妇。他们的孩子也考上了大学。

两个残疾的儿子，被老刘的老婆安排得很好。

另外的两个孩子，继承了父亲的能干，生活得很美满。

在做邻居的时候，还没有多少感觉。老刘和老范总是穿着那一套衣服，黑棉袄黑棉裤。过年的时候，套上新的黄军装。过完年，就脱下去了。当时场子归军队管理，每年要发黄军装。因为孩子喜欢，都给孩子穿了。他们的头上戴着狗皮帽子。老范的背有些驼，走路很快；老刘走路慢，说话也迟钝。他们无怨无悔地劳动，过年才好好休息。可是刚休息两天，两人就累得受不了，到处找活干。老刘到牛厩里刨粪，老范站在阳光里，给牛挠痒痒。他们盼着早日上班。

春节也是两家的老婆最忙碌的。一年对付着生活过来，春节要吃得好，吃得香，吃得大方富足。老范的老婆会发好几盆面，倒上多半锅豆油，炸出好几盆油条、麻花，过年放开地吃；老刘的老婆会在锅里炖整只的小鸡和大块的猪肉，都是自家养的。老范和老刘吃得脸上放着光，知足地看着身边的一切。

虽然我们家和他们不是邻居了，他们的儿女长大起来，经常能见到。见到了，就好像又看到了老刘和老范。

一　年

一年，我坐下来，休息片刻。

头上是冬日的阳光，地下是遍野的白雪。我想找一块石头坐下，身旁是一棵柳树，柳树上虽然没有绿叶，柳丝上攀爬的叶苞正在醒来。最好有一只黑色的村狗跑过来，冲着我"汪汪"地叫几声，然后收起尾巴，靠着我坐下，和我一起望着远方。远方一片迷茫。

脚下有河流走过，冰面上被阳光啄食的坑洼开始变软，能听到山里清泉汩汩的涌动声和泉水奔跑的哗哗声。时间在水里流淌。

我想骑上一辆自行车，向前狂奔。我不知道路上有多少坎坷，有多少风雨，和太阳一起向前；太阳落下去，我和月亮在一起；和星星在一起；和黑暗在一起。路上的冷雨把道路变成泥泞，我会像我父亲那样，把自行车扛在肩上，向前走；会像我母亲那样，踩着路边的马莲和草丛向前走。走累了，坐下来，听风从我耳边流过。我知道这条路有多长，有多少转弯和陡坡。我知道我得走。虽然我们都是过客，匆匆而过的距离都是相近或相似的，我把那漫天的苦难也当作鲜花和雨露，我的生活就充实快乐，作为过客的我路就漫长。

一年。

走过来了，就没有任何意义了。

我不愿意看饭后的杯盘狼藉，我不愿意思考已经经历的过程，我不愿意盘点成功和失误，我不愿意回忆害怕回忆躲避回忆仇恨回忆……

一年。

很长。钟表的嘀嗒声堆积成高高的山峰，使懦弱者无法攀越，人类的呼吸凝成风暴，搅动了飘飞的生活。

很短。早晨还是正月，傍晚就到了腊月；昨天还忙着春种，今天五谷已成了家家户户的口粮。

一年。

新的一年。开始的时候，觉得有很多事要做，做的时候又失去了感觉。随着年龄的增长，好像很多事都累积在案头等待着去做，却又做得不满意。完美主义越来越顽固。

一年。

临近的时候，就激动不已。过去的结束不可惜，新的一年到来得太快，好像一切还没有准备好，就要开始起跑了。我不想听到那悦耳的除夕的钟声，它不仅仅是宣告着一年的终结，而是宣告着新的一年的开始。开始会是什么样子呢。当年底的一件事别人告诉我多少人在算计着农场和集体利益的时候，我才知道生活的阴暗和阴险，不可预知和不可躲避。利益的推动会有多么大的力量。当金钱主宰着一切的时候，我不知道天空的太阳会不会公平地照进每个家庭的窗口；当富人操纵着个别人的权利的时候，百姓们能否轻松地喘口气；当新的一年降临的时候会不会风调雨顺，我身边的耕种者能否把种子种下去把收获拿回来。

一年。

是不可知的。当可知的时候，又是临近除夕钟声的时候。那时候，任何总结和回忆都没有必要了。虽然我们是喜欢总结经验的人，经验解决不了已经过去的日子，也规范不了新开始的生活。新的一年，又是一个新的天空和新的人群，新的计较和争夺，新的生活的开始。

一年。

重新再来。

一　天

一天，幸福的日子，记下来。

一年三百六十五天，只有一天最美丽。这就是除夕这一天。也许人们会说，初一才过年，初一才是最快乐的日子。实际，初一是最没意思的日子，最无聊的日子，最不舍得过去，过去最快的日子。初一的上午因为除夕的熬夜还在睡意中，下午吃饭的时候天就黑了。当醒过来的时候，问"初一呢"，初一早就过去了。就像周六比星期天好，恋爱比结婚好，孩子小比成年好，除夕比初一好。因为盼望着比到来好。所以，过年过的是除夕，盼的是除夕，享受的是除夕。

一天。

除夕这一天比一年都舒心。上午是忙碌的闲散，下午的年夜饭是幸福的欢快。晚上在钟声响起来的时候，把过去和未来包裹起来，在沸腾的开水里煮。煮熟的是昨天的故事，吃下的是明天的传说。记得我还小的时候，晚上看着父母包饺子。馅，是白菜猪肉；面，是供应的面粉。我不知道那时的面粉不好，还是面筋少。煮饺子的时候，我爸爸说熟了要早捞出来，我妈妈怕不熟，要晚捞饺子，结果，捞到盆里的饺子，很多馅都露出来了。我们就先挑露馅的饺子吃，没有什么味道。初一吃剩下的，又粘在一起了，也没什么味道。但是节日的愉快弥补了味道的不足。童年留给我的快乐，也就是过年；过年留给我的印象，也就是除夕吃饺子。吃完饺子以后的日子就记不清了。一年只有这一天。

一天。

一天的快乐要伴随一年。这样算，我们的生活也就几十天，几十个除夕。除夕的宣泄和忘我，是因为要卸下一年的担子，把苦辣酸甜倒在酒里喝，包在饺子里吃，向亲人倾诉。为什么春节晚会的搞笑小品受欢迎？苦了一年，需要快乐；忙了一年，需要放松；奔波了一年，需要一个温馨的港湾。放声地笑一次，忘了自己。

一天。

一天过去得太容易了。谁也没办法让一天慢些，谁也不能让一天分成两天。时光是不能阻拦的，前进是不能停顿的；造物主把欢乐给你一次就足够了，不要有更高的奢望。欢乐累积在一起，同样会变成痛苦；在甜蜜里浸泡，同样会绝望。据说闯王李自成看过年好，连着过了十八个年，结果江山倾覆。适可而止，快乐只有这一天。一天的快乐是糖块，一年的快乐是糖水。知足者常乐。

一天。

珍惜一天，就是珍惜一年。珍惜一年，就是珍惜一生。该欢乐的时候，就尽情地放纵快乐；这一点，我们种地的人最懂得。忙碌了一年，只有在这一天坐下来，弹去袄袖上的灰土，洗去皱纹里的风雨，用满是老茧的手端起盛满烈酒的杯子，一饮而尽；辛辣和温暖在喉咙里要停顿很久很久；幸福在酒气里翻涌着升起来。一年的这一天，等了许久；一天的这一刻，等的就是这杯酒。咳，生活，其实就是这一顿年夜饭。

一天。

有了这一天，就有了过去说不完的日子；有了这一天，就有了今后过不完的生活。等到夜晚无数爆竹在空中爆响的时候，幸福就降临在千家万户。

一天。

和家人共同度过。

背起书包走人生

美国的迪士尼乐园是一个非常吸引人的地方，排队买票来玩的人很多。长长的队伍，怎样使这些人在排队时不枯燥，能有耐心呢？经营者经过细心地研究后，决定用分散人们注意力的办法解决。他们安排一个小丑在排的队伍旁边表演，使排队的人在小丑的逗笑里忘记了排队的单调，不知不觉中度过排队的烦恼。

我们漫长的人生怎样度过呢？不知谁研究出来的办法：培训。

当我们离开学校，走向社会，走进工作岗位开始，培训就伴随着我们。如果是进入仕途，培训就会更多。我在九十年代初，在中国农垦管理干部学院培训三个月，天南海北的人都有；后来又来到学院一次，培训十五天，学习《邓小平文选》，结束的时候，我代表沈阳军区发言，引起巨大的轰动，学校说要聘我为校外教师，我得意了很久。虽然没成为校外教师，但引起了领导对我的注意，对我今后的发展，发生了作用。再往后的培训，多得让我记不起来了。我不想说北大培训的漫长，也不想说以会代训的短暂，只是这一次，就让我难忘。难忘的不是学习得如何，而是培训中的经历使我感到很有意思。

培训班的名字叫高级职业经理资质评价培训班。

给我们培训的老师都是请的知名的学者，这些人都深谙教学之道，懂得这些培训的人不爱听纯理论，他们就一边讲案例，一边发挥语言和肢体的作用。有的像讲评书，有的两手频繁摆动，表演痕迹特别大。有的干脆就不讲，让大家互动，再现情景，把课堂弄得十分活跃。

大家不住地点头，说，讲得好，讲得好。

大家到处说这回老师讲得好，讲得好。

像幼儿园里哄小孩，大家高兴了，夸奖起老师来，眉飞色舞。哪里好，好在哪里，记住了哪些，却说不清楚。最后一个女老师讲得最好，她说，大家平时压力就很大，希望听我的课能带来快乐。

快乐地听课，快乐地培训，甚至快乐地考试。女老师微笑着讲课，大家却笑不出来，都怕考试考不好。虽然都知道，考不好也不会影响工作，但考不好丢不起人哪。

大家一进培训班，关心的第一件事就是考试。每人发了一份考试复习资料，里面是试题的模式和试题。大家还听说，讲课和考试不同。讲课是讲课，考试就在这个小册子里。我问，上期是在这个小册子里出的题吗？有知情者说不都是。有好事者在上课的同时，准备起考试来。论述题都打成现成的材料，课下都纷纷传着。虽然大家照常地喝酒，照常地上课，但心里都被考试的阴云笼罩着。

可是，要真正地把四本厚厚的书看完，却没有时间，也没有信心。尽管喝酒有时间，打麻将有时间，谁也没有时间看书。电视没有要看的节目，就不住地用手机发短信，生的熟的，男的女的，全联系上。有人感叹说，短信真好，不好说的话，用短信都敢说。电池一天一块。问给谁发的，都偷偷地坏笑。

到考试那天，所有的论述题都被勤奋的人做完了。我也收到了厚厚的一份，给我的时候，还叮嘱我，答题的时候，不要全抄，要改改。考试的早晨，大家都早起看复习题，虽说闭卷题只有十分，老师说不重要，可是大家都不想丢掉。得一分是一分，都是这个心理。

考试第一天下来，班级一片低迷，都像丢了什么似的，不声不语。复习材料里的题，考试题里几乎没有；老师讲课时的有几道，还没看。特别是论述题，准备了那么多，竟一道也没有。有记性好的，想起老师讲过，但是没做，后悔得痛不欲生。涂题卡第一次用，用得费劲，就直接用铅笔涂，放弃了涂题尺。

题都答了，但是谁也不问答案。大家这时候才感到了培训的累。

我把我收到的一个短信念给大家，大家纷纷让我给转过去——

一头驴拉不动车，怎么打它，就是不起来。这时，一学者过来，对驴的耳朵说了几句话，驴马上站起来，拉车就走。赶驴人问他说了什么，他说，我告诉驴，如果再不拉车，就送你培训去。

其实，培训是一件好事，调侃是一种揶揄。

培训，让我们背着书包走人生。

红 喜 鹊

我认识一位朋友，相交多年，因为都在一起写文章，我们之间是文友。又因为在其家中排行为四，加上姓，就叫赵四。喊得久了，只记住赵四这个外号，真名字就忘记了。

赵四大学毕业，分配的单位由于经营不善，使赵四很早就失去了工作。后来在报考公务员的时候，因为文章写得好，赵四考进了市委，成为市领导的秘书。赵四由此找到了施展才华的位置。市里领导的大材料都出自赵四的手。一个惯于在报刊上发表作品的人，写起政府的材料来，如鱼得水，游刃有余，而且洋洋洒洒，写得十分漂亮。

赵四大学学的中医，业余写作的时候，中医里的知识也用得上。赵四主要写散文，而且写得熟练、厚实、精彩。中国散文的顶级刊物《散文选刊》，把赵四的散文作为头条发表，令同行们十分羡慕。

赵四写散文写得用心。文章结构严谨，启承有序；内容多是描写自然，一景一物都很有灵性。特别是赵四的中草药知识，使文章里叙述的植物动物更加活灵活现。赵四写的中草药的散文，堪称精品。这组系列散文开启了一个新的境界：既是药，又是草；既是景，又是理；既有艳丽多姿的绰约风貌，又有实用的生活价值；看则是形，用则是物，把个丰富多彩的大千世界呈现在读者面前。只用短短的几年时间，赵四就从一个文学的门外汉，成长为一位优秀的作家，可见所用的功夫和本人的聪明。在赵四走进市委做秘书的同时，又成为市作协的副主席，可谓双喜临门。紧接着又出版了作品集《纸上的舞蹈》，成为令人瞩目的人物。

《纸上的舞蹈》，书名很别致，也概括了赵四从文的生活。舞蹈是肢体语言的艺术，是高雅的享受。著名雕塑家罗丹为现代舞蹈艺术家邓肯雕过塑像。邓肯冲破传统的压力，把现代舞蹈推向世界的时候，我敬佩她的精神。特别是她让自己的学生用车拉着她在大街上展示她的现代舞蹈艺术的时候，我被她的勇敢征服。这是一个女人改变世界的典型。赵四用舞蹈这个词来告诉人们，这部集子里的作品的丰富性和在文学道路上行走的艰难性。舞蹈，舞则满天狂风雨雪；蹈则遍地坎坷泥泞。一边舞，一边蹈，看出赵四在生活中勇敢跋涉的状态；一边蹈，一边舞，正是赵四面对现实的乐观精神。

纸上得来终觉浅，一曲舞蹈动天地。

可是，就是这样一个精神生活和现实生活都很完备的人，昨天却突然对我说："长这么大，我一直认为喜鹊是红色的。现在我知道，喜鹊身上是黑色和白色的。可是我改不了对喜鹊的看法，一闭上眼睛，喜鹊还是红色的。"

我开玩笑说，你在家乡看到的红窗花，喜鹊都是红色的，这种记忆埋在你的心底，正说明你对生活的看法。红色，是热烈，美好的象征。你太热爱生活了。

但是，赵四还是想不明白为什么潜意识里，永远也改变不了喜鹊的红颜色。我说，苏联写卫国战争的一部小说，把太阳写成绿色的，别人不理解，以为写错了。作者告诉人们，当战争的炮火把他掀翻在地上的时候，他在昏迷中醒来，看到的就是绿色的太阳。这种个人体验的真实性，是独有的。正像你在纸上跳舞蹈一样，张继刚获得小丑奖的杂技是在人的肩膀和头顶上跳芭蕾；看到别人看不到的东西，才叫出人头地。接着，我对赵四说：

我希望你心里的这只红喜鹊永远都不要飞走。

你就是一只红喜鹊。

荒原深处野趣多

哈拉海湿地被称为世界知名湿地，一是它的原始性，二是它的生物多样性。所谓的原始性，就是它沉寂在那里，几万年没有人来动它；雨雪风尘降落在这里，累积为活的历史。它的生物多样性，就更宽泛。小到肉眼看不到的微生物，大到奔跑的豺狼虎豹；水里的，天上的，这里应有尽有。说它是荒原，就不只几种植物，凡是在这个积温带里能生长的，都有。我曾在纷乱的草丛里捉过蚂蚱蝈蝈。长着水稗子草的湿地里，蚂蚱蜂拥着飞起来；厚重而神秘的绿草里，蝈蝈悠闲地鸣叫。看似很平常的草地，鸟窝就搭在里面，直到孵化的鸟飞起来，才能看到地面上和泥土的颜色混在一起的鸟窝，几枚鸟蛋是土灰色的，有的带着淡黑的迷彩花纹；或许有出壳的小鸟，正张着嘴，张开的嘴和身体一样大，嘴边上镶了一圈嫩黄，细微的叫声表示着饥饿。它们的父母，如果是黄雀，就在身边不停地飞；如果是云雀，就在头顶上不停地叫。

沼泽地里和水泡子里的水鸟更多。沼泽地里的鸟，都有着长长的腿，它们在浅水里觅食，在岸边的苇丛里做窝，窝搭得有一尺高，防止水害的侵扰。丹顶鹤就是这种鸟。有一种灰鹤，我们叫它"老等"。它站在浅水里或捉鱼的机关上，等鱼，远远看去，像个灰色的木头。它的脖子长腿长，身上没有肉，这是等待的结果。水泡子里，有一种水鸟叫鹧鹕，我们叫它"王八鸭子"，它的嘴又长又尖，头上有一撮好看的长毛，像武士的帽徽。身体呈椭圆，状似王八。它下的蛋，是淡绿色，窝搭在水里，远远看去，就是一片水草。它把蛋埋在水草下面，拨开水草，捡到两枚蛋；再拨开下面的草，还能捡到。一种叫鱼鹰的水鸟，下的蛋只有鹌鹑蛋大，在阳光里孵化。最大的飞翔的鸟，我们叫它"老鹳"，天鹅地鹳十八斤。这种鸟很大。

奔跑的动物就更多。这里的人戴的帽子，长长的皮毛灰色带黑点，是貉壳帽子。在雪地里追它的时候，它跑得不快，撵上了，它回过头来，做出龇牙欲咬的样子。有经验的，会上前捉住它；没有经验的踢一脚，它翻身再跑，就谁也追不上了。用它的皮毛做帽子，冬天只要戴在头上，不用放下帽耳，就很暖和。狼皮也很好，但狼的报复性强，谁也不愿意用。用野兔皮的很多。其实，狐狸皮最好，用狐狸皮做的防寒物品，热得让人受不了。但是，人们相信狐狸的灵性，它的妖孽和诡异，使人把它作为报应的动物，没人敢动它。据说，有动它的都遭了报应。传得最广的是开拖拉机的包车组几人，捉了一窝狐狸，结果几人相继倒霉。我在上小学时，学校的邻居有一天在剥狐狸皮，学生们好奇地围观。后来有一老头来找，说是狐狸是他的，他下的夹子。老头要走了夹子和狐狸皮，肉被捡到狐狸的人吃了。后来我再没有看到这些人，不知是否遭了报应。我是反对伤害这些自然界的生灵的，尤其狐狸，《聊斋》里把它写成聪明妖艳的仙女，就更需要保护。人们还喜欢到土坝上捉黄鼬，我们叫它黄皮子。它的尾巴很值钱，供销社收去，工厂用它做毛笔。但是，黄皮子很狡猾，捉到它很难。它放出的气味很难闻，许多女人或体弱的人，闻到它的气味，会晕头转向，胡说八道，出现精神癫痫，所谓的被黄皮子迷了。其实，这是弱小的动物为保护自己最无奈的办法。所以，人们不愿意捉它，只有生活很困难的，才捉了它卖钱。据说，它的尾巴当时能卖五元钱。

荒原上，无论是冬天和夏天，都有动物在生存。其实荒原是属于动物的，但是，人要居住，动物也没有办法。

拿得起放得下

一本杂志上，写了一个佛家的小故事，很有意思。

小和尚跟老和尚下山化缘，走到河边，见一个姑娘正发愁没法过河。老和尚对姑娘说，我把你背过去吧。于是就把姑娘背过了河。

小和尚惊得目瞪口呆，又不敢问。这样又走了二十里路，实在忍不住了，就问老和尚，师傅啊，我们是出家人，你怎么能背着那个姑娘过河呢？

老和尚就淡淡地告诉他，你看我把她背过河就放下了，你怎么能背了二十里地还没有放下？

这样的一个故事，道理却是很深的。

拿得起放得下，正是一个人看问题办事情的水平。我们说的小肚鸡肠，心胸狭窄，正是拿得起放不下。我们说的大度宽容，正是拿得起放得下。

我遇见很多人，计较着一些细枝末节，耿耿于怀。一有机会，就报复，以消除心里的积怨；或者把过去的恩怨拿出来，说给大家，达到心理平衡。或者是为大家做点事，就希望听到感谢，听不得批评，其实也没有意思。回想一次不愉快，就是对自己又一次的伤害；完成一次报复，就是增加一次对自己的负担。不怕出现事情，怕出了事情放不下。放不下就要寻求解脱，解脱的时候带来的就是麻烦。背姑娘过河的事天天有，有放得下的，就有放不下的。都放下了，就没有尘世；都放不下，就没有社会的和谐。

我在《故事会》杂志上看到一篇小故事，说木匠给一家打新婚家具，吃饭的时候，见炖的鸭子，就捞里面的东西，后来主人问他捞什么，他说他喜欢吃鸭肫。主人说，这个鸭肫孩子吃了，以后再炖鸭子的时候，给你留着。主人告诉了夫人。可是到把家具做完，炖了几次鸭子，也没有吃到鸭肫，木匠有些不高兴，就在床上做了机关。结果害得新婚夫妻离婚而散。原来夫人把鸭肫腌渍好，想让木匠带着，走时忘了交给木匠，让亲属送去，才解开疑惑。

生活中，这样的细节很多。

我们说，小和尚背了二十里地还没有放下，有的人，有的事，背了一生也没有放下。这些人和事，在别人也许早忘了，在自己却永远背着。像莫泊桑的《项链》一样，本来是假的，丢了就说丢了，可是为了面子，买了真的还人家，结果一生都在偿还着债务。

我曾经写过学会放弃，但是做起来，却很不容易。也许正因为不能把大大小小的事放下，人才活着；也许看重了大大小小的事，人才有了精神；也许被大大小小的事压迫着，人才感到累；也许把大大小小的事解脱了，人就没有了目标。我们常常听到这句话，"就为了出这口气"。

大彻大悟，是一种境界，但人不能企及；烦心琐事，是一种干扰，但人必为之。

如果拿得起，放不下，就告诫自己，最多背二十里地，再笨，也不能不如小和尚。

生命在你手中

节日期间，偶读闲书，对人们的思考特别感兴趣。虽然社会的发展让人焦躁不安，愤世嫉俗，自我清高，但是人们对生活和自我的思考越来越深刻。保护自己，关爱自己，承认自己的观念越来越多，把健康引入到自己的行为当中，视生命为第一的看法正在深入人心。我们喜欢把教师的职业比作蜡烛，燃烧自己，照亮别人。实际上每一个人都是蜡烛，都在用生命燃烧着自己，即使你不想照亮别人，你的光芒也温暖着社会。谁也挡不住自己这支蜡烛的燃烧，也就是说生命的进程和时间一样，在消耗中毁灭，在光芒里永生。

我喜欢这样一个观点，生命没有过渡，生下来就进入了自我燃烧，无论做什么，都是生命的一部分。所以，不要等待、希望、准备，寻找机会，该做的就做，该发生的就让它发生。爱就爱成现实，追求就追求到底。芸芸众生，只有自己关注自己，知道自己，温暖自己；我们靠把自己当回事儿活下去，我们就要活得自我一些，勇敢一些，真诚一些，快乐一些；想要别人把自己当人看，累；自己把自己当人看，充实；做出来你就喊，幸福。人生六个字：前半生"不要怕"，后半生"不要悔"。怕了，就一事无成，让"不怕"的获得了成功，生活中就一次机遇的话，机遇就不属于你了。狭路相逢勇者胜。我们看到工作干到中央的人，在每项工作中都干的时间很短，他们最知道生命的意义。在某个工作中，稍微停顿一下，时间就飞逝而去，在生命中迅跑的人就会擦肩而过，落伍的感叹就会油然而生。

聪明的人，最早意识到生命的短暂性；愚蠢的人把生命在时间里煮。

　　并不是说燃烧的一段生命都要辉煌起来，也并不需要都有价值的燃烧，由于个体的不同，光芒就不同。如果我们都像奥斯特洛夫斯基那样回忆每一天都不庸庸碌碌，是不可能的。我们所赞赏的是他在火焰微弱的时候，不为生命的即将熄灭而懊悔，抓住机遇，爆出耀眼的火花。一个崭新的生命保尔·柯察金诞生在奥斯特洛夫斯基以后，成为一个生命的延续。

　　生命并不是永远充实地燃烧。俗语说，人要实火要煊。当生命空转的时候，是对生命的补充。我们需要在麻将的哗哗声里空耗；需要在男女恩爱里煽动激情；需要在玩笑里忘掉苦恼；需要在公园的木椅上放松的小憩；需要睡觉；需要打一圈"苍蝇"，回忆"偷牌"的快乐。想办的就办，办了就对。我在书中读到这样一个小故事：

　　一个年轻人考验一个老者的智慧。这个年轻人手里抓着一只鸟，问老者这鸟是死的还是活的。年轻人心想，你说活的，我就掐死它；你说死的，我就放飞它。这就像范伟问赵本山，过年了是先杀猪还是先杀驴一样，你说杀驴，猪也是这么想的；先杀猪，驴也是这样想的。年轻人的做法给老者出了个难题。老者的回答不仅让年轻人想不到，而且充满了智慧。老者说：

　　"生命在你手中。"

说 麻 将

这样大雪的天气，只有这样的选择：玩麻将。

家里的人够手，就在家里玩；家里人不够，就到外面凑在一起玩。麻友们就是天下刀子，也要在一个屋顶下玩。麻友们玩的是气氛，玩的是感情，玩的是捞回昨天的输赢。四个人一盘麻将，换了哪个人都不舒服。麻友的玩才叫真的玩。一个眼神，一个动作，一个坏笑，看得透透的，"你和二饼，早知道，我这儿掐着呢。"

神州一片哗哗的麻将声，好，团结。别看麻将是个人战术，防着上家，看着下家，盯着对面，要四个人玩。不够四人玩不了，这不团结吗？虽然麻将有输赢，风水轮流转，这几个玩的只要天天在一起，谁赢谁输差不多，不会伤感情。也有光输的，只有骂自己手气不好，那只臭手摸了不该摸的东西。唯一的办法，停赛一周，等手气上来。咳，也等不了一周，两天就手痒痒了。看着玩麻将玩得只剩下皮和骨头的手爪子（他们这样骂自己的手）刚有了点红润，就迫不及待地上阵了。再不来，就没有你的地方了。

国人爱讲三大件，什么事都和三连在一起。麻将和酒和烟是国人上下几千年唯一没有变的三大件。它们互为联系，互为补充，互为促进。喝完酒抽着烟打着麻将。麻将解酒，酒助麻将兴；烟刺激自己熏陶别人，烘托气氛。打麻将的房间里，常常是麻将响，酒气飞，烟雾腾腾。四位打麻将的，或推牌如推水，哗哗作响；或出牌如战将，三思而不定；或一牌出手，落地有声，跟着嘴里一声高喊，大家看时，不过一张废牌，虚张声势而已；或酒精大作，迷糊似睡，顺手偷得一牌，以为高明，被对面看见，装作醉态，忙说："多了，多了，今天是喝多了。"

麻将成瘾，是麻将的赌性，输赢的刺激是永恒的。放弃它的赌性不说，说它的"和"性就够刺激的了。和，麻将里念胡，为什么不用胡，而用这个多音字"和"专门放到麻将里发"胡"音，麻将的胜利一方为和，就像皇上给自己造字"朕"一样，说明麻将的特殊和历史的悠久。玩的人们为了增加刺激性，为"和"加进了许多内容，别人点炮"和"，自己搂"和"，宝中宝"和"；自搂加宝中宝"和"；"和"得越艰难，越偶然，越奇特，赢得越多。可是，玩的人并不为赢了多少而激动，激动的是"和"奇特，抓得神奇，宝中宝加宝中宝，这样能自搂地"和"了，天下少有，连着几天，兴奋不已，到处宣讲，梦中都在微笑，说梦话都是和了，和了，哈哈，和了。

外国人寻求刺激玩蹦极，玩赛车，玩用生命挑战自然的事。麻将的刺激性有多大，只要查查统计局公布的数字，就能发现多少高血压心脏病因为"和""卡""搂宝"等，因过度兴奋而倒在麻将桌上的人已不计其数。我们支几个积木似的方块，就能玩出激动，玩出智慧，玩出风风雨雨，吞云吐雾，变化万千来，看我国人之聪明。这一项目无论从哪个方面，都可以进吉尼斯纪录，成为奥运会项目。我想这一天不会太远了。站在海岸上，我已经看到了它的桅杆的尖头，它是骚动于母腹中的即将诞生的婴儿。

麻将玩起来，有文的，有武的；有雅的，有俗的；有真的，有假的。只是没有男女之分，老幼之分。打仗亲兄弟，上阵父子兵。玩得精的，既看住别人不和，自己能和；玩得好的，自己常和，别人和，和不到他的手上；玩得一般的，要么看住别人，自己不和，要么自己和，看不住别人；玩出鬼来的，想和就和。怕就怕黏黏糊糊，爱玩，恋玩，玩了好多年，号称天下第一臭手，找个机会就玩，场场落不下，场场不下场，场场点炮，自我感觉良好，永远看不出道来，闹一个脸熟，混一个麻友，见到生人还没有说两句，觍着脸问"摸两圈?"

玩麻将玩的是过程。高手看对方出牌就知道对方需要什么，和什么，然后开始要对方，把对方玩得精疲力尽，自己才和，这叫猫捉耗子。还有的高手，不看牌，用手摸出点来，叫一声和了，显示自己的高明；更有高手，牌抓到手里，倒几倒，就和了。于是，玩麻将的出现了层次。高手决不和低手玩，低手也决不和高手玩。划分出三六九等，麻坛出现了一片和谐。这种和谐，带给当地的是麻将成为娱乐，麻友成为朋友，赌赢成为交际，玩牌成为消遣，打牌成为锻炼，牌局成为团聚，邻里成为一家。

不知道雪下到什么时候，打麻将的，顶多打到第二天早晨。也有打得长的，究竟能打多长，我也没有见过。

谈情说爱

感情是一种复杂的东西，爱情是一种比较单纯的东西。感情可以千丝万缕，爱情只能孤注一掷。感情宽泛，爱情专一。有时候感情和爱情混合在一起，就像糖溶在水里，分不清楚。生活中的家庭，许多是靠感情维系的，这种感情也可以叫爱情。像罗密欧与朱丽叶，梁山伯与祝英台，这种生死爱情，是经过文学和传说提炼出来的。现代的人比较聪明，不会生死相恋，以生存为本。

可是也有为爱而搏的。今天我的学生来看我，我在教他们初中的时候，他们很优秀，后来又各自取得了相应的学业。他们能组成家庭，在学校的时候，我不可能猜到。但是，男女埋下相爱的种子，迟早要爆发。他们在完成学业回到场里，各自都处了异性的朋友。谁也不会想到他们对各自的朋友不满意；他们各自的异性朋友对他们都很满意。平静的生活开始出现不平静。女的被异性朋友家庭无微不至的关怀感动，没有勇气挣脱，只得以死结束婚恋，后来抢救过来。男的也和谈的异性告别。两人终于有情人成为眷属，现在生活得很好。

当时有人对女的放弃自己的生命感到不理解。要想和自己不爱的人分手，说出来就行了，何必采取这样的行动。这就是感情和爱情的问题了。毕竟，经人介绍，相处了一个阶段，没有爱情的产生，但有感情的建立。要把感情的网割断，冲出牢笼，实现爱情，一个弱女子，是要付出勇气的。在自我解脱不了的时候，思想走向极端，是可以理解的。

男人和女人的问题，常常是感情和爱情的撞击。实现感情比较容易，实现爱情需要勇气和付出。在我生活的圈子里，看到的家庭，多是感情的组合体，爱情做中心的很少。我的同学里，只有一对是同学和同学做了夫妻。上学的时候，男同学聪明，女同学也聪明，两个人暗中相爱，工作后谈婚论嫁；其他同学男女之间也彼此倾慕过，到了工作岗位，利益的驱使，和经不住身边男女的诱惑，各自组成家庭。男女之间，没有感情可以培养，没有爱情就只能把思念过去的没有终成眷属的朋友当作寄托了。

社会家庭的稳定，说明感情的培养是很容易的，特别是男女的感情。很多领袖人物在对待包办婚姻上都旗帜鲜明地公开决裂，但是在和爱情结婚以后，或者过了若干年爱情婚姻后，都会想起原始的包办婚姻，对包办婚姻的妻子也关怀起来。一日夫妻百日恩。感情，是人与人之间廉价的黏合剂，有了感情，社会才不会一片散沙。男女亦然。

至于爱情，是人类精神生活的最高境界，是很难实现的一种价值。生命诚可贵，爱情价更高。若为感情故，实在又逍遥。爱情，正像很多主义一样，是只可论而不可即；只可想而不可摸；只可为其牵肠挂肚，不可为其当饭吃。爱情是理想，感情是现实。

谈情说爱，永远也说不明白。

说明白的，不是情也不是爱。

为什么井盖是圆的

为什么井盖是圆的？

这是微软公司招聘员工时的一道题目。

搞培训的老师喜欢用这道题来问学员，以说明像微软这样的大公司在招考时出的题目也不是很高深。这样的问题大家一定感觉很好答。学员们听了老师的话，感到很骄傲，有的学员开始抢答了。

"用圆井盖，直径大。"

"用圆井盖，面积大。"

老师听了，微微笑起来。

大家感觉出，答案不对。又有人抢答出新的答案。什么圆，好固定；什么圆，周边光滑；什么圆，好看。

老师还是微笑。

大家感到问题严重了，看着课堂上年轻的老师，以为老师在开大家的玩笑。

老师说，这里有点像我们的脑筋急转弯。

大家如坠云里雾中。当时的聪明，一下子不知跑到哪里去了。这么简单的问题，竟然没有答出来，还都是领导干部。要是喝酒，早喝下几大碗了。都自以为是，能力了不得，怎么答不上来了。

往往这样，越简单的东西里面，就越藏杀机。记得我的一个老师，非常聪明。他见自己的学生很自负，就给大家出了一篇试卷，让大家答。我们当时在上高中，老师出的题里初中的多，还有两道小学的题。结果，小学的题没有一个答对的。老师开了个玩笑，把大家的轻浮杀掉了。

我们的学员也是这样。老师把世界鼎鼎大名的微软公司的题出给大家，没有一个人会等着老师的答案的。谁都觉得自己可以高出考微软的应聘者，急忙地抢答，也不假思索，最后还没有答出来。看来，这个班上是没有能被微软录取的了。

　　大家急于知道答案，课堂上没有了声音。

　　老师还是那么微笑着问大家，让大家再想一想。这么简单的问题，还做不出来吗？我们的考试，都是这样的题，还比这个更难一些。

　　后来的考试验证了老师的话。各种测验里，没有定型的题。类似脑筋急转弯的题很多。比如有一道题，让你选择，春分在哪个月；还有让你选图形；算数题都是小学和初中的题，算起来也不简单。

　　大家还是急于知道微软这个试题的答案，也就是为什么井盖是圆的。老师不说，大家猜测得更加离奇。有的竟说是圆的漂亮，月亮就是圆的，太阳也是圆的，车轮也是圆的，所以井盖也应该是圆的。

　　没有答案，大家的思想疯狂起来，近乎崩溃了。这种精神错乱，是大家为一个小小的题目付出的。看来，人要走极端，不需要什么惊天动地的事，这样一个解不开的小事，就足以让人走入极端了。

　　老师说，微软的答案很简单，因为井是圆的。

尾巴的故事

　　我有一个同学，当红卫兵的时候，嫌自己名字吴莉不好听，就改名叫吴畏，所谓无知者无畏。同学们后来出了一个谜语，说从猿到人，打一人名。谜底是吴畏（无尾）。

　　看来，人与动物的区别，主要在有无尾巴上。

　　越和人近的，尾巴就短。

　　猪尾巴就短。小时候家里杀猪，猪尾巴是不让小孩吃的，小孩吃了要后惊。我是在三十岁以后才开始吃猪尾巴的。这是一道很好的菜肴。还有比猪尾巴短的吗？有。羊的尾巴就比猪短。羊的尾巴都是脂肪，吃起来很香。记得在解放新疆的时候，我们的军人和当地人喝酒比赛，漂亮的新疆姑娘会端上来一个羊尾巴，让喝酒的双方先吃下一块羊的尾巴，羊尾巴的脂肪在胃里弥漫开后，喝起酒来就不会醉。我在大了以后，试着吃过羊的尾巴，不腻，还很好吃。春节请身边的朋友到家里吃饭，我还专门给他们做过红烧羊尾巴。我把羊的尾巴煮熟，切成小方块；锅里把糖烧好，放进切好的羊尾巴，翻炒几下，放上作料，稍煮片刻，又香又红艳的红烧羊尾就做好了。朋友们开始怕腻，尝了一口，就放开吃起来。十几年过去了，朋友们还惦记着我的红烧羊尾。

　　看来，各种动物的尾巴，也是很好的食品。

　　这次在新西兰，到牧场参观，很多东西令人难忘。很大的一片牧场，用网隔起来。里面的牛羊，自由自在地生活着。自来水通过管道引到山坡上，一个水泥砌成的池子，里面有马桶里面使用的浮球，水少了，会自动出水。牧草也是干草和绿草混合着喂。牧场里的牛羊分得很清楚，有奶牛，有肉牛，有出毛的羊，有专门产肉的羊。一只肉羊，能产四百斤肉。科技和优良品种，使饲养的动物各尽其职。我们养的动物混杂，既能出毛，也能出肉，结果养啥啥不挣钱。

在看羊的时候，我发现了一件奇怪的事，想问牧场主，可是，牧场主正在给大家讲着牧场的情况，我没有机会问话。等牧场主走到我身边的时候，我提出了我的问题。

"你的羊为什么没有尾巴？"

"我们这里的羊都没有尾巴。"

"为什么？"

"羊长大以后，就把尾巴剪掉了。"

牧场主告诉我，羊下小羊的时候，尾巴上有菌，会使羊感染，所以，就把羊的尾巴剪掉了。看着不完整和裸露的羊，感到有些不舒服，好像有种把动物脱光的感觉。她笑着对我说，羊的尾巴没有什么用，剪掉就剪掉了。

我点着头，"是没用，是没用。"

我心里想，这里肯定没有红烧羊尾这道菜。

我们都有残疾

月有阴晴圆缺，此事古难全。

这句话是说月亮，也是说人。地球之大，浩浩六十亿人，每个人的人生都各自不同，每个人的自身都不完美。有的出生就有缺憾，有的在成长中出现缺憾；有的在表面，有的在内心；有的看得见，有的看不见；有的缺憾是明显的，有的缺憾是靠感觉去体验。

人的残疾，被人关注的是肢体残疾，不被人关注的是心理残疾。世界上除了肢体残疾的，其余的都是心理残疾。肢体残疾的能得到关爱，心理残疾的往往被忽视。

地球在空旷的宇宙间转动，月亮太阳星星都在转动，我们人类像蚂蚁一样匍匐在转动的地球上，为了不被地球甩出去，为了活下来，我们紧紧地抓住旋转的地球，像一个可怜的漂泊者，像一只蚂蚁趴在一片漂浮在水中的树叶上，在浩瀚的天空的海洋里寻找没有彼岸的彼岸，没有尽头的尽头。地球用巨大的吸引力看护着我们，天空用巨大的失重掠夺着我们，人与人为了生存互相推挤着。单薄的个体在这样的环境里，随时会被坼裂，被淹没，被抛弃。活下来的，身体难免会被伤害。所以，我们残疾是正常的，应该的，逃脱不了的。我们用药物解脱，用沟通解脱，用工具解脱。我们在战胜自己，我们也在忍耐自己。

当我看到科学家霍金坐在轮椅上，不能言语，不能举动，但他能用嘴敲击电脑，写出《时间简史》，用眼神表述自己的思想。不能走动，却能寻找爱情，离异，虐待妻子。他既有伟大的思想，又有狭隘的利益。残疾，不影响一切。霍金是浓缩的我们。地球是为残疾的人类转动的。

我们很难找到十全十美的人，所以，我们学会了编神话故事，学会了幻想，创造出无数的理想人物，成为心灵的寄托。我们甚至恨不得把自己的胳膊变成翅膀，变成鱼鳍，可上九天揽月，可下五洋捉鳖。为了雄壮，希望地球尽是男人，像孙悟空那样从石头缝里蹦出来。雄性的人类是雄壮的，雄性的每个人却是残疾的。绝对的完美人物是没有的；绝对的残疾是存在的。就像在失重的宇宙里行走，我们人类前进的脚步是沉重的，因为我们残疾。

我也在寻找没有残疾的人。没有。

我身边有个朋友，漂亮，聪明，但是婚姻坎坷。我们在羡慕这位朋友的同时，给予一丝同情。生活得不完美，不等于身体的残疾。可是，我的朋友却说，我的道路是我自己造成的。我的性格有毛病。性格决定命运。

我身边还有一个朋友，健壮，英俊，多才多艺。连感冒这样的病都没有得过。朝气蓬勃，蒸蒸日上。谁不说这样的人完美无缺呢。可是，在偷情时，为了逃脱，从二楼跳下来，摔断了一条腿，立即成为肢体残疾的成员。

光荣的人类，在残疾中向前走。

乡村舞台唱戏来

东北的乡村，冬天零下四十摄氏度，只能在家里不出来"猫冬"。所以才有了适合乡村的艺术形式：二人转。找个大屋子，炕上坐着，地下站着，门口挤着，窗户外面听着。演出的人还少，三两个，吹拉弹唱都会，耍逗闹，使劲开玩笑，沉闷的冬天闹翻了。

文雅的人不愿意看，嫌俗，嫌黄，嫌不正经；老百姓愿意看，就喜欢俗，喜欢黄，喜欢没大没小的不正经。天下文雅的人少，老百姓多，二人转就能活下来。

唱二人转的演员，水平高，会唱，会翻，会舞，会杂技，十八般武艺样样通。不信？他们放下二人转，演小品，演电视剧，都非常成功。

劳动了一年，坐在热炕头上，一曲《小拜年》，悠扬，高亢，九十八道弯的拖腔，直往心里钻，劳累、不愉快、烦闷、闹心、生气、没奔头，全在这小过门的调调里化尽了，销没了，最后弄出浑身的笑，脸笑，身上的肉笑，打心眼里笑，满屋的烟雾是飞起来的笑。

咱乡村的人，就图个乐和。

我把网络当作舞台，把自己的博客当作乡村大舞台。我的父母都有一个好嗓子，京剧、评剧都唱得好。我不行，唱一句就走调。上了舞台，就得唱。就像周信芳的哑嗓子也是特色一样，我把走调当作特色，唱出自己的声音。看我的文章，句子和别人不一样，是吧？走调了。我想了，走调就一直走下去，比萨斜塔要不斜谁看哪。

博客我写得不成功。写成日记，不好写；写成美文，不会写；写成纪实，不敢写。生活中发生的事，如实地写出来，可能会很生动很深刻，可是我不想因为我的得意而伤害善良和艰难生活的人们。谁都有最无奈和最敏感的隐私，知道的当不知道，不知道的就不要去问。我从善良出发，模糊着看待一切。

我知道，我的朋友、知己、感情相通的人在和我一起读着每一个字。写起来，是在和朋友谈话，或叫促膝谈心，谈不好也不怕哪个过客不满意。

我把博客当作乡村舞台，是我在苦恼的时候，这里可以倾诉，可以转移我的注意力。放开喉咙唱一句，"我本是卧龙岗散淡的人"，父亲爱唱的京剧；再放开喉咙唱一句，"巧儿我自幼儿许配赵家，我和柱儿不认识怎能嫁他呀"，母亲最爱唱的评剧。满身愤懑一扫光。

我把博客当作乡村舞台，是因为我不善交往，这里的朋友多，不用拘于礼节，不用看装束，没洗脸，没梳头，看的是字，省去很多麻烦。有发表欲的，马上能发表。

我把博客当作乡村舞台，是这个舞台比城里的剧院宽松，唱错了，重唱；说错了，笑一笑；任意挥洒，我行我素，不求章法。想起中学毕业时互相赠送的一句话，"海阔凭鱼跃，天高任鸟飞"。怎么也没有想到，这个海和天，是今天的网络。跃起来，飞起来，可以有大江东去，可以有杨柳岸晓风残月，更可以有少年不知愁滋味，爱上层楼，爱上层楼，为赋新词强说愁。

记得在一个冬天，去文固达看演出，天冷，人们挤在大草房里看，演的是样板戏《智取威虎山》里的一个片断，整场的根本排不下来，片段也选的最有意思的一段，侦察员杨子荣打进土匪座山雕盘踞的威虎山，座山雕用土匪的接头语盘问杨子荣，看他是不是自己人。座山雕问杨子荣，杨子荣答，内容简要为：座问：天王盖地虎。杨答：宝塔镇河妖。座问：脸红什么？杨答：精神焕发。座问：怎么又黄了？杨答：防冷涂的蜡。

虽然在大草房里，没有炉子，大家冻得直跺脚。这些演员都看熟了，全是以前的二人转演员。正剧，演得挺滑稽。演员们也很放松，结果出了差。座山雕问杨子荣"脸红什么"，杨子荣一走神，应该答"精神焕发"，却答：防冷涂的蜡。

座山雕问：怎么又黄了？这时应该答"防冷涂的蜡"，可是这句已经答过了。大家这时候精神集中起来，都想看杨子荣的笑话。台上团长吓出了冷汗。那个时代，英雄人物在舞台上出现失误，要犯政治错误。团长是北京音乐学院下放的小提琴手，琴拉得中国一流，可是没排过样板戏，这是第一次，出了错就回不了北京了。

演杨子荣的是个老二人转演员，他在台上走了几步，把羊皮大衣一撩，很威武地答道：

"又涂一层蜡。"

有一个故事陪伴着你

人的心灵永远是复杂的，人的生活永远是代谢的，人的精神永远是求助的，人的感情永远是游移的。我为了克服自己，就把握一个寄托，让自己行走在这样一个临时搭建的轨迹上，把日子过好。

我的脑海里经常有一个故事伴随着我，使我的意志不能够垮下来，使我的平淡或艰难的经历变得丰富多彩。我记得这样一件事，在大海里逃生的几个人，坐在救生艇上，向海岸漂流。大家口渴难耐，只有他背着水壶。他把水壶放在船头上，对大家说，这是仅有的一壶水，不到关键时刻不能喝。因为这壶水，大家生存的信心增强了。求生的路上，多少人多少次为这壶水发生了厮杀。但是，有这壶水，大家的意志没有垮下去。当大家获救之后，才知道这壶是空的，没有淡水。

但是，没有这个水壶，大家就坚持不到胜利。

希望，也许是虚妄的，在人的心底，却是坚实的。

我很早在《世界文学》上读过一篇小说，题目是"七把叉"。当时读完，没有什么感觉，但是，有一天，人们问我，你在喝酒的时候，为什么喝那么多，还能够不失态？其实，我失态的时候很多，但我掩饰了。这时候我才知道，七把叉的故事已经深入我的内心了。

故事的梗概是这样的。

七把叉是故事的主人公。因为他能吃，才被大家叫七把叉，意思是吃得多。他从小没有父母，吃百家饭长大。后来因为能吃，大家不敢叫他来家吃饭了，他成了流浪儿。后来被饭店发现，用他来做饭店广告。他一次可以吃六七桌饭，说明这个饭店做得好。他因此有了饭吃。后来参加世界吃饭大赛。全世界十几人来参赛，最后剩下他和一个美国人。最后一项是吃牛肉干，他把十斤牛肉干吃完后，已经站不起来了。美国人只吃了两斤。这个美国人大踏步走出赛场。他向裁判说，比赛规则要求，不仅吃得多，还要站着走出赛场；我走出来了，我赢了。

任何时候都不是仅有一种选择。胜利者常常是智者。

中国的巨人很多，只有姚明成为篮球明星；中国的美女很多，只有几个能够进军好莱坞；中国有十三亿人，只要有一半把自己的特长发挥出来，中国就了不得。

生活着的人，有的就为了一句话，有的就为了一个道理，有的就为了一个故事，才在社会中用一生去拼搏。

最近家中有事，思考万千。我们长大的人，为儿女活着；儿女长大了，为老人活着。这种互为寄托，是不能替代的。

有我们的时候，我们在里边，老人在外面，只隔了一层肚皮；若干年后，老人在里边，我们在外边，只隔了一层木板。人的周期是不可能打破的。

孝顺的，长跪长哭长悲痛，是陷入感情里不能解脱；我自高歌向天笑的，是大彻大悟。人不能没有感情，感情要维系在道理上；人不能没有孝心，孝心是做给人看的，也是抒发亲情的一种形式。尽孝是责任，发展自己才是硬道理。

心里装个故事，装个道理，装个说法，生活得就舒服。

谁也左右不了社会，但是，心里装个故事，没事偷着乐。

北京吉普

　　今天是我的好朋友、文友、老师、编辑的生日。女性们把买蛋糕、鲜花、礼品的份额都占了，我们男的就只是陪着喝酒，也实在不好意思。我就写几个字，祝贺一下。毕竟年轻，还都是男的，说上几句酒话，心里都舒服。

　　我认识他的时候，他在一位著名诗人的手下做编辑。我的稿子都要过他的手，我们联系就多一些。那时的日报副刊很有名气，发个稿子就会有影响。我经常往上面投稿。后来和他就混熟了，就知道他是个好人。

　　有一次他组织大家写小说，在副刊上连载。我写了我的《纸蝴蝶》，他写了《红色夏利》。这时候，我才知道他的一些身世，特别是和汽车有联系。他以前是开北京吉普的。

　　说到北京吉普，我就感到亲切。我们又把北京吉普叫212吉普，是供部队用的指挥车。四轮驱动，帆布篷，越野能力很好。我所在的场子是部队的农场，北京吉普到处都是。一启动，忽地卷起些灰尘，就飞奔起来。车里面夏天热，就安装个小电扇吹，或者把帆布的门子拿下来，让热风吹进来，下车的时候，脸上身上都是灰土；冬天就冻得脚痛，受不了。可是那时候能坐上北京吉普都是一定级别的，坐在里面到田野里去，就是五脏六腑颠簸得开了花，心情也是骄傲的。而像我这样的，只能坐解放牌卡车，还是站在外面。

　　我的朋友开北京吉普，一定是伺候领导的。他后来聪明，写起小说来。他拉了那么多的领导，小说材料一定很多，但是到现在也不写出来，城府就是这样的深哪。我陪我的领导坐北京吉普，我身价就高得了不得。我在车里听领导的讲话，我才知道，领导在车里就放松了，什么都说，说好话的时候少，领导的另一面就暴露了。这时候，司机一定是心腹。我和领导去沈阳开会，晚上下车就有北京吉普接站，然后就回家了。以往我要挤公共汽车，赶不上公共汽车就住在小旅店里。我把以后能够派北京吉普接站，当作了奋斗的目标。而我的这位文友，那时候就是开北京吉普的，真让人羡慕。那一天他给一个女文友按摩，我就羡慕他摆弄过北京吉普方向盘的手，真是有劲儿呀。

开过北京吉普的人不仅手有劲，而且有着必胜的信心。因为这种车的越野能力，乡村的土路还是城里的马路，走起来都很容易，没有能挡得住的。我在雨季抗洪的时候，就坐这种车，就是陷得多深，都不怕，实在不行，就把车抬出来。所以开这种车的人，心态都很好。我的文友就是开这种车出身，他虽然写作了，但是每天都乐呵呵的。如果喝了酒，他就会眯起好看的眼睛，快乐地望着大家。

他在闲暇的时候，写出了新的小说。我们坐在一起，就很愉快地说起文学。他对文学的痴情要高于我。他编辑的文章都有着很好的水平。我想是他的前任领导是全国的大诗人而影响了他，是丰富的开吉普的生活锻炼了他，是文学的乳汁浇灌了他，是美好的理想熏陶了他。那报纸就是道路，他思想的吉普车在上面驰骋。

过完生日，他就要开起新的吉普车前行了。我知道，那吉普车会开出很远很远。我和他的文友们会一起在地球的某个角落，就是那泥泞的路线上，等着他。他会把吉普车开到我们的面前，潇洒地搂住舵，在人群面前画个圈，站下来，然后把他的头伸向我们。我们看到了他，他依然眯着眼睛，我们就会和他一起大笑起来。女文友们会跑过去，拥抱他。我们谁也不嫉妒，而是开心地笑着。

北京吉普，就这样行驶着。

吃"袋鼠肉"

我想起这件事就会笑起来。

有机会我会把这件事讲给别人听。别人听了也会笑起来。

这确实挺可笑的。

那是很久以前了。我的几个朋友坐在一起，也没有话可说。老猴子打破安静，说出一件事来，大家听得入神。他说，我昨天晚上吃袋鼠肉了。

噢，袋鼠肉，真的很新奇。

他说，是一种小袋鼠。我们在烧烤店烤肉，老板和我们都是朋友，他说有袋鼠肉，给我们烤着吃。那肉真嫩，怎么烤都不起嘎巴儿，一咬像水似的。老板说是速冻的，卖不出去，过几天给退回去。

我就想，我到过澳大利亚，袋鼠就产在那里，可是也不是哪里都有袋鼠肉吃。我们国家没有袋鼠，哪儿来的袋鼠肉呢？我突然想起前些日子的报道。湖南鼠害，有人趁机倒卖老鼠肉。我说你肯定上当了，那不是袋鼠肉，是老鼠肉。

老猴子绝顶聪明，一下也想到上当了。而且老板还说是小袋鼠，我想外国都保护动物，小袋鼠就更不能捕杀了。现在一想，就是老鼠肉啊。

在座的几个人昨天一同吃的，个个都恶心起来。

我想老鼠肉从湖南这样迅速运过来，可见现在的人多么精明。

这使我想起了一个问题，那就是人们思维的局限性。袋鼠，世界上就两个国家有，我们国家根本没有。可是我们为什么在吃的时候不去想一想呢？我又想到老猴子和与老猴子一起吃老鼠肉的人都是一些有知识、有经验、非常聪明的人，就这样受到了欺骗。

所以我就想，任何人都有被欺骗的可能。也就是说，任何人的思维都有局限性。今天早晨我来上班，走廊里有个青年提着个包，和我擦肩而过。我到办公室以后，不一会儿他就走进来，喊着我的职务，向我介绍说，他是黑龙江大学的学生，毕业实习，组织部让到这里来。我开始以为真的是分配来的实习大学生呢。他提到组织部长的名字，本上还有宣传部副部长的名字。我在迟疑的时候，他打开包，拿出一套化妆品向我推销的时候，我才知道上当了。我急忙叫办公室的人过来，把他领走。

世界之大，我们的思维是跟不上的。我曾经接触一个骗子，他说中国十几亿人，有一亿人不如我聪明，我就可以骗多少钱哪。

我不痛恨骗子，我只痛恨我们自己的善良。我们在惯性思维的驱使下，很多时候就会掉进无知的陷阱里。其实每个人都有自己思维的运行轨迹。所以，可以被欺骗或欺骗他人。一些人靠着欺骗活着，一些人靠着被欺骗活着。这也许是人类平衡的一个方面。

把老鼠肉起名为袋鼠肉，是人的聪明；想吃袋鼠肉，把袋鼠肉当作稀有的东西，以吃到为荣，正是人心理的缺陷。聪明和缺陷的结合，是骗子成功的基础。

也正是这样，人们才更可爱，生活才更有意义了。

我所在的位置，正是骗子看中的。我把这种欺骗分为两种，一种是为了达到目的，说两句编造的话，转眼就过去了，回想起来觉得很可笑；另一种以骗为生活，不欺骗就无法生存，最后连真话都说成假话了。

我也想过，如果生活里没有了欺骗，不管大骗还是小骗，生活会是什么样子呢？

我傻，我还是怕被骗子骗了。

我活得真累。

刚过去的那场雨

想选一块石头放在新建的广场上，使得飘摇的农场能够安稳和牢固，应叫镇场石。我们想了好久，今天就准备到遥远的山里去寻找。下午的时候，就落下一场急雨。

冬天是飘摇的雪，夏天是匆忙的雨。

狂风席卷着树木，天上的乌云一块块地聚集着。横扫过来的风带着枯枝沙尘，在掠夺绿叶的缝隙里啸叫着。大树在风里被吹得犹如孕妇般摇晃，中年树纷披的树叶被从一侧刮来的风压迫着，像少妇正受着蹂躏，浓密的头发在屈辱里向空中飘洒，枝干弯曲到失去尊严的程度。这一刻，就如天正要塌下来，巨大的气流正四散逃去，惊慌的空气爆炸在瞬间。而在此时，雷声响了，就一声，惊天动地，天塌地陷。

风在聚集的同时，热浪依然咆哮，烘烤得人就要窒息，汗水像开闸的洪流在人的躯体上奔涌，身体的皱褶变成了沟渠；天地之间犹如巨大的烘箱，人们在这里面喘不过气，眼看就要在这憋闷中晕过去，晕过去。

雨还没有下。

人们渴望下雨的心情越来越重，企盼的感觉到了绝望的时刻。望着滚滚乌云，人们恨不得大喊起来，大叫起来。

雨啊！

一块乌云飞移过来的时候，暴雨就降落下来。白亮的雨箭纷纷地射落下来，地上冒起一片白烟。天与地瞬间联系在一起，急雨的斜线织白了大地。风在雨中削弱，逐渐地被雨消亡了。干涸的土地和焦渴的植物在雨的洗礼中湿润。坐在屋子里，只听得屋外哗哗的雨声如潮水般滚过。沙沙的声音如有千军万马在行走。雨雾茫茫，雨声阵阵，雨脚匆匆，雨意浓浓。由于雨从西向东而去，爆炸般的雨束没有惊动房屋的窗口。一意孤行的暴雨下了许久。

我想起了叶圣陶笔下的急雨。那在三十年代的雨，离今天已很久远。可是那样子是没有不同的。只是叶老的雨，洗净的是五卅运动的吼声；今天的雨，浇灌的是农民的田地。但是叶老的急雨一直烙印在我的脑海里，每有天地倾斜出瀑布的时候，我就在雨中向往。当人们正为土地的干旱而焦急的时候，这场急雨像甘霖般降落，扑落在人们的心底。

无风的天气里，雨线直直地拉下来，成为雨幕。

我想，今天的石头是看不上了。有了这雨，一切都可以满足了。

随着雨的减弱，时间慢慢向傍晚滑去。

急雨渐渐地变成细雨。被疯狂地折磨的树木在细雨中安详下来，绿色的叶子舔食着雨丝，枝丫的皮肤也被轻柔的细雨浸透。沐浴在雨中的绿色更加鲜艳而得意。空气也清新得可爱，仿佛增强了心中的力量。

我等待着这雨的停止。我的文章会随着雨的停顿而停顿。这个下午，在办公室的纷乱地处理问题中和外面的雨和我的心情和这台电脑一起记录在这里。

听到了什么吗？

关于父亲

我们的夫妻喜欢这样提问自己的孩子：你是喜欢爸爸还是喜欢妈妈？或者问爸爸好还是妈妈好。

孩子非常难于回答。

但是孩子还必须回答。

于是，孩子说，爸爸妈妈都好。

这是中国人培养孩子中庸的开始。

很小就要双向选择，所以，在答选择题的时候，我们的孩子就会看问的那道题都对。要说都对，还不给分。

今天是父亲节，我相信每个家庭在今天提问孩子，问谁好的时候，肯定允许孩子说父亲好。

每个男人都有成为父亲的机会。

可是我不希望把父亲的地位抬高到母亲平等的位置上。虽然都有着自己的一个节日，母亲节父亲节，节日是公平的，现实是不公平的。

如果说孩子对大人的感谢，当数母亲；如果说孩子对家庭的理解，当数父亲。母亲是家里的一切，父亲是家里的顶梁柱；母亲是孩子身上的棉袄，父亲是在寒冷时加在儿女身上的皮大衣；母亲是家，父亲是天；母亲是春天，父亲是夏天。我也不知道为什么在节日的季节选择上还这样分开，其实应该把它们放在一天，可能母亲的温暖是抵挡儿女的寒冷，父亲的关怀是让儿女觉得天下太平。

今天是父亲节，我应该说父亲。

我会想起我的父亲，我的女儿会想起我。我回忆我的父亲我会激情澎湃，我女儿给我电话我会温暖而骄傲。因为我做着父亲，我才知道父亲其实应该被忽略。比如我们想自己多，想工作多，想朋友多，想交际多，想自由多；孩子成长的时候，都是母亲在呵护，在关怀，在温暖。孩子大了，才知道自己是父亲；孩子出息了，才知道自己有这么一个好孩子。父亲并没有做什么。

据说，历史的前期是母系社会，这就对了。为什么成为现在的父系社会，是因为男人的力量和自私吧。这样一个男性统治的社会，还给父亲设立一个节日，男人们真要偷着乐。

我并不因此而不爱我的父亲。父亲牵着我的手，让我认识了世界。父亲是领导，领着大人劳动；我是孩子王，领着伙伴们玩。父亲领着我吃天津的狗不理包子，南味饭店的熘肉段，唱京剧看电影；父亲让我理发爱干净，让我心胸豁达你好我好全都好，让我成家过上幸福生活。其实，父亲也不容易。

社会的压力和责任，竞争和奔波，使父亲越来越像母亲。当年做父亲，是做最少四个子女的父亲，教育这么多的孩子，要有权威性和领导能力。现在就一个孩子，母亲管理都富富有余，父亲再管，就只能从母亲的管理中抢出一部分来，分给父亲，所以，父亲就像了母亲。

有人给我讲故事，说他们单位领导班子九人，基层单位七个。开会的时候，主席台上坐九个领导，主席台下坐七个。领导觉得可笑，就叫机关的都参加。家庭也到了这个情景。父母两人，孩子一人，两个领导一个，孩子不知道听谁的。有的领导能力强的父亲就红杏出墙，做起兼职父亲。

现在的节日多，父亲节不知怎么过。我想，父亲节就睡上一觉，醒来就是第二天了。这样不快乐吗？

关于联想

马群远去，是一种心里的感受。其实，在真正牧工的心里，那马、马群，都会拴在他们的心坎上。他们无日无夜不在想着马和马群。我知道，很多牧工在种地的时候，都选了马、骡，最穷的也选择驴。他们把套车、赶马、扬鞭、吼叫，等等，当作了生活的一部分。他们会系的扣子，会做的工作，都表现在马上。他们张着腿，甩着胳膊，走到哪里，都是放马的样子。一位哈尔滨知青，现在还在草原上居住，种地全用的是马。他的马身体精神，毛发闪亮，谁看了都敬佩。谁买他的马，他也不会卖。他到地里去，赶着马车，他就躺在马车里，马停的时候，他才睁开眼睛。那种泥土里的幸福，只有他能体会到。有回城的知青看他，他不为所动，最后感动得知青都落泪。他说，你在城里干啥，就是快乐。你有我快乐吗？你有我舒畅吗？看着他朴素的衣着，看着他自由的样子，看着他舒服的神态，大家都服气了。

我的目的不是说这些。我说我身边人的幸福、快乐，不是去否认别人的快乐。我是说每个人心底的追求，要有自己的感觉，不要盲目。草原苦，是人所共知的。苦中的乐，是各有感觉的，这种感觉只有自己去体会。

爱马的人，心也善良；爱马的人，分不出人与马。

我在马背上长大，我知道马的感情。牧人们把马鬃留下来，把马尾梳理得干干净净。马的一根毛一声叫都连着牧工的心。军马要在屁股上烙号，可是，牧工都很小心，烙得都不深。焦煳的气味在马厩里散发，大家都不舍得。给马接生的胎衣，都要扔到马厩的房顶上。夏天晒干后，黑乎乎一片。他们说，扔到房顶上，才好。

世界上只有牧马人和马的感情最深厚。这是动物界最高的境界。

我想在家的院子里养马，养一份感情，养一份寄托，养一种回忆。

人与人相处，是为了消解寂寞；人与动物相依，是为了生活。

我不知道马群能走多远，我只知道这片养马的土地上，马群的嘶鸣永远不会停息，马群的奔跑永远不会止步。满天的雾霭里，军马的形象永远烙印在那里。

昨天，我遇到了一个养马的汉子。他把马场的马都挂上了马掌。冬季里，他提着一个帆布包，把马固定在马桩子里。他的刀，削铁如泥。坚硬的马掌被他挂上铁掌，走在冰面上，发出响亮的声音。他有一手绝活，一伸手，把马蹄子揽在怀里，三下五除二，就把马掌削平，钉掌的时候，绝不伤害马蹄。他高高的身材，魁梧得像棵大树。站在马群里，马都畏惧他。我注视他的手掌，他的手掌因为抱马蹄子而永远张开着，虎口是厚厚的老茧。他是草地上最早的牧马人，一个仅存不多的牧马人了。

因为宪臣的叙述，我不得不产生这样的联想。

绝　　招

　　我的小说《绝招》最近要连载，我把这消息告诉了朋友。自从《远去的马群》在《鹤城晚报》上连载引起效应后，我是十分感激晚报的朋友的。后来很多作者也纷纷到晚报去连载，这也许是我给晚报带来的麻烦。其实，晚报的发表，要比出书好。

　　我想写这篇小说有很多源头。先是开同学的玩笑，后来在小城吃饭，一个叫于苇的文友说，她喜欢我描写现在的小说，看了感觉很好。我不知道她的话真实与否，但我受到了感动，就急忙写了一篇，就是连载的这篇。

　　这篇小说我是用轻松的笔调写一个沉重的故事。"于黑子"这个人物我在写下去的时候，就摆脱不了他的性格的脉络，让他在纷纭的社会里迷失了方向。我都把握不住我自己塑造的人物，他就按着自己的性格直冲过去了。也许他是现代的范进中举，但我水平没有那么高。

　　这一次我把故事放在了城里。我不能让人觉得我就是土地上的人，只知道玉米和高粱。都市里的风云也会涌进心底。

　　我的另一篇小说《贵族》也是写城里人的故事。这故事我比较熟悉，大家也熟悉。没有钱的时候，甘当牛，有了钱的时候，该怎么样呢？钱花不了的时候该怎么样呢？我曾经说过，做一个绅士是要具备各方面素质的。但我的主人公有了钱，就以为是贵族了。他和她做的故事很使人深省。

　　这段时间身体不好，就突然看透了人生。前几天在主席家里吃饭，有个官员突然欣赏起及时行乐来，我很震动。我知道他也悟透了人生。原来这世界是给糊涂人开设的，以各种伦理和约束，看管着人们，连自由都没有。其实，世界就是男人和女人，繁衍和生活，剩下的都是多余的。过去当人悟透了现实，就去庙里；现在悟透了人生，就写博客。

所以，无论生活里多少主义，男女们忙着的就是勾引。这种基因使世界不能灭绝。没事可做的人，就将这男女的事升华为爱情。爱情的结果就是家庭；家庭的结果就是繁衍；繁衍的结果就是维持人类的存在。还有其他吗？有，比如写小说以自娱；比如把地球弄得脏了，探索别的星球能否居住，接着繁衍。我在小说里放进繁衍的故事，是因为人类就是这样。

我不知道我的小说主人公有多少绝招，但现实里，人们的绝招确实很多。我不知道我的朋友们看了会怎样想，但千万别笑话我。

憨厚的石头

朋友春溪送我一个茶杯，石头做的，粗黑的石头颜色，朴实而陈旧。放在那里，犹如破旧的房屋里放着的一件旧家具。我想，朋友送我，一定是珍品。

果然，在袖珍的盒子下面，有一份说明书。看后大惊。原来这茶杯是一种叫麦饭石的石头做的。于是，我把茶杯又包装好，放进盒子里。这样的东西我想珍藏起来，作为纪念。放了几天，又觉得是一件可笑的事。这个杯子本来是用的，不用，放在那里，岂不耽误了它的功能。是杯子而不装水，就如是公务员而不干工作一样了。可是这样珍贵的物品自己用，就有些舍不得。

也许就是遗传。

我的父母就是这样。小时候，家里有好的食品，父亲就请领导或朋友来吃；那时，白面很少，我们家的白面都留着来客人吃，自己吃粗粮。家里的好酒都是客人来喝。父亲有两瓶茅台酒，放在箱子里，一直不喝；一般的客人来，父亲就炫耀一下，馋得客人直叫，我父亲就得意地笑着；来了领导在我家喝酒，父亲说，喝茅台酒吧。领导就觉得自己还不算大领导，就对我父亲说，还是喝泸州老窖吧；到我父亲故去，也没有大领导来，也没有配喝茅台酒的领导到我家。那酒还珍藏着。

我也就有同样的心态。如果是新衣服，我就想等出门再穿。比如去九三开会，去齐市出差。有时下狠心穿上了，正赶上来客人，在桌子上吃饭，虽然十分小心，还是弄了一滴油；崭新的一双鞋，出门就下雨了；光溜溜的大地，就有一个树枝，专门刮坏了我的新裤子。九三的会议通知来了，我却来不及换上新衣服，眼看着新服装过时了，却比自己穿坏感觉要好。看着放在那儿的新衣服而不能穿了，心里反而觉得很充实。

我不知道这是怎样一种心态。过去喜欢讲叫农民意识，也就是说，农民为了存活在自然灾害和人类灾害中形成了一种自我调节的状态，这种最低生存意识，保护了朝不保夕的农民。我们这些农民的后代，这种潜意识，就生生不绝，代代不息。而我现今却把这种心态看作一种病态。只积累而不消耗，只索取而不付出，只满足而不施与，只自私而不奉献。病态的储存得到的是病态的生活。

我决定使用春溪送我的这只杯子。

细看说明，更叫人吃惊。为了说明麦饭石杯子的好处，说明中，先是引用《本草纲目》对麦饭石的认定，再用古人对石头的评价来讲明麦饭石的好处。洋洋洒洒好几页。这普通的麦饭石在我意识里突然神奇了起来。这杯子不仅仅是杯子，治病，保健，无所不用其极。古人还有赋一首："何年鬼斧劈层崖，清江古寒一线开；斜阳在山归意晚，只依甘石筑高台。"甘石，即麦饭石，这是说明里的注解。我不知道这个注释是谁理解的，谁又能证明是写麦饭石的。当然，谁又能证明不是写麦饭石的呢？这样美的一首诗，竟然是一块石头的广告。如果谁把李白的"举杯邀明月"，注释成杯里的酒就是指我们场生产的小烧酒，看来也未尝不可。

但看罢此诗，也还是吓我一跳。

我还是应该好好保存此杯了。

喊　雪

　　冬天里不能没有雪。

　　今年的冬天开始就很可怕。光秃秃的就是西北风的吹拂，冷，凄凉，荒漠，大地和房屋在寒冷的冰冻里袒露着本色，灰暗的颜色在天空下面，像无家可归的流浪者。加上匆忙的人群像蚂蚁一样迷失方向，好像地球面临着破产，家园面临着厄运，山河失去宠爱，草木没有遮蔽。这一切，就是因为没有雪，没有雪的覆盖，雪的飘洒，雪的抚慰。人们望着空旷的干瘪的天空，望着落下去的死面饼一样的太阳，心里的焦渴和烦躁随着不刮风的世界而难以自抑。

　　不能再没有雪了。不能再等待了。于是，我开始喊雪。站在平原上喊，站在高山上喊，站在江河湖海里喊。喊那轻盈的雪花，喊那奔腾的雪片，喊那呼啸的雪粒，喊那咆哮的雪暴。天空一片灰暗，大地一片萧疏，人群一片倏然。

　　喊雪，雪就真的来了。

　　伴着滚滚寒流，伴着满天狂风，伴着弥漫的云朵，雪来了。

　　我喊，喊来了这狂风暴雪，喊来了大地一片白色。我在风雪里去开会，又在风雪里返回。沐浴着风雪，我的心安宁了，我的感情平息了，我的目的达到了。仿佛小时候盼望着过年，年真的来了；仿佛小时候盼望着妈妈，真的就躺在妈妈的怀抱里了；仿佛懂事了盼望着女人，女人就真的出现在面前了。

　　雪来了，一切都好起来了。

　　雪来了，才是冬天哪。

　　喊雪喊得累了，我就想，这规律的东西了不得啊。春草，夏雨，秋实，冬雪，都是配套的，不可或缺的。人类在这样的规律里生存，如果真的出了差错，如果真的缺少了什么，人会受不了，自然也会发生变化呀。

自然的规律和人类生存的规律都是有章可循的，谁也不能破坏。人类的生存规律被打破了，就是人类的灾难；自然界的规律被打破了，就是天塌地陷。

可是我们谁也没有在意。

不下雪的时候才想起来雪。

好想好想谈恋爱

　　有一天，安静下来的时候，妻子对我说，还是那个时候有意思。

　　我知道，妻子说的那个时候，是恋爱的时候。我说，那个季节都过去了，再也不会有那个时候了。突然我们就感到那种美好就像昨天发生的一样，新鲜而又激动。

　　我们都记得那个冬季，因为特别的寒冷，因为我们正在恋爱。我们家离她家很远，骑自行车还要半小时。我们家在北面，我回家的时候，冒着强劲的北风，寒冷钻透了我空旷而薄得透风的黄棉袄黄棉裤，到家时是一脸的风霜和一身的汗水。但是内心的喜悦和兴奋使我忘记了一切。我现在还在想，恋爱的力量会这样大，这样让人不可战胜。这种欢乐使我一个晚上都在甜蜜的梦境里度过。现在我还记得我妻子家的后面有两棵高高的白杨树，冬季里清冷的月光把两棵树照耀得像雪亮，风在树梢里啸叫，那寒冷的叫声在我心里竟是歌唱。我不知道我们在树下站了多久，我脚上穿的军队发的大头鞋都冻得像冰坨了，可是我们还站在那儿。我们都不说话，相望着，相看着，也许这就是恋爱的感觉，任天寒地冻，冰雪纷飞，心里永远燃烧着热流。

　　这种美好的心情保存到记忆的心底，以至于在漫长的生活历程中，我们会共同把这份感情拿出来，在心灵里欣赏，在眼神里回忆，在咀嚼中享受着绵绵的幸福。

　　我不知道是否每个家庭都珍藏着恋爱时的激动和甜蜜，但是我知道，把恋爱像珍宝一样寄存在家庭的日子里的人，他们头顶上顶着的就是一片快乐的华盖，周身缭绕的就是一朵理解的祥云。虽然

110

天长地久，两个人相敬如宾。由恋爱而婚姻的，是缘分；由恋爱而分手的，是无奈；由恋爱而背叛的，是力量；由恋爱而厮守的，是爱情。

我很羡慕新毕业的大学生的恋爱。大庭广众之下，手牵着手，快乐地走着。跳动而缠绵的手指，沟通着美好的心灵和纯洁的友谊。他们爱得放心恋得大胆感觉的是光明追求的是永远，就像秋季里的天空，没有一丝忧虑没有一毫怀疑。两小无猜，高高兴兴，仿佛世界上就他们两个人，正走在玫瑰园里。我不知道他们会不会把这恋爱保存在记忆里，但我知道，天天都幸福，天天都是恋爱；天天都舒心，天天都是相约。

好想好想谈恋爱。我们在疲惫的时候、忧郁的时候，我们在感情麻木的时候、无聊的时候，也许会去挖掘自己往日的库存，慰藉枯竭的感情之水，匍匐在圣泉之上，吸吮昔日的甘甜。

好想好想谈恋爱。我喜欢谈人的两种本能，吃和追求异性。人是很难脱离这种藩篱的。但正是这种本能，才使生活变得美好起来。

好想好想谈恋爱。不是要重温过去，也不是看重现在。那种心灵的碰撞迸溅出的火花，点燃了光辉的未来和沉闷的思想。使男人知道为什么活着，女人知道为谁活着。

好想好想谈恋爱。我把这句话，送给我身边的男人和女人。在漫长的人生，体会着温暖和温馨。

好想好想谈恋爱。

狐　女

　　五一放假，本来想做些别的，不写这闹心的博客了。有朋友说，你写的博客大家都研究，猜你在哪里，或者研究你这个人。你现在一点神秘感都没有了。其实，神秘感都是制造出来的。比如人自己，穿上衣服就神秘了，内容根本没有改变。这种神秘大家习惯了之后，又把衣服撕开一条缝，露出一块白色的皮肤，让你去想象，这又神秘了。本来生活就很忙，再弄点神秘，就更找不到方向了。我不想神秘，我就再写几篇。

　　龙胆草从遥远的地方赶回来，一下车，连休息都没休息，就忙着为我批改作业。我呢，就要写几篇欢迎一下龙胆草。毕竟到家了，写几篇，就当沏上一杯清茶了。中国是礼仪之邦嘛。

　　我最觉得有意思的，是朋友们把我的博客当作了情场。所谓官场失意情场得意。我是最不会谈情说爱的了。好些妖冶漂亮的异性与我擦肩而过，过去后回过头骂我一句"傻"。回头一笑百媚生。可是想追也来不及了。我也不想追，追上了我说啥？得到的顶多加了一个字变成"傻瓜"。在我过了谈情说爱的年龄，在网上弥补一下，也了却了人生的遗憾。

　　最最有意思的是朋友们找我问，为什么不把这些人找来，看看是什么样子？就像钱钟书说的，吃鸡蛋就想看下蛋的鸡。

　　我就对朋友们说，我见过的，个个都妩媚好看、狐疑诱人。

　　朋友们说，这不是狐女了吗？

　　我说，你以为蒲松龄的《聊斋》是瞎说呀，都是真的。

　　我小时候最爱听故事，天天长在别人家，等着晚上听故事。听完吓人的故事，回家的时候，就拼命地跑。越跑，耳边就呼呼的风，后边就哗哗地响，好像有人追我。

我喜欢听狐女的故事。

一家哥儿三个，老大、老二、老三，都没有娶媳妇。种地的时候，见到一窝狐狸。他们都善良，就弄些草给盖上了。

过了些日子，奇怪的事发生了。哥儿仨从地里回来，家里的饭做好了，屋子也收拾得干干净净。天天是这样。事情传了出去，都说是狐女干的。

哥儿仨既感激，又高兴。这时候，人的本性暴露出来了。给我讲故事的老太太说，有做饭的，还给你收拾屋子，就高兴了吧。可这哥儿三个想娶这个狐女。哥儿三个怎么娶呀。他们就商量着抓阄。谁抓到了，谁就去家里看着，抓到狐女就做他的媳妇。老二聪明，老二抓到了阄。

早晨上地干活，到快晌午的时候，老二就跑回家去抓狐女。那哥儿俩羡慕地看着老二回家了。

老二到家后，从门缝里往屋里一看，心里就怦怦地跳起来。狐女正干活呢。那个漂亮啊，老二都无法形容。把他美的，恨不得站起来就往屋里闯。不小心弄出个动静，把狐女惊动了。老二开门进去，狐女没了。锅台上放着没有淘洗完的米。

后来，这哥儿仨再也没有见到狐女。

村里的老人告诉他们，这狐女是不能看的。看了，就再也不回来了。

糊涂的季节

夏季，是一个糊涂的季节。

这种糊涂来自天气的炎热。人们在这种热烈的时刻，就会昏了头脑。如果午睡，那么，整个下午就都在昏庸中度过；如果不午睡，整个下午就都在似睡非睡中缠绵。可怕的太阳早早地就升起来，燃烧的光芒在空气里翻滚。人们走在阳光里，就是走在了烧开的沸水里，煮得人汗流浃背，痛不欲生。

于是，我知道了，人类为什么在春天制订计划，夏天去完成计划，秋天检查计划。因为春天清醒，计划才周密；秋天凉爽，才可以检查；夏天糊涂，才能完成那艰巨周密的计划。

难得糊涂。难得有着这样的夏季。

我热爱着夏季，不仅是这气候的温暖，使人在穿戴上放松起来；不仅是可以放纵自己的形象；不仅是打开窗户天地沟通；不仅是绿的感染让人看到大地的生命。我热爱着这夏季，我喜欢这被晒晕的感觉；我热爱着这夏季，我喜欢这醉酒般的痴迷；我热爱着这夏季，我就喜欢这糊涂的生活。

糊涂，是人生的一个境界。凡是在社会的舞台上走一圈，清醒者会把这人生的一圈走圆；在走圆的时候，就要遇到坎坷，就要摔倒爬起，就要坚韧不拔。可是，到了结果的时候，发现圈还是不圆，不美，不满意。只有糊涂的人在走过人生的一圈的时候，根本就不刻意，根本就没有感觉，可是回过头来看，却非常的圆满。大境界者大糊涂。

糊涂，是生活的一种本领。我们以为生活中就有唯一的结果，就有唯一的真理，就有一条是对的，我们去为之奋斗，去为之痛苦悔恨拼搏，费尽了心血。可是，条条大路通罗马。当跋涉者抬起头看到生活的彼岸，留下最后一束目光的时候，发现芸芸众生都在胜利的终点庆贺着自己的成功。糊涂，是到达目的地的船。

不糊涂也好，就在春天里等待，在秋天里思索。跳过了夏天，就失去了成长的机会。没有夏天的成长，只等待的人，是幼儿；没有夏天的成长，只思索的人，是老年。成长离不开糊涂。

夏天的糊涂，正是成熟的开始。在热火朝天里历练，新的思想在锻炼中出现。糊涂，是升华的初始，是凤凰涅槃。

鲜花在夏天里开放，碧草在夏天里生长，绿叶在夏天里伸展，人群在夏天里吐露芬芳。

夏天，是展露人本性的最好季节。我们在河流里脱光自己，在街道上装扮自己，在凉风里休闲自己，在阴凉里逃避自己，在细雨里洗刷自己，在火热的阳光里塑造自己。

糊涂的夏天，夏天的糊涂。糊涂是一种休整，我们需要这种季节，把糊涂的意识贯穿在生命里。我想，这匆忙的夏季，我们糊涂着，就能够相爱着，相信着，和谐着。看那天地勃发、生命竞争的夏季，糊涂起来，岂不幸福。

糊涂着，走过这最美丽的季节。

为什么写书

　　《天涯芳草》这本新书出版后，作为作者，希望每个阅读者能喜欢它。所以，我一直关心着每个读者的反应，使我下本书能出得更好些。同时，晚报还拿出多半个版面介绍了我这本书。之后，我的朋友用短信告诉我，她们单位的人都喜欢这本书。我就感到很踏实。

　　我对自己的这本书也有很多不满意的地方。但是，反应好的方面正是我感到不足的地方。于是我就开始反省自己对写作的态度了。

　　我的一个朋友，也是很有文化的，他专门找我签字。我说有什么可签的。他说，你的这本书好。我说好在哪里呀。他说，文章短，好读；读了还有意义。我说意义倒没有多少，可能是短的原因吧。他说工作这么忙，那些长篇大论的，一是没有时间读，二是读了也没有意思。他的这些想法后来又得到了验证。现在人们需要的是文化快餐。用最简单的文字，告诉人们一些想法，在阅读里得到快乐。

　　后来，我改变了我的写作风格，写了小说《绝招》，反响很大。我的一位老师没有联系十几年了，昨天突然打来电话，告诉我他是在文联主席那里找到了我的号码，他爱人想看我的书。我听了好激动。我的《绝招》还没有出书，我正想和其他的小说合在一起出一本通俗小说集。江龙陪客人，客人也津津乐道我的小说《绝招》里的细节。他们惊讶我写作风格的改变。我说，不是我的改变，是我适应读者的口味儿。

　　我们都有这样的体会，一本厚厚的书，如果没有情趣，就读不下去。江龙自己说，看两页都是满满的文字，就读不下去。要是文字内容不好，就更不愿意读了。

我一直在思考，我们写书要干什么？显示自己的才华，还是一种爱好？或者是给他人一种阅读的快感，消解生活，满足自己？我最早写小说是轻松的，后来变得沉重了。为什么？我要把我的作品放在教育人的层面上，要得到一个智慧的火花。可是人家并不愿意读，不愿意看。梦里挑灯看剑的辛苦，落得个无人问津。延安文艺座谈会已经多少年了，但是里面的思想却永远不会过时，那就是为什么人的问题。我们的作品写出来给谁看。记得赵树理写《三里湾》的时候思考了很多开头，后来就用了现在的开头。他说，我是写给农民看的，农民没有闲工夫看书，我就直截了当了。一个优秀的作家写作的时候，优先考虑的是读者，而我们往往把读者放在一边，这就是我们的作品常常写不出水平的原因。

　　我们往往过高地估计读者阅读的水准，以为读者都是读《资本论》出身，写得越高深读者就越能接受，自己也就越有水平。其实，生活里的阅读者都是分层次的。阅读人群是一个宝塔型，塔尖上是高水平的知识分子，塔的基础是广大的群众。我们写给谁，要明白。我们不能过高地估计了自己。过高地估计了自己，就是孤立了自己。孤立了自己就是消灭了自己。我们的写作就没有了生命。

　　其实，写作这东西，也没有神秘的，无非是有的人想写，有的人不想写；想写的人不一定能写好；不想写的人不一定写不好。就像开汽车，有的人开了一辈子，也不熟练；有的人上车就能开走，而且开得很好。凡是有文化的人，有学历的人，有本事的人，谁也不去写这东西；爱写的人，就是没事干，找个事干，让心理平衡。

　　不知道我说得对不对。

今天穿什么

你今天穿什么？

今天穿什么呢？我们常常想一想。也许穿任何一件衣服都行，偏偏这次活动很重要，或是见的人很特别，所以穿什么就很重要。尤其女性。女为悦己者容。穿什么就是一件大事。我也为此伤过脑筋。不冷不热时是最难的。最热最冷时也很难。

前几天去湖南，我第一次去，就不知道穿什么。看天气预报，零上十六度。我以为这个温度很暖和。这时我的一个朋友正在张家界，他给我发来短信，说湖南的天气很冷，要穿棉袄的。我就开始犹豫。后来到了湖南，果然天气不是那么热，而是湿润里带着阴冷，我穿的衣服正合适。见湖南人也都穿着棉袄或羽绒服。开会的时候，我为自己穿什么又犹豫起来。我带来了西服，会上穿不穿呢？如果穿西服加羊毛衫，可是我的羊毛衫的颜色有些靠色，不明亮。晚上看新闻，中央领导一律西服、白衬衣，很是精神。我就决定也这么穿。早晨起来，我穿上白衬衣、西服，羊毛衫不搭配，我就没有穿。我穿好后到外面走走，看冷不冷。一连几天阴雨，早晨晴朗起来，太阳明媚地照亮了天地，心情一下子好起来。浑身轻松，也不觉得冷，和大家高高兴兴地进了会场。国际丁玲研究会的秘书长涂老师见到我的穿戴，关心地问我"不冷吗"，我说不冷。坐到会场上，我还是细心地看了一下，发现与会者几乎都穿着棉袄或夹克，只有三个人穿西服系领带，一个是省人大常委会副主任，一个是著名的企业家，他们都穿着羊毛衫，只有我西服里只一件白衬衣。会场里开着空调，我没有感到冷。我对自己说，真的不冷，不冷。要是在北方这样的穿戴，人们肯定会笑话我了。在这里我这样穿着，他们会说我真的好体格。后来我躲避酒，就声称感冒了，喝不了。涂秘书长就说，你是不是那天穿少了？我说不是。

这样的故事还很多。记得在沈阳军区开会，也是隆冬，我们穿得厚，会议室里热，大家就脱了棉袄，穿着羊毛衫开会。当时的领导讲究会场的正规化，见大家穿着羊毛衫就不高兴，让大家穿上正装。大家不在意，领导就点名批评。穿上厚棉袄，热得了不得。所以，季节带来的麻烦就是这样，想把自己打扮得像个人似的，不容易。

实际上最可怜的不是男人，而是天生爱打扮的女人。我们搞活动，我就见女文友们个个打扮得漂亮。进到房间里的时候是包裹着肥厚的羽绒服，进来后就急忙把羽绒服脱掉，露出里面鲜艳得体的服装。细一看，服装是漂亮，但是很薄，连里面白色的皮肤都依稀可见了。我想她们不冷么。她们不冷，她们高兴、欢快，她们用香艳的身体向人们展示着精神和感情。好闻的杏仁味道的香水被她们挥洒出去，真的很迷人。我所想象的是，这次活动以后，会有多少女性患上感冒啊。感冒也是美丽的。

人们和大自然相处的过程中，确实有很多麻烦。如果我们和大自然和谐了，就会美好；如果我们把自己的思想凌驾于自然，就会不适应。今天要穿什么，应该是自己说了算，可是又说了不算，我不知道是怨自己还是怨谁。我是在谴责我自己的同时，我也希望变暖的世界快些到来。冬天真的不知道穿什么。

今天下雪

这样的阴天入冬以来已经多少次了，但是没有下雪。天地里沸腾着寒冷，到处都光洁的样子让人看了不舒服。就像久旱没有雨一样，冬天过久了没有雪，也不正常，光秃秃的，让人不舒服。感冒的多起来，病也多起来，这世界让人们看不下去，以为这就是末日一样。

今天也是这样，阴到中午才飘下一层细雪。细得如风刮来的一层沙，薄薄地铺了下来。

然而这雪没有停，轻轻地持续着，灰蒙蒙的天空像一个巨大的筛子，慢慢地筛着细碎的雪，在无风的天空里，雪粒飘浮着降落下来，一种留恋，一种思索，一种调皮，一种骄傲。这让人等了许久许久的雪，细心地铺展在大地上。整整一个下午，也就铺了薄薄的一层。吝啬的天空啊，枯竭的雪花，是谁让你放弃了你的大度和施舍？是谁让你失去了你的本真的豪放，变得小里小气，如刚当家的新娘？是谁让你这样小心谨慎，失却了酒仙的放荡？是谁让你变得没有了大家风度，连自己的棱角都磨损得面目全非？燕山雪花大如席的夸张，哪里去了？大雪满弓刀的气势，哪里去了？北大荒的原野上放养的暴风雪哪里去了？

看着天空里扭捏地走来的雪，我掩不住心里的失望。我们人类常常叹息阴盛阳衰，对女人的崛起，这个男人的世界充满了嫉妒和失落；那么属于男性的雪，大雪，暴风雪，堕落到如此程度，该怨谁呢？这是我的安排：雨，再凶暴，也是女性的；雪，再温柔，也是男性的。阳痿的雪，是人类的痛苦。

傍晚的时候，雪停了。

大地上铺了一层白雪。

聪明的人们在人工制造的滑雪场飞奔，在人工雪上雕塑，那天然的东西已经不重要了。我想，有一天没有了太阳，我们会怎样生活。

下雪了，终于像冬天的样子了。

夏天下雨，冬天下雪，都是这样想的。不是这样，就不舒服，不合理，不对。然后就是麻烦，恐惧，担忧，咒骂。

现在下雪了，就好。

酒　后

　　先说题目。我在教育学院学习的时候，教我的老师姓汤。我以前认识他。我还是学生的时候，他到场里指导过场里的老师。他曾在军队里做过战地记者，他在给老师辅导魏巍的作品《谁是最可爱的人》的时候，讲述自己的战场经历，讲到自己在朝鲜战场上看到的壮烈的情景时，再加上他丰富的感情和不熟练的普通话，《谁是最可爱的人》这篇报告文学在他的讲述里，感情充沛，慷慨激昂，把人们带到朝鲜战场。

　　在课堂上，汤老师还讲了一个故事。他的学生有一年高考，急于知道高考题。正好他的父亲在劳改的印刷厂，印刷厂担负着印高考试卷的任务。这一天，他的父亲到车间检查，看到正印作文，题目是"雨后"。当时是繁体字，他的父亲看成是"两后"，就告诉了孩子。孩子又告诉了老师。于是，同学们就开始练习《两后》，后果可想而知。到现在我也不知道《两后》怎样写。

　　今天我说的酒后，和我前面说的没联系。

　　我想说，人是正常的人，事是正常的事。可是，喝了酒，为什么就不一样？有人说，酒是魔鬼，我也承认。魔鬼为什么制服善良的人群，为什么人群不能制服魔鬼，难道人不如魔鬼吗？

　　后来我才知道，人是最不可征服的。上帝没有办法，才用了下策，让清醒的人类变成糊涂的醉鬼。猴子效仿过，但猴子很快就改正了。人，一直喝下去。

　　让人类醉之以酒，看其表现，可是人类还不知道，就不停地喝，自己醉了，在一旁观察的上帝经不住酒的诱惑也跟着醉了。失去了监督，人类就畅饮不断。上帝知道自己错了，就用别的方法惩罚人类。

人类永远是上帝的玩物。不知不觉中，人类又进了上帝的圈套。

人，和猪一样，贪婪，好吃，懒惰，早晚是上帝的囊中之物。

人在恶习的泥潭里，生活了下来。

吃喝嫖赌抽，是人类永远不可战胜的。如果还有更舒服的，人类还会去做。

于是，就随之有了相应的法律。但是，人类不会战胜自己。因为人类的本性就是舒适和自由。跟着就有了限制舒适和自由。

人类的丑恶，就是不知道自己的丑恶。人类的堕落，就是人的本性。谁都希望自己上进，可是，上进的劳累，吓退了胆小的人。于是，学者就说，人，性本恶。把人的勇敢和奋斗埋没了，人类成了垃圾。

在这世界上，如果没有人的性本善，人类早就消失了。

自己丑恶的，才说人类性本恶。与人为善的，才知道人的可爱。人有恶习，不是本质之坏；人有自我，不是本质为我。生存的本能，不能代表生存的意义。

喝多了，为爱；喝少了，为爱；不喝，是大爱。

酒，成为人们生活不可或缺的东西。但，酒的危险谁也不去理会。人们爱生活，就消耗酒，酒却使人消耗了自己。

人们能战胜自己。人们却战胜不了酒。

人的劣根性，是自己消亡的症结。

但，人不承认自己的错误；因为人觉得自己聪明。

世界上最怕的就是聪明。

可是，喝了酒后，想聪明也聪明不起来了。

这就是醉了。

我不知道。

其次，是酒。

再其次，是醒酒以后。

开花的草原

当我心情烦闷的时候，我就到草原上去。站在草原的任何一个角落，都会淘洗净我心底的泥沙，像芬兰浴一样。当我离开草原的时候，我已心轻气爽，精神抖擞了。

我曾坐着牛车在草原上走过，我曾坐着马车在草原上走过，我曾坐着胶轮拖拉机在草原上走过。那一天，我是坐着吉普车在草原上走过。

绿草已经绿遍天涯，花朵正在草地上开放。

我喜欢草原上的花朵，她和春天一起向我们走来。当积雪刚刚化尽，土壤刚刚松动，贴着地皮的地丁就开出紫色的花朵，无论春风里有多少凛冽，倒春寒有多么剧烈，她开得自然潇洒轻盈固执；随着泥土的融化，又有一种黄色的花朵开放了，她的叶片上挤满皱褶和绒毛。当我们来到草原的时候，成片的豆角花正开放着。初夏的时候，有遍野的金黄的蒲公英；盛夏的时候，有牵牛子花缭绕着；初秋的时候，野菊花就开放了；深秋的时候，蓝色的水仙在低洼地里开放。草原，每一个时光，都有相应的花朵在开放。所以，草原是有层次的，就像海洋的层次一样。从早春第一朵小花，到深秋最后一朵山萸，以至水红花子鲜艳的红穗，这种不是花朵的花朵，染红了辽阔的草原。草原，无时无刻不在成熟着生命，播撒着种子；无时无刻不在散发着芳香，弘扬着美丽。

吉普车在草原上行驶，草原是一片海洋。

看 生 活

　　社会的庞大让人感到孤独，社会的广阔让人感到渺小，社会的复杂让人感到单纯，社会的放纵让人感到拘束，社会的美好让人感到龌龊，社会的真诚让人感到虚伪，社会的灿烂让人感到灰暗。

　　当我坐在生活的面前，与人同醉的时候，我就感到生活的可爱和复杂以及艰难。我喜欢放纵自己，陶醉自己，空旷自己，但我不能摆脱自己。

　　我喜欢我生活里的复杂和繁荣。我知道我的能力。我恨不得天下都是绿洲，我所能办的只是一棵树、一棵草、一片菜园。我植得一棵茄子、一棵辣椒，乃至于一棵玉米，都是我的心血。我常常自己不认识自己。我在沙土里种植，我不知道能够生长，但我知道我的信心。结果，所有的植物都开花了，结果了。我才感到了生活的可爱和生活的宽容。

　　比如，人们喜欢群居，可是我喜欢沉思；人们喜欢说三道四，我却不会说话；人们看不起一切，我却把一切都纳入怀中。人们喜欢真理，我却找不到。人们要实现自我，我却把自我当作了玩笑。我说，湿地里的野鸭和湿地里的生物还没有停息，它们正活跃地生活着。

　　我恨不得把我希望的一切都做好。

　　希望，是人们的永远；欢快，是生活的现实。追求，是人们的希望；挫折，是人们的预料。

　　当我在朋友的关怀下，把现实当作生活的时候，我充满了决心和希望。我和我许多朋友一样，谈论人生，检讨过去，憧憬未来，脚踏实地，奋勇向前。我们的迷惑，是我们为什么不约束自己，看管自己，驱动自己，让自己再上一个台阶。

我们喜欢云杉，因为云杉有着特殊的历程。今年我们种植这种树，它生于矮小，不失于蓬勃；有松的品行，却高于松的志向。据说，云杉，是生于云南，繁衍于北方，是一位历史人物把它带来的。在我们的苗圃里，云杉到处都有。看似小巧，生却风云；看似一般，气象万千；看似简单，蒸蒸日上；看似蓬勃，气象不已；看似葳蕤，生机勃勃。有把它做装饰，运用自如；有把它做存在，变化不逮。云杉，生于南方，植根于北国。

生存与理念。

回忆与证明。

追求与不惑。

当我们在这个机遇相见的时候，我们会高兴地拥抱，快乐地讲述，真诚地相待，忘记了你我，忘记了生活，忘记了悔恨，忘记了一切。

谁也不会这样愚蠢，谁都会这样做。

绿色，正望着我们。

快乐　友爱

　　学校建设起来了，要有一个校训。聪明的校领导把这个艰巨的任务交给我了。他们一身轻松地对我说，你把校训写好了，对教育学生有好处；而且只有你能写好。看着老师挺知识化的，忽悠起人来也挺狠的。不写，对不起学生；写不好，他们没有责任；写好了，他们发现的人才。天底下没有这样把人推到悬崖的呀。

　　我们面对的是小学和初中的孩子。给他们些什么呢？我先看了网上的各种校训，大都是勤奋、向上、学习、进步之类的口号。如果说和当地联系，我所在的农场有著名的哈拉海湿地。我第一个想的是热爱自然，忠于祖国。可是后来又推翻了。觉得这样写过大、过空。想当年毛主席给抗日大学的校训真是英明，"团结紧张，严肃活泼"。大气之至，今天是没人可以企及得了。

　　我想，学生就是学习的，还要强调吗？不用了。要学生用功？现在家长老师望子成龙的心态到了可怕的程度，再让他们用功学习，为未来奋斗，使孩子们被绑在战车上，在狭隘的求学路上拼搏，成为学习动物，我的校训不能雪上加霜了。有一天，我和妻子在学校的校园里转，见到一个矮小的学生去晚自习，背上背着一个大书包。我妻子好奇，就过去把书包抱了一下，沉得让我妻子都感到累。这样的小孩刚一年级，就有如此的重负，真是十分可怜。我对我妻子说，我幸亏出生在那个不学习的动乱时代，要是今天，我什么也考不上啊。因为我懒，我贪玩，我不愿意学习。谁说人都是喜欢学习的，谁说人应该进步，谁说要成为人上之人，谁说书中自有黄金屋。可恶的传统教育，毁坏了人的烂漫的童年和少年。妻子就笑着说，

127

你逃过了学习的苦难，你的孩子却逃不了，不也得这样学吗？

我想也是的。像我那样玩着度过我的童年和少年，是没有的了。我的字还是到了工作岗位想出人头地才练就的。现在，在电脑上打字，连认识的那几个字都不会写了。

就像我们吃农药多的食品和假食品，身体有了抵抗力一样，现在的孩子不学习可能还受不了呢。

所以，我题的校训，就不说学习，不说奋斗，这些老师和家长都讲滥了，还是让他们讲吧。

快乐，这是我想的第一个词。这是给学生自己的。学习着，快乐；玩着，快乐。和老师在一起，快乐；和家长在一起，快乐；和同学在一起，快乐。在校园里，快乐；在校园外，快乐。童年和少年，都快乐。

友爱，这是我想到的第二个词。这是学生对外交往的。人人为我，我为人人。这种友爱，小了说，是团结；大了说，是和谐。是快乐的基础。是做人的根本。老师对学生友爱，学生对老师友爱，家长对老师友爱，老师对家长友爱。特别是独生子女多的情况下，友爱就更重要了。

我想，作为一个人，如果做到了快乐和友爱，对自己对别人，对社会对生活，对困难对顺利，对孤独对友谊都会有好处。

学会了快乐，就学会了生存；学会了友爱，就学会了融洽。

我们可以因为友爱而快乐，可以因为快乐而友爱。我总觉得现在的教育空洞的多，连孩子都不说与年龄相仿的语言，不说心里的语言，说出的都是套话和书本的话。这种不真实，贻害了孩子的童心和自我。

我把这快乐和友爱送给孩子们，我不知道是耽误了他们，还是给他们带来了幸福。可是，从我的内心里我知道快乐和友爱支撑着人的生命。

快乐着！友爱着！

快乐的娘儿们们

我犹豫了一下，才写下这个题目。同时，我的脑海里回响着放荡的笑声，闪动着灿烂的面容，跳跃着亮丽的服饰，仿佛月下的柳姿绰约动人，仿佛苏醒的春阳光芒四射。一群职业妇女在她们事业家庭都很满足，自我感觉都十分良好，信心力量交际都很知足的时候，迸射出的光彩确实很迷人。我选了很多词去概括她们，只有"快乐"才能表现出她们的风貌，只有"娘儿们们"才能体现她们自身和社会的位置。娘儿们们，我没有赋予它贬义，但又有一丝无可奈何的想法，这想法又弱于泼妇的攻击性、正人君子的形象性，这想法是对成熟女性的羡慕和嫉妒，感觉的激动和心里的压抑。就像黑暗里叫一声同志，光明里只能叫一声娘儿们们。

我把这个词限定在职业女性里不是一个很宽泛的范围内，所以我的玩笑不至于得罪更多的人。或者说我界定的娘儿们们就是我熟悉的异性朋友，圈子再画小点，就是我身边的人们。有一天，我和一位女文友吃饭，她说她正想写她们学校的女教师，小说的题目叫什么什么娘儿们们。我觉得很新颖。她怎么写都可以，我要写就要谨慎了。

首先这些人是快乐的。无论生活里出现多少阴影、挫折、苦痛，她们都快乐着幸福着说笑着忍耐着工作着，给人的永远是高兴的脸微笑的脸。她们决不大笑，怕惹出皱纹。正是中年，正是遭受人间故事的时候，孩子脱离了怀抱，正在校园里奔跑，初中、高中、大学，每个台阶都熬干了她们的心血，可是为了孩子，就满足就快乐。丈夫一般都是白领，职位正在稳固，身体正在发胖，感觉正是良好。

关怀完孩子，还要照顾好丈夫这个大孩子。在这种忙碌和母爱般的关怀里，体验着别样的快乐。快乐，是娘儿们们的本质、天性。天塌下来也是快乐的样子。谁说女子不如男。娘儿们们有着大将风度。苦恼咽进肚子，快乐浮出脸庞，打起精神，再把风流卖。可怜的娘们儿们。

这些娘儿们们，脸上是要绝对化妆的。化妆品的牌子一定要知名，每周还要到指定的美容中心做两次面部护理。她们往往选择海藻泥或火山泥，把脸抹得黑黑的，静静地躺在美容床上，期待着满脸的污泥脱净的时候，脸上就是一个新的世界。朋友们在见面的时候，会被她们光洁的脸照耀得欣喜若狂。为了使身段不被肥胖埋没，她们还要锻炼。学习舞蹈，练习瑜伽，像看仇人一样看着身体任何一个环节的肥肉。她们会选择最好的浴池洗澡，用牛奶拍打丰韵的肌肤，用泡过花瓣的水冲洗身体，然后，坐在大厅里，等待着头发慢慢地干去。其实头发早干了，休息，是一种洗浴后的体验，那种清洁后的感觉和享受，是一道美餐，只有这个年龄的女人才能发现，才能沉浸里面吸取甜蜜的气息。

衣着是她们的另一种追求。她们无时无刻不在想着穿什么，到哪里去买，价格怎样，绝不和别人一样。她们到了什么样式都敢穿的地步，而且穿什么都得体都好看都光艳四射。这个年龄段是女性最辉煌的时期。往前，还嫩得青涩，看的是人而不是衣服；往后，临近开始衰老，衣服遮不住从脖颈爬出的褶皱。只有这时候，是穿衣服的黄金档。有时她们会裹一袭风衣，尽显雍容倜傥；有时她们会着一件变异的旗袍，表现出风雅干练；有时她们会穿上一件时装，像模特般站立在大庭广众之下，落落大方又风情万种。有时她们披一款方巾，画龙点睛；或系上一条纱巾，点石成金；或斜背一包，潇洒写意。世间不知有多少衣服，最合适的一件就穿在她们身上。

最快乐的还是交友。她们有很多这个年龄段的朋友，但是，她们喜欢交往的还是男性。她们的化妆，她们的衣着，她们的气质，只有和男性在一起的时候才表现出来。和女同胞们在一起，快乐得不舒畅，高兴得不圆满，幸福得不激动。婚姻，已经陈旧；家庭，已经麻木。只有和另一个男人在一起，好像才有感觉。不想偷情，怕圆满的梦破碎，但也渴望着一夜情；不想爱谁，爱起来太累。虽然空虚，但不知道用什么填补。只是说一会儿话，互相挑逗一下，说些黄色的笑话刺激一下，就足够了。特别喜欢在一起吃饭，喜欢男人劝酒，不得已的情况下，慢慢地喝一口，装作不行了，醉了，脸红了。大家看着你，你仿佛回到了烂漫的青春期。要真喝，这些臭男人不一定喝得过。不喝酒，吃菜；不举杯，打赖。反正把肚子填饱，把好吃的吃足再说。回家不用做饭洗碗，多美呀！

快乐的娘儿们们，工作也是快乐的。她们穿着漂亮，是单位里一道亮丽的风景线。同事们惦记着，领导的目光锁定着。高跟皮鞋在地板上走过，一定要走出身段，一定要走出节奏，走出舒缓高低，让每一声都敲击在男同胞的心坎上。长长的走廊，就是一条音乐的长廊，悦耳的声音响起来，快乐的音符弹起来。

我来了。

快乐的娘儿们们。

留下苦难

往往苦难是接踵而来的。当我坐到为大家服务的位子上的时候，当时的形势很不好。后来形势好起来了，我就想，有一天不做了的时候，会不会再倒退到苦难的日子。我不是宿命论者，但是我知道生活是波浪式发展的。有在浪尖上的风光，就有沉入谷底的悲哀；有富足的时候，就有穷困的日子；有欢乐就有忧愁。

事态正像我想象的那样，苦难一直与我同行。上任时清除的债务，又像影子一样跟随着我，最后到了白热化的程度。

其实，每个人生活在这个世界里，都很难。

一个残疾人来找我，他的生活到了毫无办法的程度。父母不在了，姐姐和弟弟都生活得很苦。本来他结婚成家了，找的媳妇不聪明，但是有低保金，开个小卖部，生活还可以。可是，媳妇闹着离婚，到农村找过几回，回来又回去了。新找的男人家很穷，破土房就两间，哪比得上现在住的砖房。那个小伙都三十多了还没有找对象。家里有个破手机和一辆破摩托，驮着他的媳妇满处跑，就再也不回来了。

我说，她要为个手机，我给你买一部。

残疾人说，不是。她十八岁来我家，来的时候瘦得像肉干，现在吃胖了，也长心眼了。我毕竟是残疾，留不住她。

我说，你还没离婚，他们不能结婚，结婚要犯重婚罪。

残疾人说，也没有人管。她家的户口上也没有写她结婚。

残疾人有残疾人的苦难。他姐姐为照顾他的生活，冬天拉了很多柴火。可是有人却偷他的柴火烧。偷他柴火的肯定是正常人。正常人却有着残疾的心理。

肢体的残疾，使他生活上很困难。谁又能帮助他解决呢？那个夺走他妻子的人，也是娶不起媳妇的人，得到她，就有了新的家，这边的家庭就散了。家庭因为一个女人聚合，而且是一个智力不健全的女人。穷人和残疾人的厮杀，恨谁还是同情谁呢？

这又使我想起了我在煎熬的事。当年银行给企业贷款，留下很多债务。到长城公司成为呆账，国家已经受了损失。它再卖给个人，让个人去清理，成为个人的财富，国家又受到了第二次损失。我不知道这里谁是残疾，谁是获得利益的穷人。我知道的是，机会属于每一个人，谁得到了机会，苦难就留给了别人。

"裸体" 的话题

最近，在报刊和网络里面常常看到裸体的报道。尤其影视界的演员在作品中拍裸戏的报道，更是挤占了重要的位置。我过去对裸露的感觉很新奇，现在的感觉很无聊。

我不知道人类什么时候穿上衣服，考古学家可能永远不会有结论。教科书上描写远古时期的人类是用树叶遮羞的。那时候本来没有衣物，裸露是正常的，可是人们还是要遮蔽一下，也许羞耻感正是由此产生的。所以我们的祖先伟大就伟大在这里，让人们因为遮蔽而有了羞耻感。

这种羞耻感成为人的重要组成部分，也是人类发展和繁衍的关键。

衣服是人体的一部分。从遮羞发展到装饰，身份，御寒，风采，以衣服见人，以人看衣服。旧社会家里再穷，也要有一件长袍，为的是出门让别人看得起；现在再穷也要有一套西装，出门好装个样子。我的老师在旁听研究生课的时候，借了一套西装见外国导师，他说是不损国格。

人们穿衣服是正常的事情。

有这样一个对话。说世界上什么最大，答，是海洋；问，比海洋还大的是什么，答，是思想。

我把这句改写一下。随着人们对金钱和地位的追求，现在比海洋大的是欲望。

为了实现自己的欲望，什么都可以干。

我感觉，裸体并不值得喊叫。裸体也没有什么可神秘的。衣服包裹下，都是一个运动的躯体。就像把舌头叫作口条，立即就从器官改为食品一样；我们对身体的称呼的改变，就有了某种想象和感觉。其实，都没有什么变化。我们都是裸体长大的，大了就不能裸体。所以，用裸体炒作自己，是一种耻辱。

有一天，我和一群搞美术的在一起吃午饭。席间，一个女编辑笑着说，看当年你们连上课都不愿意去，画女模特的那天，我到教室，前面的座位都让男生占满了，那眼睛睁得圆圆的，恨不得掉出来。旁边的男同学说，现在画，还是这样，谁让我们都穿衣服了。

衣服，成为道德的防线，也埋藏了人们的好奇心。

可是，如果我们人人都像安徒生笔下的皇帝的新装一样，到大街上行走，会是什么样子。

人类的进步，是在改造着服装，简化或烦琐着服装，即使剩下一条比基尼，也绝不会把服装丢掉。

人类从穿上服装的那天开始，有了隐私；人类从穿上服装那天开始，有了自我；人类从穿上服装那天开始，知道了荣辱，知道了文明，知道了炫耀和虚荣。

人们要脱下这演变了几千年的服装，走回到原始、自然、本色，虽然我们的衣服已经越穿越少，要达到裸体的目标，还要走上几千年。

写下这个话题，我想，那些衣不蔽体，正在寻找衣物的困难者，一定觉得好笑。

其实我们都有过裸体的过程。小时候在河泡里游泳的时候，谁也不愿意穿裤衩；有女人坐在河边，我们穿着裤衩跳到河里，在河水的掩护下再把裤衩脱下来。我也听说，边远的生产队的孩子到场部上中学，洗澡的时候，女学生是要穿着裤衩洗澡的。老师告诉她们把裤衩脱下来洗澡，她们就低下头，羞红了脸。

没事就读书

　　读书，是永恒的主题。读万卷书，行万里路。人类的发展和进步，读书起着至关重要的作用。虽然我们有了电视，有了更多的媒体，可是，读书是永远取代不了的。

　　当网络和报刊狂风暴雨般刮起来的时候，很多人跃跃欲试，写，拼命地写。写些什么呢？这就需要读书。书读得多了，写起来就如瀑布，飞流直下。感觉好，写出来的也好。古今中外的文化知识，蓄藏在书中，犹如甘露，滋润心灵。古典诗词，不仅是欣赏，而且要背诵；文学名著，不仅是看，而且要体会。书，是融会贯通的。看张爱玲的小说，服饰举止都描写得细腻，因为她研读了《红楼梦》，并有很深的见解，她的作品里就有"红"的味道。细节的捕捉也很别致。一滴肥皂沫，就牵出一段男女故事。我读张爱玲，就要有时间慢慢地欣赏。王小波的作品读着很轻松。最近看美国的《教父》，过去就知道它，但是，没有时间看。这本书拿中国的眼光看，是腐朽的资本主义的标本。可是，它不仅出版，而且畅销，可见美国人并不掩盖自己的黑暗。作品的结构恰当。但是，正是合适的结构较好地展开了故事。它的两个看点，一是有故事，二是政治上的见证。在世界的各个角落，都有"教父"这种情况。但是，只有这本书写出来了，所以，它就有了意义。

　　和文友交流的时候，我和这个文友感觉到很投机。因为他喜欢京剧，我也喜欢。我喜欢京剧的唱腔和韵律。这是受父母的影响。我在写东西的时候，最怕文字的平淡和拗口。这是一对矛盾。大气之时，归于平淡；拗口让人难读。当我写散文的时候，马连良的唱腔在我脑海里回荡；写小说的时候，我倒喜欢起梅兰芳来了。著名诗人王新弟就是一个京剧爱好者。我父亲生病的时候他去看望，和我父亲没说几句，就谈起了京剧。前几天在一起，新弟还后悔不如早认识我父亲，好一起切磋京剧。新弟的诗，我在里面就能读出京剧的韵律。我小时候的课外读物就是样板戏剧本。后来读汪曾祺的文章，知道《沙家浜》是他的作品，最有名的唱词有：垒起七星灶，铜壶煮三江；摆开八仙桌，招待十六方；来的都是客，全凭嘴一张；相逢开口笑，过后不思量；人一走，茶就凉，有什么周详不周详。接着，我爱读汪老的散文和小说。我感觉，文字之美的如沈从文、孙犁等，汪老是不可多得的。短篇小说我也看了很多，我说的是小说家们写的，但是，好读的当数汪老的。

人们现在很浮躁。拿起笔来就写，写出来就自恋。病病怏怏的是散文，吵吵闹闹的是小说，分行的就是诗。贾岛的"推敲"，早被我们忘记了。我和一位写散文的朋友说起来，他说他散文基本不看，看了累。散文要么美，要么有思想，好散文兼而有之。他说，把文学推向绝路的，是这些搞文学的不读书。金庸的武侠小说，并不是纯武侠，而是积淀厚重的文化和文学，给人丰富的想象和阅读快感。

凡是成名的作品，都包含着很深的造诣。其中，阅读是很重要的一部分。

中华五千年的精髓，一部分弥漫在我们身边，被我们吸收；一部分在书里，等待着我们去阅读。

没有方向的河流

　　沿着公路向北走，渐渐地进入山区。山路弯弯，满眼葱绿，峰回路转，气象万千。不知道走过多少次这条路，每一次都有着不同的感觉。因为从农场到分局，只有两条路可走。一条正在修；一条从内蒙古的边缘穿过，路经尼尔基水库的所在地莫力达瓦旗进入讷河，然后到分局。这条路虽然狭窄，但是是柏油路，车开起来很平稳。

　　路绕着山，车随着路，一路开过去。

　　我被时隐时现的河流吸引了。那些没有方向的河流，时而在前方，时而在脚下；有时看上去是一条飘带，有时看上去行云般擦身而过。我不知道它从哪里来，又流到哪里去；我不知道它有多宽，又有多窄。它穿山而过，绕山而行，遇阻而回，见缝而去；它呼朋唤友，跌宕而歌，清新自洁，自娱自乐；它小溪淘沙，愚公移山，跬步成海，消亡自我；它揭竿而起，遍地烽烟，不贪不恋，四海为家。

　　我被这河流吸引，我被这河流陶醉。

　　看到大山之间形成的平原，那河流就在里面休息，碧草旺盛，田园风光，仿佛是一片江南水乡。鸟鸥飞落，水气轻浮，阳光沉湎。绕山而过，桥架于河面；河里水流欲尽不尽，欲走不走。河滩广阔，河道纵横，泥沙涌起，水草争肥。我以为这里是列车的编组站。河床是纷乱的铁轨，星星点点的河泡是停滞待发的列车。夕阳斜照，河面宁静，明亮的河面好像睡着的列车，感人的静谧使我觉得那里潜藏着力量和动人的故事，铁皮下的温馨和奔波的劳累。然而，一旦上游的激流奔涌而来，大河东去，风起云涌，这里定会汽笛长鸣，机声隆隆，灯火闪耀，热血沸腾。编组好的列车从桥下飞驰而去，山里山外一片歌声。那宁静的水泡，转瞬间就化作了河流。

我羡慕着在这河流里饮牛的牧童，羡慕着蹚过河水的牛群，羡慕着这人与牛的懒散和自由。衣衫褴褛的放牛人，随意地躺在草地上，光着的脚伸到了河边，河水在他的身边流过。天地人和，自在自我。清纯的风洗礼着无拘无束的人和行走的牛。

最是那山坳里的住家，像藏匿在大山腋下的花朵。老式的草房正在破损，新式的瓦房一座座矗立着。山上是遍野的庄稼，山下是欢快的农家。小园里种着的蔬菜已经结果。我想，每一处有每一处的欢快。幸福是不选择远近和贫富的。春天里的一棵羊角葱；夏季里的一根黄瓜；秋季里的一个在灶坑里烧熟的土豆，面面地吃下去，幸福就从头顶流到了脚底。山坳里的乡村虽小，欲望都埋在这青山绿水之中，和山水一样永恒。

每个小村都有河流走过。河流是线，穿起了村落的珍珠。冲刷沟在村口地头暴露着，好像痛苦的伤口。浅浅的河流在沟底静静地流，静静地流。河水给村庄以生命，给村庄以快乐，给村庄以希望。河流带走了村庄的忧愁，滋润着乡村的爱情，讲述着乡村的历史。

那鸡那鸭那鹅那肥胖的猪，以河水为伴。人们不修桥，就从这河里走过，河水给他们带来了运气。

大山，人家，河流，庄稼，在这没有方向的河流里，我看到了山的力量。

河流，大山的血液；河流，大山发出的信息。河流，大山的爱。

没有方向的河流，即使它停止流淌，它也吞吐山岳之气，永不陈腐；即使它只有涓涓细流，也与大海同光辉；即使它永远没有方向，它也不会放弃奔流。

庙　　宇

庙宇出现在哪一天，我无法考证。

我知道过去的村屯几乎都有庙。破庙。出家。尼姑。和尚。

因为我的年龄，我无法知道那些庙的用途。后来我知道那些庙宇都是陈旧的、没用的，甚至是腐朽的。我想，那些破旧的庙有什么用？看电影《白毛女》，我看到白毛女到庙里偷食供果，看到无路可走的人到庙里出家，我还不知道庙为何物。

有一天，庙宇又在各处出现了。

接着还有教堂。这是外国来的，人们也接受了。

这时候我开始想庙宇，开始想教堂，它们的作用是什么，它们出现的用途有哪些呢？我思考起来，不禁有些茫然。

我的身体常常不好。当我感觉到不舒服时，我身体里出现的表现我就能理解。我知道我的抑郁和苦恼，要有个出口发泄出来。我就看着我的病态通过外在的表现宣泄出来。比如上火的人，喜欢嘴起泡、尿黄尿、痔疮等，都是身体把病表露出来，火出来，达到身体的平衡。平衡了，病就好了。这是身体。

再说生活。生活不下去，生活走投无路，看透了人生，孤独，寄托，祈求，种种人生道路上的事怎么办呢？

我们习惯说的旧社会，那时候没有思想工作，老百姓怎么办？现在，市场经济，谁去做困难人群的工作，谁去做暴发户的工作？

于是人们又想到了庙。

庙宇是人们宣泄思想痼疾的地方，是人们没有寄托而寄托的地方，是人们打开心扉的地方。

庙宇，使人生得到了平衡，心理得到了平衡。

庙宇，是人的心理咨询处，人的心理医生，人解脱自己的天堂。

活在这个世界上，身体病了吃药，心理病了进庙。这是自然界对人类的解释。

如果是谁出家了，那是一种归宿，是对自己说不的时候，我们要用理解的心情目送他们；如果谁到庙里朝拜的时候，那是在寻找一种解脱，庙宇若有灵验，一定要把光芒普照给他们；如果谁在庙宇下避风雨，那是他碰到了一时的困难，如果庙宇的屋檐宽大，就把风雨揽在自己的头顶。因为人还是太渺小了。

我不知道我的意思表达没有，我的朋友理解没有。生活里有一座庙宇，也许会踏实一些。

你说呢？

母亲，永远不需要报答

我们每个人都有一种心理，就是报答自己的母亲。我在学生时代读朱德的《母亲》的时候，我还小，我没有读出朱德写在文章里的感情和参加革命后不能尽孝的愧疚。我只是喜欢文章流畅而真诚的文字。后来，我做教师的时候，也教过多次这篇课文，我还多次声情并茂地朗诵这篇文章。可是，我后来才知道我没有读懂她。母亲在的时候，我没有读懂，母亲不在了，我仍然没有读懂。我想，我永远不会读懂我的母亲；天下人也永远不会读懂自己的母亲。

母亲是不需要你读懂的。你爱她，她知道；你想孝顺她，她知道；你游走天涯，急急地要来看望她，她知道。你把天下最好吃的，最好穿的放在她面前，她知道儿女的心；你空着手站在她面前，她也知道儿女的心。你什么都不要拿给她，她看到你就知足，就高兴，就幸福，其实，母亲什么都不需要，就需要你。

你不懂事和母亲发脾气，你大声地和母亲喊，你天天和母亲生气，你觉得母亲太唠叨，太爱管事，你有一千个一万个对母亲的想法和不满意，母亲就一个想法，你是她的儿女，你是她身上掉下的一块肉。

生活中，你不快乐，母亲难受；你不顺利，母亲叹息；你娶不到媳妇，母亲着急；你嫁不出去，母亲郁闷；你手上割的一个小口，母亲心上的一个大口；你手流血，母亲心流血。

我经常看到，成名成家的男女，要做的第一件事，就是孝敬母亲，这种孝顺是伟大的，可是，天下有多少这样富有的呢？生活中更多的是普普通通的人，普普通通的儿女，普普通通的母亲。母亲生病时端过去的一碗白开水；母亲老了，在母亲身边坐上片刻，母亲就知足了。记得我喝醉了的时候，母亲在我旁边坐了一夜，我早晨起来，没事一样地去上班，当时，我没有什么感觉。中午，母亲又问我怎么样的时候，我才知道母亲又惦记了一上午。可是，当有一天我们去全身心地照顾自己的母亲的时候，谁能扔下工作，扔下一切，去像母亲那样去照看母亲呢？

母亲是不需要她的儿女为她牺牲的。只要她的儿女一切都好，就是对她最大的孝顺。对母亲最好的报答，就是她的儿女有出息。

在这个物欲横流的社会里，礼尚往来，知恩图报，只有母亲的母爱，是不需要报答的。恩重如山，谁又能报答得了。

我们能做的，是干好自己的一切，让母亲不为我们操心。

我们哪有那么多的时间孝顺啊？我们继承的母爱，又留给我们的下一代了。

母亲，永远是无私的；母爱，永远是报答不完的。

值此母亲节，祝天下母亲健康愉快。

讷河的倭瓜

　　我小的时候就喜欢吃倭瓜，吃那种又甜又面又噎人的倭瓜，就像过年一样，生活里都泛起光芒，日子都光亮得诱人了。其实，人的快乐与幸福，往往就是一件小事、一种食品、一件衣服；虽然人的欲望是无限的，同时又是浅显的，会轻易地满足的。漫长的人生因此也变得短暂了。

　　秋天是倭瓜收获的季节。滚动在田野里的黑色的、红色的、粉色的各种各样的倭瓜，仿佛泥石流过后留在地里的石头，星罗棋布，繁星闪耀。委弃的蓬勃的瓜秧瘫痪在泥土上。这个时候，种地的人就开始在地里捡拾倭瓜。我那时候小，就等待着晚上蒸馒头的时候糊倭瓜。切成块的倭瓜靠着锅的边放，铁锅烤熟的倭瓜，十分的香甜。

　　那个时候，挑选一个又甜又面的倭瓜很不容易。在大堆的倭瓜里挑选出来，全凭经验。首先要靠眼力，找到那些老的，感觉皮很厚，皮上生出蚕茧一样的坚硬的东西；眼睛选到了，就拿到手里，用手掂一掂，重不重，重就是好的，不重就不是好的；这些方法都用了，还有一个最绝的，用手指甲掐一下。指甲锋利的边缘切进倭瓜的皮肤，啪地出水的，就是不好的；沉闷得不出水的，就是好的。面倭瓜切开就能看出来，颜色深，水汽小；不面的倭瓜脆，湿漉漉的。又面又甜的倭瓜就把子留起来，第二年种到地里。我所不理解的是，年年这样选择面而甜的种子种到地里，以后的年月里照样还要从倭瓜堆里选择好吃的倭瓜。

　　现在就不一样了，市场上只要买倭瓜，每个都是面的，好吃的。

市场经济推动的科技进步是多么快呀！

可是路过讷河市的时候，吃了一次倭瓜，让我舒服得不能忘记。我以前所吃过的倭瓜因此而逊色了。

倭瓜是和土豆茄子以及蒸酱一同上来的。我知道讷河的土豆出名，大而面，起沙。可是不知道讷河的倭瓜这样好吃。厚得像生日蛋糕，瓜瓤是暗红色的，像夕阳烧红的乌云、正在冷却的铁水，但是要亲近得多，温暖得多。我望着它，我就想起了梵·高的著名油画《向日葵》、毕加索的油画《鸽子》上面陈旧的油画色。我慢慢地咬一口，细腻而柔和，香甜而软糯。田野上的气息一下子灌满我的全身。秋色迎面扑来，成熟唾手可得。我飘摇在收获的喜悦里。

讷河的倭瓜甜，倭瓜面，可是再甜再面也只是倭瓜。我的心里的热流不是倭瓜能激起的。我感激的是这些人，这些讷河人，讷河的文人，文化人里的领头人。这样一个小城，有这么多的文化人，他们写作，工作，喝酒，交朋友，丰富的生活让人感动。他们有自己的文联，文联里有十个协会。各种人才喷薄而出，在全国都有名气的人大有人在。他们欢迎朋友到来的最好形式就是很多人围坐在酒桌上，说，笑，喝酒，快乐。朋友们的到来是陆续的，不断的，热烈的，真诚的。讷河的酒好不醉人，讷河的人好会爱人，讷河的倭瓜好甜醉了人。

我的记忆里，倭瓜是永远抹不掉的。

你从哪里来，我的朋友

　　下班的时候，我准备锁门，一只蚂蚱趴在锁孔上，正安详地休息。办公室的后面是一片果园，我想蚂蚱是从果园里飞过来的。它以为手柄下面的锁孔是最安全的，就在那里待下来；也许它认为我的房门是最安全的，就奔了过来；也许它以为我是最安全的，就在这里等待着。它如一块朽木的样子，是不被人发现的。它背上的羽翅是尖利的楔形，如沉重烦琐的欧洲骑士；只有它的两条漂亮的大腿高高地举在那里。

　　我想到了乔羽，乔羽的那首著名的歌《思念》。据乔羽讲，当他看到一只蝴蝶落在他窗口的时候，他突然就想到了第一句歌词：你从哪里来，我的朋友，好像一只蝴蝶飞进我的窗口。动植物出现在人们的视野里，带来的感觉是不一样的。务实主义者是想得到它；理想主义者是追问它的空间。我的懒惰使我陷入浪漫的情绪里。我从不养花，我以为天地之间的鲜花都被我所养、大家所看，所以我认为家里尤其是办公室里精心养育花朵的人，是占有欲强的人。我的办公室里只有一盆不开花的文竹，我让自己在错觉的四季里生存。

　　我当然不能和乔羽比，蚂蚱更不如蝴蝶好看。可是我的心里就有着一段蚂蚱的情节。我在草原上见过各种各样的蚂蚱，绿的，红的，灰的，花的，大的，小的。有的像电影《卧虎藏龙》里面的周润发和章子怡那样，在竹海里跳跃，从这棵草上跳到另一棵草上；有的像龟蛇般匍匐在泥土上，一动不动；有的像我们人类啃苞米那样，抱着一片绿叶，认真地咬着。我喜欢飞翔的那种。我们叫它"沙虫"。夏天傍晚的时候，模模糊糊的空中，传来沙沙、沙沙的声

146

音，我循着声音跑去，声音仿佛灌满了天空。终于一个黑点在我眼里出现了，一蹿一蹿的，每蹿动一下，就会爆发出沙沙的响声。我忘记了脚下的泥土和乱草，盯着黑点跑，直到它落下来，我要抓到它。白天沙虫就在草里栖息，遇到响动才飞起来。沙虫飞翔时，展开的羽翅有红的、绿的，十分好看。后来我知道了蚂蚱的另一个名字：蝗虫。这是一个害虫的名字。据说它遮天蔽日，横扫一切。我在关里我的姥姥家和我的表哥到地里捕捉过蝗虫，绿色的，长长的，有很强的飞翔能力和咀嚼能力，它在弹跳的同时飞扬起来，捕捉都很困难。捕捉后可以在灶膛里烧着吃。我的内心里总是把蝗虫和蚂蚱区分开来，就像区分人群里的好坏人一样。现在我还认为草丛里嬉戏的蚂蚱和袭击人类的蝗虫不是一样的。伟人们说得好，我们要把日本侵略者和日本人民区分开，人民是好的。我们要把给人类造成伤害的蝗虫和蚂蚱区分开，蚂蚱是好的。如果草原和湿地里没有了蚂蚱，就像我们自己的生活里没有了欢乐一样，会多么寂寞啊！

我不知道我门上的蚂蚱什么时候飞走的，飞到了哪里。我想它走的时候，一定体会了我的善意。那么，它的到来是想告诉我什么呢？

你从哪里来，我的朋友？

你在想什么

　　我不知道你在想什么。我知道每个人都在不停地想。今天和朋友喝酒，他说他日夜想着的就是买一台自己的车，拉着老婆孩子在路上走。这种愿望早就有，但只有最近最强烈。为什么？因为朋友们都有了自己的车，他更应该有自己的车了。可是买的时候，大家都劝他，要等到春节以后，那时候正是车降价的时候，会省很多钱。现在是房价涨车价落。他一想也是。可是这种劝告已经两年了，年年都在降车价，何时买车才对呢。买高了后悔，买低了便宜。可是总是落价的东西，不知道什么时候才算占便宜。

　　其实，你要喜欢你现在就买，不要理会那点儿钱。理会了，就没有了爱好和自由。我这么想，但我不这样说，因为他爱金钱超过了爱好。这样的人就永远等下去吧。老了，开不动车了，爱好就没有了，回忆多美好啊。

　　你在想什么，我不会知道。我知道人们的思想里，想的东西会很多。有的是要做的，有的是要想的。做的可能会有失败，但是做了就好；有的是永远想而不会去做的。也就是说虚的东西和实的东西都是存在的，我们要把握好。

　　实现了的我们享受，实现不了的我们可以想象。剥夺了人的向往，就等于乌云遮蔽了太阳。任何人在痛苦时打不倒，困难时不失去勇气，因为人们想象的光明鼓舞着，遥远的想象呼唤着，烂漫的生活在盼望里存着，苦痛被想象埋没了。

　　你想什么很重要。苏联在饥饿的时候，"面包会有的"这句话鼓舞了很多人，最终有多少人吃到了面包，只有天知道。

你想什么，就想。这个世界上，只有想属于你的。你是男的，你就想女的；你是女的，你就想男的；你贫穷，你就想富足；你富足，你就想淫乐；你辛苦，你就想快乐；你艰难，你就想顺利；你想当官而不能，你就直接想做皇帝后的颐指气使；你当上官而不知足，就把不知足部分变成想象；你要是残疾，就去想不残疾的坏处；你不残疾，就想残疾人的痛苦。

　　上帝给了你想的权利，你可千万不要丢弃。丢弃了，就丢弃了真正的幸福和自由。

　　有一天，你什么都没有了，你要记得你还有想象。

　　你想什么，我不知道。

　　你在想什么？

农场的秋天

　　在人们对夏天的炎热叫嚷不休的时候，秋天就悄悄地来到了。我不知道喧嚣的城市里的秋天是怎样来到的，也许那一夜的凉爽感染了麻木的城里人，秋天就来了。我不知道滚着海浪的海边的秋天是怎样来到的，也许漫天风云笼罩下来的时候，秋天就来了；我生活在田野上，我知道只有我能看到秋天的到来，只有我能感觉到秋天的到来，只有我能体会到秋天的到来。我是秋天里的第一片落叶，我是秋天里的第一滴冷雨，我是秋天里的第一声翻地的拖拉机的吼叫。我的土地，我的农场，我的家园，我的种地的农人们，在巨大的等待里，迎来了秋天。

　　我是在风里听到秋天的。空旷的天空里，秋就像细雨一样哗哗地落下来，铿锵而轰鸣；尘埃都平静下来，庄稼定浆的声音响起来，都如黄河的瀑布；玉米叶子的摩擦声震撼着田野。我是在风里感觉到秋天的。当南风悄悄地降落在草丛里，扑灭了困倦的虫鸣，空气就坚硬起来，仿佛苍老的皮肤在拥抱着你，美好的心情渐渐地消退了。我是在风里理解秋天的。翻卷的风潮清扫着衰败和腐朽，戏要演完了，我们准备着、整理着自己。秋天就在风里，风是秋天的身影。

　　我是在农场的田野里看到秋天的。世界上任何一个秋天都不可能和农场的秋天相比。农场的田野有多大，农场的秋天就有多大；农场田野上的庄稼有多少，秋天的堆积就有多高；农场的机声隆隆地响起来，是秋的歌声；农场的机车轰轰地走起来，是秋的秧歌；收获的大豆高粱，是秋的化身。季节属于农场，秋天属于农场人。

我的感觉里，秋天永远属于土地，属于土地上蓬勃的生命。我们把秋天的赐予收留下来，再普洒到天下，让人们分享着秋天，秋天的果实。夏季里营造着秋天，冬季里盘点着秋天，春季里种植下秋天。当我看到大地上庄稼在自己衰黄了叶子，鼓足了勇气的时候，我才知道庄稼对季节的感应；我还知道当干旱到来的时候，庄稼就及早地成熟，结下颗粒，保留下生命，在秋天刚刚来临的时候，就被收获了。秋天，是田野里庄稼保存自己的最好机会，是未来的延续。

　　秋天的一缕风，秋天的裸露的土地，秋天的宽阔的大道，秋天的宁静和壮阔，秋天的人们的孤独和满足，秋天的炊烟和鸡鸣，秋天的嗑着瓜子儿的女人和懒散的男人，秋天冰凉的房舍和暖洋洋的太阳。这一切，都弥漫在农场的上空，使天空剪贴在树林里，小溪流淌在空灵里，脚步踩踏在土块上，落寞腐蚀在人的心头上。美好的秋天，因复杂而美，因感慨而美，因富足而美，因色彩斑斓而美。

　　我在我的农场歌唱秋天，是因为种地人的收获；我在我的农场歌唱秋天，是因为我知道种地人心里的祈盼。秋天来了，秋天像一片清冷的月光，照射下来，像一片云朵飘浮过来，像一面旗帜升起来。农场的人们，开始了秋天的忙碌。我们把这秋天的岁月放在太阳里晾晒，我们老了，秋天成熟了。

陪着你走过困难的日子

我经常对我的朋友这样说，当你觉得困难的时候，觉得无聊的时候，觉得孤独的时候，你可以想起我。我会陪伴着你，和你一起度过那些艰难的日子。

我知道，人的一生，艰难要多于顺利，挫折要多于胜利。我们来到世界上的第一声是啼哭而不是微笑，上帝就安排好了我们怎么面对迎面而来的困难。哭，是人类屈辱的底线，是痛苦的底线，是后退的底线。没有比哭还更无奈的了。哭我们都会了，我们还有更可怕的吗？放声嘹亮地哭，低哑委屈地泣，把心里的懦弱和侮辱排泄掉，我们就是勇敢的了。

面对困难，我们最需要的是朋友，需要朋友的陪伴、鼓励，需要朋友的关照、看望，需要朋友的倾听、安抚，需要朋友的理解、同情。我们每个人都需要别人陪伴着度过困难。

于是我对自己的观点开始挑战。我一直以为男女的结合就是人类繁衍的需要，其实，还有陪伴的需要、照顾的需要、理解的需要、发泄的需要、谩骂的需要、欣赏的需要。所以，人类把婚姻还叫伴侣，互相陪伴着走向人生的远方。

我这样说其实还很狭隘。男女之间的爱慕，就是没有婚姻，也在陪伴着对方。据说，对影星施瓦辛格一个女人竟然爱了一生。每当困难的时候，这个女人想起他，就充满了力量。有女孩子爱刘德华也是这样。

陪伴着的不仅是婚姻，只要两人的感情相通，完全可以陪伴着走过一生。那种心灵的惦念、心灵的沟通、心灵的爱戴，比厮守在一起，比朝暮相处还要重要。

我想，朋友、恋人、同志、情人、师长，都会占据每个人的心灵。在每个人的心灵里，有了这样的根据地，有了这样的城堡，有了这样的温暖的花园，遇到什么困难不可以战胜呢？

我们学会交友，学会沟通，学会把别人放在心底，我们就为自己的未来有了储蓄，为遇到困难准备了力量，为幸福打造了坚实的基础。

陪着你走过困难日子的，是你早就安排好的人，是你生活道路上那些与你共同友爱的人。困难的时候，想一想，那些笑脸就会走进你的视野、你的脑海、你的血液里来。你就有了勇气和力量。

不要哭泣，心里有那么多的人陪伴着你。

学会哭泣，呼唤着心灵的伙伴。

哭笑间，我们都长大了。

漂泊的歌

这几天很忙。但是一位上海来的女人却一直在招待所里等我，要见上一面。为此她要耽误几天的返程时间。我过意不去，就劝她按原计划走，她不肯。

后来我抽出时间和她母女吃了一顿饭，她又邀我共同聚餐，陪同的是她的同学。虽然我们都是一个学校毕业，但是她们比我要晚六年，她们应该是 1980 年后毕业的。现在正是风华正茂，意气风发的时候。吃过饭，我们又到歌厅唱歌。看到她们沉浸在歌声里的样子，我就有几分羡慕。她们又轮番邀请我跳舞，我笨拙的脚步在音乐和她们的得意里竟然欢快起来。我在忘却自己的同时，感到了相聚的幸福。

这之后，她就要领着孩子回到上海去。我祝她一路平安。在南下的列车就要出发的时候，有一丝感觉又隐隐地困扰在我的心头。那就是埋藏在我心底的淡淡的乡愁。看到她急匆匆返程的样子，看到她母女的亲情，看到她就要回到那个大都市工作的信心，看到她最近这些年生活的自我感觉的骄傲，看到她那种大咧咧的充满了自信的样子，我就想，她没有漂泊的感觉吗？

她的父母和我的父母都是从上海来到北大荒的。我父亲经常到她家坐坐。她的父亲是我的领导，场里的大材料都是她父亲写。她的父亲不仅材料写得好，字也写得好。爱憎分明，脾气古怪，正义感强。看不上的人就绝对看不上，从不掩饰自己。因为善饮而影响了身体健康。父母不在后，她的姐姐在美国，弟弟在北方的一个城市，她到了上海。但是有时间他们还是要到场里来看看。我就想农场是他们的故乡了。可是，这故乡已经没有什么亲人了，连他们的父母都没有在这里选择最后的栖息地。

这就是我常想的，人究竟有没有故乡？青山处处埋忠骨，何必马革裹尸还。这种大气的精神我常常怀疑。也许我们是无名小卒。我们常常想的是故乡。故乡的一棵树、一种声音、一种感觉都印记在心里。我就想到了自己的没出息。厮守在这片土地上，揣着故乡的忧愁，发出几声感叹，人就突然老了，老得只剩下伤感和回忆。这种感觉在我独自一人的时候就变成了凄凉。而正是这种莫名的凄凉，使我在写作的时候，有着奔涌的感情。

其实，人的一生都在漂泊。固守一地的，是保守的漂泊；奔波异处的，是寻觅的漂泊。人长着两条腿就要走，走遍天涯。漂泊的人有漂泊的充实；厮守的人有厮守的追求。我感觉到世界没有哪个地方最好，只有哪个地方能放下我们游走的心；世界上没有哪个地方是家和乐园，只有哪个地方让我们安静地生存下来。漂泊是无奈，无奈中才有更好的生活；寄居是安逸，安逸中丧失了自我。

看到漂泊的人，我生出一丝凄凉；漂泊的人看到我，也许会生出一丝悲哀。

那远去的列车，承载的应该是更多的快乐。

骑向春天的自行车

　　因为时代的久远，很多感情是难以沟通的。比如说自行车，我在"老猴子"的博客上看到他对过去自行车的回忆后，就按捺不住感情的潮水，关于自行车的故事一件件出现在我的眼前。普普通通的自行车在那个年代，成为我们的梦想和骄傲。

　　无论谁家买了自行车，都会把自行车的各个部位包裹起来，怕漆掉了，旧了。普通的是用塑料带缠上，塑料带一般是黄的或红的。贴着车子漆的地方先包上纸，再一圈圈地缠绕起来。细心的人，会把每个暴露的部分都包上塑料。新车子就变成黄的或红的了。有的还把车座子套上垫子，好看的垫子还镶了一圈黄色的穗，垂挂着，金光闪闪，很是威风。

　　我父亲干净，所以，我家的自行车没有包任何东西，父亲把它擦得铮亮。我父亲骑着它天天到场部去，串门，打扑克，喝酒。冬天里都很晚了，我父亲在寒冷里骑着自行车回家，车子推到屋里，会缓出很多霜。自行车就是我父亲的腿，我父亲胖，不愿意走路，到哪里都骑自行车。八十多了，还在骑自行车到处走。他的最后一辆自行车现在还放在阳台上，我珍贵地保存着它，不舍得动用。

　　我学会自行车很偶然。食堂做饭的老冯有一辆金鹿自行车，天天放在土屋的窗户下面。也是一个春天的黄昏，我还没有脱去棉袄棉裤，当时和我的一个同学走到那台充满诱惑力的自行车面前，他对我说，你骑上去，我给你把着。我连想都没想，就推起了自行车。金鹿牌自行车的车把像鹰展开的翅膀，老冯是山东人，车的横梁上挎着一个帆布褡裢。学校建在一个沙岗上，门前都是刮起的沙堆。

我把自行车推出沙堆，前面就是一条土路，一侧长满了高大的杨树，春天里正在结角儿，像开满了一树的花朵。我对着路，骑上车子，同学把着后面的货架子，问我好了吗，我说好了。我蹬着，他把着，就骑起来。前面是下坡，车子快起来，我高兴而紧张地向前蹬。不知蹬了多久，我问为我把车子的同学，行了吧？我的后面没有声音。黄土路上的车辙变窄了，我一歪，下了车子。我的同学在很远的地方坏笑着，原来他根本没有动地方。

没有自行车的时候，母亲到地里采喂猪的野菜，都是母亲扛回家来。满满的一麻袋，母亲扛到家里，浑身都被汗水湿透了。母亲一边用扇子扇着，一边不住地喝水。我家每年都要养一头猪，年底做生活用。有了自行车，我骑着车子去接母亲。母亲把一大麻袋菜放在车子后面的货架子上，我在前面推，母亲在后面走。路远，母亲怕我累着，就让我骑车子先走。我那时候很小，不懂得疼爱母亲，听到让我先走，我就高兴地把车子骑快，跑回家里去。很长时间，母亲才到家。

有了自行车，我就愿意干家里的活。那时候买东西要到场部去买。家到场部有三里地，骑车子很快。记得也是在春天里，我在场部买了一袋面，驮在车座子后边。到家的路有一个高岗，下坡的时候，不用蹬，车子就飞快地跑下来，我会兴奋得像飞了起来一样。正当我高兴地飞跑的时候，我发现我驮在后面的面袋口开了，面粉像雪一样撒下去。我刹不住车，眼看着后面的面粉撒出去。我为我的兴奋付出了代价。

自行车，在那个年代，陪伴我的父母；在那个年代，驮着我的单纯；在那个年代，是每个家庭的梦想。

我骑着它，走过了我的少年和青年。那正是我青春的时代。

157

企业的条幅文化

　　伟东是企业的党委副书记，这一段时间里都很兴奋。他真切地感觉到企业无论大小，企业文化很重要。从某个方面说，企业文化是立足之本。这几年他打企业文化牌尝到了甜头，小到一张邀请函，大到一幅广告牌，注重新的理念，反响都很好。他又反复地和我说起条幅的事，他说这种文化对企业的发展也起到了重要作用。因为每次需要挂条幅，他都要找我来出句子，于是我们就回忆起来。

　　农场最早的条幅是移交农垦九三分局。过去场里从不挂条幅。当时正是八月，移交给九三分局的意向已定。当时正赶上齐齐哈尔市开绿博会，九三局的场长书记和机关的人员到齐市来开会，隋局长有意让他们看看新接收的部队移交的农场，让与会人员提前来，到农场看看。我们提出招待一顿饭，议程就这么定下来了。

　　那时的农场很破旧，我们打扫了院子，做了准备。这时候我就想在旧办公楼上挂个条幅，伟东是宣传部长，积极忙碌。我看腻了各种场合的条幅，都是"热烈"的口号，没有特色。我就想写两幅有特色的。穷，但不能没有文化。文化是脸上的胭脂，文化是企业的衣服。家里再穷，过年都要贴副对联，十五都要糊个灯笼。我过去单纯地想，人活着就是吃和繁育，其实人活着还有个文化的问题，老百姓讲叫"穷乐和"。人类的存在就是两个方面：活着和生活。我所说的生活就是文化。

　　于是我就想出了这样两幅条幅悬挂在办公室的房顶上。

迎绿博会做九三人双喜临门

爱北大荒系黑土地一脉相连

　　条幅悬挂出去以后，反响很好。特别是原九三局的书记，现任总局副局长的胡局长，对农场的移交很重视，路过这里看了一眼，条幅给他留下了深刻印象，所以他对接收这个破烂的场子有了好感，我们也很愉快。后来隋局长检查工作，对我提出农场移交后要有新的形象。农场的人对这位开明的局长心存感激，我立即就在场门前立了一块大的广告牌，上面写着"九三　哈拉海农场"，把对局长和九三人民的感情表现出来。后来这样的标语牌，其他地方也效仿起来。这时候我又在场区里立了一块牌子，上面写的是"明天会更好"。当时场里已经发展，大家很高兴。我用这个牌子告诉大家未来。这是后话。

　　这时候全总局的篮球赛要在九三分局召开，每个农场都要挂一幅条幅，以展现对球赛的关心和农场的特色。伟东和我商量，我说这件事事关重大，我们是新移交的农场，会场只悬挂一条条幅，一定要把内容写好。我们一起来到了市里，又和著名诗人王爱中商量，最后定出这样一个条幅，是出自爱中的智慧：

九三局的哈拉海争光又添彩

　　悬挂出去后，影响很好。就是现在，局里的一位领导还能背诵出来。

　　后来在开劳模会和其他会议时，只要有条幅，我们就认真对待，先后写出了"大玉米，大奶牛，大发展"等条幅。

　　去年是建场五十周年，我和伟东很早就研究条幅的写作。他和宣传部搞出来几条，我看了都不满意。我说条幅要写得直白、简单、傻气，不要华丽、口号、俗套。最后我写出了四条，反响很好，各方看了都满意。

　　我们是部队移交企业，场庆时军队的人要来，我写了"吃水不忘打井人，感谢亲人解放军"，军队的人看了很满意。

　　交到农垦我们很幸福，我写了"找到了农垦，我们就找到了家"，表达对农垦的感情。

还有很多知青要回来，离退休的人员要回来，我写了"你想着故乡，故乡也想着你"，回来的人看了泪流满面。

还有一条大家有想法，我就没挂。我知道大家还没有理解。这条是"儿不嫌母丑，狗不嫌家贫"，我是想告诉人们哈拉海的痛苦经历。

这些条幅挂出去，庆祝活动就完成了一半。

伟东尝到了条幅的甜头，每次活动都要我出条幅。最近武装部大练兵，我为他写了"只要世界不太平，我们永远是士兵"，"拿起枪是士兵，放下枪是农工"，受到了大会的赞扬，并把它写入了武装部的理念里。

"双高普九"检查，我们故技重演，写出了"双高普九黑土地飞出金凤凰""重视教育，一个都不能少"，产生了影响。

我们经常看到各种庆典上的条幅，内容一样，好像在表示"到此一游"，既浪费了材料，又毫无用处。如果把条幅当作文化对待，意义就不一样了。

情人节，想对情人说句话

8月19日，接到一个女人的短信，内容是"祝节日快乐"。合上手机，我就开始想，今天是什么节日。19日是星期天，星期天是假日，不能算节日；邻居家娶媳妇，是喜日子，也不能算节日；同学家举办学子宴，孩子上大学，是高兴的事，但也不能算节日。我糊涂了半天，只得给那个祝节日快乐的手机号回复"什么节日？"

"今天是阴历七月七，中国的情人节。真笨。"

"谁定的？还是约定俗成的？"我回复。

"不要管那么多，过就是了。"

"你不说我还不知道。"我回复。

"哈哈。我是第一个向你祝贺的。"

这一段时间事情比较多，我的心情又不好，我就常常地关掉手机。接到这个节日的短信，我的心情又不平静起来。关上一会儿手机，就打开，看有没有祝贺的短信进来，好给人家回复。这样忙了一上午，也没有祝贺节日的短信进来，连电话都没有。看来我熟悉的女人正忙着过节日，早把我忘记了，心里就有几分失落。仿佛深秋的一阵风吹过，只剩下光秃秃的一棵老树了。秋阳里飘起一丝凄凉。

这些天里我就对节日产生过一些想法。各种节日就像雨后的蘑菇，遍地地拱起来。刚过惯了一个看动物的节，又要过一个祈祷式的节日。当满天的礼花落下，正为这欢快的世界祝福的时候，天上又掉下一个情人节。传说中，牛郎织女在七月初七这天鹊桥相会。民间里牛郎织女是夫妻，被王母娘娘划一条银河给强行分开，只有

161

七月初七才有吵闹的喜鹊搭起桥梁，让他们夫妻团聚。这种团聚，是家人的团聚，夫妻的团聚，怎么成了情人的节日了。

节日的泛滥，也正代表着一种倾向，或叫潮流。那种硬性规定下来的新产生的节日，正说明着政府在制造着祥和充实，在苍白的日子上涂出光泽，给劳碌的人群创造着一种氛围；而民间的节日，是随风而起，心向往之的，代表的却是民众的心理。所以我想，难道中国的情人潮流到来了吗？欧洲中世纪流行的情人的故事果然出现在我们古老而贞洁的土地上了吗？我想起当时的文学作品，文学作品里男女情人的炫耀、权力的争夺、爱的泛滥。男女道德的藩篱一旦破损，情爱的洪流就会冲毁一切。

直到晚上，我和妻子吃饭的时候，电话和短信相继出现了。妻子看到我的忙碌，也不知如何。我就在电话里说出祝福的话，在短信里写出挑逗的语言。我也不知道忙了多久，但我知道我的虚荣心得到了满足。这个时候，我也不像《伊索寓言》里那个说葡萄酸的狐狸了。我觉得还是过节好。我明白这些联系的人都是好朋友，开个玩笑蒸煮生活。但是，在这不伦不类的情人节里，找个情人说话，会是什么样子呢？

妻子喊我，天热，多喝些绿豆汤，解暑。

秋来江水绿如蓝

我和家人乘坐一条游船，行走在嫩江上。温暖的阳光弥漫在江面上，绿如蓝的江水平静地流淌着。细微的波浪像被婴儿掀起的衣角，层层叠叠，波光粼粼，井然有序。向北望，水扑面而来，江桥如画在天际的一条横线，简洁而笔直。江两岸秋色尽染，枯的草、黄的树、肃穆的房屋，一边是高楼林立的城市，一边是寂寥的乡村。大江在秋的宁静里沉默着。

我以为我对这条江倾注了感情。这条江横跨在我与城市之间，是阻挡我与城市联系的第三者，更是我生存的障碍。我这样说，是因为有很多故事在里面。

我居住在江的西面，进城要走 301 国道。江面上是三十年代日本侵华时建设的铁桥。风雨几十年，铁桥如故，钢架依然。我们乘车从笼子一样的钢筋铁骨里穿过，心里有说不完的感慨。桥梁上每一颗铆钉浑圆而结实，仿佛是趴在那里紧紧抱住铁筋钢板的华人劳工；桥梁链接处的每一声铿锵都是劳工的呻吟。直到八十年代中期，桥梁破损严重，我乘公共汽车过去的时候，要步行过桥，空车过了桥，才能上车。新中国成立这么多年，修不起大桥。记得读中学的时候，我们学的课文里，有一篇是介绍长江大桥的。这座新型建筑，它的宣传画和照片成为国家的光荣，到处都能看到。这时候我才知道我们建一座桥那么不容易。后来，嫩江上终于建起了一座新桥。新桥开始收过桥费。贷款修桥，收费还贷。嫩江，你骄傲地流淌。

我所在的地方是一片湿地。水利部门把这里划为滞洪区。每当雨季，湿地水满为患。这些水要进入嫩江。但是嫩江的水位顶托，湿地里的水排不到嫩江里去。我们一直在水患的侵扰里生活，民不聊生，损失惨重。1998年的大水，我的家园和周边的村屯，一片汪洋；我们进城，一道桥和二道桥之间都流淌着洪水。也就是在这一年，国家决定在嫩江的上游尼尔基修水库。当水库修完，我站在高高的大坝上，看着被围在尼尔基的江水，仿佛一条巨龙被缠缚在平原与山岭之间，我心里的感情无法表达。自从我的朋友到我那里拍摄《话说嫩江》开始，我才知道这条浩瀚的江水，是大小兴安岭的涓涓小溪汇集而成的。她们从山涧里、石缝里、泥沙中，喷挤出来，经过了山林，越过了峡谷，千回百转，一意孤行，要到远方去，为此，她们忍气吞声，锲而不舍；她们雄姿英发，一路高歌；她们战天斗地，迎难而上，可是，却被囚禁在尼尔基这里了。我不知道我是为嫩江高兴还是惋惜。如果她是蛟龙，她现在已经被捆缚住了；如果她是欢乐的使者，她现在已经被限制住了；如果她是自由女神，她已经没有了光彩；如果她是人类生命的信使，她要延误了快乐的到来。我知道嫩江是暴戾的，她凶猛地破坏家园，吞噬生命，我也知道人类的进步里面包含着对自然的征服，可是，我不希望我的嫩江被束缚，我的嫩江被看管，我的嫩江失去天真，我的嫩江失去野性。

我在江面上行走，我的心情是矛盾的。我下面的江水出奇的平静。我知道，她已经不是山脉里走来的江水了。她已经不是自然而纯洁的了。她是一个成熟的女性，恬静得掀不起一朵浪花。她是已经进入公务员队伍各个方面都受约束的公民了。

是啊，江水还是江水，她没有诉说，没有不满，在秋天的阳光里，她绿，她蓝，她像光一样分解在我的视线里。

秋天的白菜

　　昨天，买了两捆大葱，冬天吃。想一下，整个冬天能吃多少大葱呢？吃不了多少。可是到这个季节就想买，买大葱，买白菜，买土豆，买胡萝卜，买一切需要买的东西，储存起来。然后，心满意足地等待着那个漫长的冬天到来。

　　这种储备，已经是我们的心态，我们的感觉，我们的遗传。好像我们要活多久，生活多久，需要很多很多的东西。秋阳泛滥的日子里，家家都在渍酸菜。一堆一堆的白菜码在门前窗下，刷洗过的大缸湿漉漉地张着口，浑身是力气的女人们开始洗菜，开始往缸里摆菜，大缸都堆得冒了尖，还在码。白而鲜绿的菜像女人的脸一样漂亮；浑圆的大缸就是笨拙的孕妇。那希望就埋在缸里，女人和整个家庭的生活美满幸福起来。因为希望在缸里，快乐在缸里，酸酸的香味儿在缸里。

　　我们家没有渍酸菜的习惯，就挖窖。我年纪很小的时候就学会了挖菜窖。最好挖的是沙土，但是容易塌方。塌方我不怕，塌了我就接着挖。我怕的是在一米多以下挖出冬眠的蛤蟆。一锹下去，露出蛤蟆的后背，我就浑身不舒服，我闭着眼睛把蛤蟆铲出去；有时候，蛤蟆走到脚下，我就会吓得跳起来。蛤蟆不咬人，可是我不知道我为什么还怕。现在也是这样。我结婚之后，还在一个高岗上挖过一个菜窖。土质是碱性的，挖起来很难挖。正是十一放假，那时候是放三天，我就挖了三天。第三天我还要把盖子绷好，因为天气马上就冷起来，上班就没有时间了。

　　当时场里也把机关和职工买白菜当作是大事。最早是家属队种菜，后来是场里给白出车买菜。我在机关的时候，组宣纪委和党办是一组，给一台汽车，到富拉尔基拉白菜。早晨去，中午拉回来，下午各家分。中午要吃一顿饭。我们都没有权力，没有地方吃饭，就买了肉到各家去做。因为司机是要吃饭的。分菜的时候，没有小秤，就按棵分。最后算重量。白菜有长白菜和圆白菜。我们把圆白菜叫山东菜。成熟了的山东菜白花花的菜心冒出来像男人的秃顶。但是山东菜棵小、心大、好熟，都喜欢。我们在富拉尔基拉的白菜都是长白菜。心也很大，但是浇水太多，一动就啪啪地碎了。

那个时代或者是现在，秋天里有了白菜，就有了依靠，就有了底。整个冬天都会过得很满足，很舒服。其他菜，如土豆，买上两麻袋就行了；胡萝卜，大萝卜，有也行没有也行。会生活的人，还会把大辣椒、香菜、芹菜都冻在外面或埋在沙土里，来客人吃。

冬天的白菜，是家庭的主心骨。没有了白菜，就没有了冬天的生活。一般人家，炒白菜，炖白菜，最好是过年的时候做饺子馅。会吃的人家，就把白菜做出花样来，醋熘白菜，炒白菜片，炝白菜，拌白菜，糖醋白菜，生吃白菜。冬天里，鲜嫩的白菜好看又好吃。即使冻了，白菜照样可以吃。拿开水一烫，把冻气挤出去，蘸酱吃，包团子；白菜只要不冻透到菜心，在暖屋子里一缓，就又是一棵鲜白菜。

我们选择了白菜，白菜也选择了我们。生活中往往是这样，任何时候都有着希望。这希望就在我们生活的角角落落。一棵白菜，就是对冬天的挑战；一棵白菜，就是人类迎接冬天寒冷的信心。我们在秋天里买下白菜，等待着春天。

山　货

　　前几天有一个女孩子从遥远的山里来，我见到了她。她说她和她的姐姐给兄长带来些山货，我没有在意。她说今年不知道为什么，山货特别的少，她和姐姐找了很多的摊位，才凑了一点。然后她和姐姐对买来的山货又仔细地挑选过了。我想起她和姐姐挑选山货的情景，心里就感动起来。她的姐姐是个内向的人，所有的话都埋在肚子里，有机会倾诉出来，就是很好的文章。在挑选山货的时候，温暖的室内温度，一定使她胖乎乎的脸红晕起来，如早开的山菊花一般。她们那种对兄长的情谊，弥漫在屋子里。我知道，凡是礼物，就有"千里送鹅毛，礼轻情谊重"的理念。如果是女性送出的，就有着母性的慈爱在里面，那物品就不是物品，让接收的人感激万分，牢牢地把一丝真情种植在心里。

　　我们是礼仪之邦，礼尚往来是千古定律。这种礼仪的往来，有时是不好把握的。如果轻了，就要亵渎对方，让对方不屑地看待礼品；如果重了，就有求于对方，给对方带来压力。更有甚者，会被法律所规范。所以，礼品成为生活道路上对一个人的考验。记得父亲对战友和朋友的交往，无非是一壶酒、一个善意的玩笑；过节的时候，一点葵花子、两瓶酒而已。我的小说发表后，春节时到编辑老师家里去，拿了黑色背包装葵花，也就三五斤，老师竟感动得送我一块布料，给我留下很深的印象。

　　有道是"拿人手短，吃人嘴短"。这世界上如果因此而杜绝了送礼，人的情谊也就没有了。但是把礼物弄得过重，其实是很麻烦的。时间久了，这样的来往就让生活失去了乐趣，人生失去了快乐，人与人之间没有了真情。物欲横流，人就是次要的了。满世界的人都是你拿礼品买我，我拿礼品买你，如牲口的市场，还有什么意思呢？我喜欢民间的那种纯朴，往来就是我们民间的必需品。比如过年杀年猪，谁家杀了猪，全村都去吃。吃着猪肉，把一年的感情弥合平了，大家都舒服。

人在世上走，哪能没有谁帮助谁的。但是，助人为乐是人的本能，求得报答是人的心理需求。这种往复是我们都具备的。不具备这种常识，就不会被社会接受；这种常识在心里膨胀了，就会影响社会秩序。人为自己而生存，礼遇是拓展生存的空间。短短的一生，要想尽快地成长起来，成为成功人士，达到人生利益的顶点，靠自己的奋斗是一方面，天才是一方面，机遇是一方面，这些都具备了，也不一定能达到既定的目标。所以，就要借助力量。被借助的力量有很多，礼品的力量也是十分重要的。这使我想起肉食鸡、快速猪来，本来要一年成熟的，几个月就完成了成长过程，这是激素的力量。送礼也是一种激素，达到人的迅速成才。

山　居

　　有一个大学生在山里面工作。他在城里找了个对象，他要积极地办到城里去团聚。我问他为什么这样急。他说我在山里工作了快三年了，对山里有了感情，我怕再工作下去，就真的舍不得离开了。我说你真想在山里待一辈子吗，他说这是有可能的，你不知道，和那里的山熟悉了，山就亲；和那里的人熟悉了，就舍不得离开。现在我要离开，也会泪水涟涟哪。

　　他说的话让我久久不忘，夜里沉思起来，想到我自己，在这荒原上度过了几十年，生命的大部分已经在这里消耗，把童年的快乐倾泻在草地沼泽上，把读书的苦恼埋没在简陋的教室里，把工作的艰苦搅拌在汗水里，把升迁的欲望躲藏在谦卑里，一年又一年，就这样过来了。沈阳的领导来了，私底下对我说，怎么还在这里坚守，不想离开吗？这里太荒凉了。可以到沈阳，也可以进齐齐哈尔。我就笑，默不作声。心底里说这里不很好么。习惯了，就是好；有感情了就是好；爱着就是好。那草木，那水泡子，破旧的土屋。我的父母一辈子住在平房里，冬天冷得了不得，就这么苦过来的。场里很多人到城里去，又回来了，城市对他们太陌生，不习惯哪。想到自己这样的年纪，以后到哪里去寻找自己的归宿呢？

　　这种习惯性的感觉谁都会有。我的朋友找个对象，那女人丑得很，他也不满意。但是他们相处了一段时间，就分不开了。他对我说，我们有感情了，现在看她哪里都舒服了。我就开玩笑说，我们看着不舒服啊！男人丑点是会被理解，女人丑就会不被接受。而恰恰丑陋的女人容易找到丈夫，丑陋的女人有着强有力的生活能力。

我也说不出为什么男人会这样容易地接受丑陋的女人，而且生活得安逸和幸福。这是习惯吧。

还是说那遥远的大山。我们觉得遥远、寒冷、荒凉，可是那里生活习惯的人们，也和其他地方的人一样，有家庭，有亲情，有同志，有爱，有恨，有愚蠢，有聪明，有着世界上的一切，所缺少的是城里的现代化，所多余的是城里没有的清洁、干净。无论院落多么脏，也比城里卫生；无论家里的锅台多少黑渍，也比城里的好看。清泉捧起来就喝，饭里有刮来的泥土吃下去也甜甜的。山里落下的尘埃是大自然的呼吸，飘起的旋风是山野的寂寞。住得久了，这仙境般的地方怎么可以离开呢？

我理解这个大学生的话，时间长了，就是山里人；山里人了，还到这城里干什么呢？吃城里的饭店么，山货不更好吃么？坐城里的车么，山里的路清清静静，走多远都有云雀在头顶上歌唱。到城里的歌厅么，山里天地间都是好听的歌。不能比呀，还是山里好。乐不思蜀，乐的不就是山吗？

其实，无论是城市、乡村、山里、平原，只要是能住人的地方，住下的人就不愿意流动。这是人的习性，也是人类的结果。所以，年轻的人，要选好第一站，年老的要看好第一站。故乡，就是这样来的。那山里其实已经是这位大学生的故乡了。居于山，而胸怀天下，未尝不可。

上帝的眼泪

我对朋友们说，在这样一个特殊的位置上，就像烤在火上。上面怕领导不高兴，下面怕老百姓有意见。什么都听不见的时候，又担心天气。雨少了，怕旱；雨多了，怕涝。好容易庄稼长起来了，形势好得不得了。就有人说，这庄稼长得反常，那年发大水庄稼就是这样，出奇的好。我就怕大水淹了这么好的庄稼。晚上睡觉就有几分失眠。可是又有人提醒我，现在旱了，别处都旱，今年旱得受不了，南方涝北方旱。我就盼着下雨。7月30日的时候，晚上开始阴天，我在看电视剧。电视剧开始的时候，雷就打起来。我从来就没有听见这样的雷声，把窗户的玻璃震得抖动起来，闪电像利剑划破了黑暗的天空。转眼间，电停了，屋里一片黑暗。我就看着窗外，雷和闪电交织在一起。黑色的山峰一样的树林，在电光里暴露出来。只见闪电劈开天空，雷声就在闪电里滚过来，房屋在电闪里胆怯得就要萎缩下去，我也担心着会倒塌在瞬间里。这时我就迷信起来。我以为会有天地中的妖魔，在这个夜晚展开一场搏斗，我不知道是为情杀还是为权力的争夺。但是，看到这样硝烟弥漫的场面，厮杀得如此天翻地覆，翻江倒海，绝不是一般的事情。如果是天庭政变，也不过如此了。直到后半夜，才休息下来。我带着这种不安睡下，在雷声和闪电里听到了雨的脚步。

第二天，我得到了消息。这场雷雨只把场里的土地浇灌了，解除了旱情，其他的地方仍然干旱着。在农场的土地以外，竟然滴雨未落。我惊讶得不知如何是好。原来那场雷电的厮杀是在为了浇灌我的老百姓的土地上的事争论不决。吵闹声滚进了落雷，后来厮打起来，竟使用了武器。刀枪剑戟的寒光，照亮了天地。斯文的官员只顾了吸烟，烟雾都覆盖了天空。这场战火为农场的职工普洒了甘霖，庄稼长得像待嫁的新娘。

我在我的心里祷告着，上帝仁慈，给了我们人民一滴眼泪，使他们能够生活下去。上帝是负责任的，不愧为领袖，知道这里的人类善良苦难，多年积攒下的穷苦不能摆脱，这里的领导着大家劳动的人傻而笨，不会找机会讨好上帝，使这里还穷困着。我想我的祈祷是被上帝听到了。在这场及时雨过后，又给了我很多的机会。

就是今天早晨，我在被资金困扰得无法解脱的时候，我们看到了一条生路。我们知道，就是世界上的人都睡着了，也不会忘记把这条路堵上。也只有傻瓜才敢猜想。我们在小心地求证之后，开始大胆地冲刺。所有的能量都用上了，我们终于获得了成功。在聪明人打瞌睡眨眼的工夫，我们在上帝的关照下，偷走了打开潘多拉宝盒的钥匙，使我们压抑了半年的心头之郁闷得到了解放。因为后面还有故事，我就不公开这件事了。有谁实在想知道，就问上帝吧。这是他落在场里的第二滴眼泪。上帝的手机号码存放在机要室。

我不相信除人类之外的任何超人类的存在，可是冥冥之中又好像有一只无形的手在我们身边晃动。昨天和我的同学谈起来，他也是这种感觉。好像很多事情都是安排好的，我们只是在无奈地等待。苦难的时候，上帝忙，忘记了我们；幸福的时候，上帝来到了我们的身边，照看着我们，我们就快乐地生活起来。

我想永远依偎在上帝的身旁。

上海感觉

进入上海，就如同进入了楼宇和高架桥缠绕捆绑的迷宫。不知道上海有多大，不知道上海有多么复杂，南北西东，都是楼、楼、楼，车、车、车，还有匆忙的人群。从田野里来，到了这里，好像把人关进了飞速旋转的笼子里，惊惶的老鼠一样左顾右盼，惊慌失措。

我在磁悬浮列车里领略的是上海的速度，我在挺拔的楼宇中领略的是上海的雄伟，我在巷弄里领略的是上海的特色，我在商铺里领略的是上海的奢华，我在人群里领略的是上海的固执。我喜欢这个都市，也许它小得在地图上微不足道，走进去却宏阔得如海洋；我喜欢这个都市，也许它笼罩着神秘的轻雾，亲近她却如故乡的温暖。我不喜欢像炒爆豆般的闽南话，我却爱听这语言里蓄含的韵律和撞击心底的润滑，仿佛在吮一块浓浓的巧克力；我也不喜欢这里根深蒂固般的小市民习气，我却喜欢这习气里潜藏的自我和崇拜胜利者的心态。哦，大上海。外滩旁流淌的黄浦江，古老的楼群，浦东辉煌的建筑，只是上海的风貌，真正的脊梁却是那些斤斤计较的上海男女。

任何一座城市，任何一个地域，任何一方水土，都离不开那里的人群。上海之所以是大上海，正是有了那些"阿拉，上海人"。上海，是上海人的上海，就如北大荒是北大荒人的北大荒。上海人永远学不去北大荒人的豪爽，北大荒人永远学不去上海人的雕琢；上海人永远学不去北大荒人的粗放，北大荒人永远学不去上海人的精明；如果把上海人放在北大荒这块土地上，他们会拥挤在一个农场里，把这个农场建设成上海，把其余的农场卖掉；如果把北大荒人放在上海这块土地上，他们会围海造田，在黄浦江里种地，重新分出一百多个农场。我不知道去赞美上海人还是歌颂北大荒人。但我知道，在共和国的土地上，他们都在各自的范围里生产着幸福创造着奇迹。

上海，对于我是陌生的，我用陌生的眼睛看上海，就能看出别人看不出来的地方。上海人喜欢在人行道上骑自行车、摩托车。我以为这是犯规的。可是，当看到一辆飞快的自行车在马路上跑过，被交警拦住，让他拐进人行道时，我才知道在人行道上骑车是正常的。北大荒的食品进上海的时候，提了几次价格，一方面我们自己原先的价格确实低，好东西卖不出好价钱，再就是上海人以价格看质量。所以，提价的食品仍然被抢购。我在闲暇时走了几个大商场，物品价格属于高档的产品，商场里的人不多；而店庆的打折店却人头攒动。可见上海人和其他地方的人一样，喜爱便宜；但对食品却不问价格，还是上乘的好。

静安区是老街区。我这样认为，并不是我了解上海，而是当我看到这个区的马路狭窄，高楼和低矮的老房子交错出现，使我既能看到最现代化的高楼，又能看到最久远的房舍和房舍的阁楼窗户里伸出的晾衣竿。路边窄而陈旧的人行道，常常有按着喇叭或铃声的车子在后面叫道。各种店铺相挤相拥地开在街面上，有的破旧的房屋里打出一个冲着马路的洞，伸出一个脑袋就是一个店铺了。面对着装饰着蓝色玻璃的高楼透出的冷漠，这些路边凌乱的小店，倒给人一丝温馨。旧时上海的人性和温暖，在现代的光芒里挣扎着活下去。在我眼里，那陈旧和低矮，凌乱和随意，正是街市本质的存在。我们搞城镇规划，往往要整齐划一，营造亮丽，远离马路，花团锦簇，搞得没有一点人性，单纯的美取代了丰富错落的美。规划的美取代了自然的美。一人眼里的美取代了民众眼里的美。我所担心的是，大上海富足的钱没处花的时候，到处都是楼宇，尽管这些楼宇样子别致，那些小弄堂都被大楼扫除干净的时候，大上海还有它的特色吗？有它的情调吗？有它的款款暖意和浓浓的"阿拉"吗？更可怕的是，在新农村建设中，大地上盖起的片片新房，都是一个样子的话，我们就会再也无法寻找五千年积淀下来的乡土气息了。所以，建设的人性化、个性化、传统化和在规划区内的随意化，以及所在区域的特色化，正是我们用心去维护和追求的。

　　大上海，尽管那些特色的传统的饮食已经走进了高楼大厦，高楼大厦里营造了很好的氛围，但是，那种渗透在人们骨子里的东西是营造不出来的。就像北大荒人天当被地当床就着北风喝烧酒的感觉只有在荒原上才能找到一样，人们的感觉是欺骗不了的。

　　夜晚，上海滩华灯齐放，滚滚车流昼夜不息。我感觉是在一艘远航的轮船上，我和我的北大荒人正和大上海一起向前进。

上海印象

上海，是一座神秘而疯狂的城市。弹丸之地，却裹挟了大中国的财富、人文、智慧和风暴。当年上海滩，不仅有飘着万国旗的银行，被人啐骂的瘪三和鼓噪一时的黑老大，还有萌动的革命党和工业的振兴。细腻而不厌其烦，认真而不失计较的上海人，像燕子衔泥一样打造了坚实的大上海。

如今的上海，是金钱和科技的代名词。

谁抓住了它，谁就抓住了金钱，抓住了奔腾的野马和滚滚潮流。

中国，能和大上海齐名的只有北大荒。北大荒，地域之大，荒凉之大，农副产品之大，形成了一南一北两座高峰。

可惜，它们相望而不相近，相慕而不相融，相信而不相聚。

其实，一切都是人制造的。当上海滩还在陶醉自我的时候，北大荒集团的领导层已经开始研究上海，走进上海，淘金上海了。

一群种地的汉子，穿上蓝色的西服，系上红色的领带；脸上的风尘还没有洗净，脚底的泥土还嵌在皮鞋的花纹里；眼神里还有着庄稼的朦胧，手掌上还有柴油的气息；前前后后，缕缕行行，提箱携包，气宇轩昂，向上海走来。高速路上奔跑着二十辆装满北大荒绿色产品的物流汽车；飞机和火车上坐着像风云一样汇集来的北大荒人。

干什么去呀？

到大上海赶集去！

这北大荒的人流里就有我。

我敬佩北大荒集团领导的明智和胆略、勇气和信念。看到他们坚实的脚步从黑土地上走过，一直走向上海滩，我感到了做北大荒人的骄傲和自豪。就像大上海必须有与它相配的磁悬浮列车一样，大上海没有北大荒的到来，好像缺少了些什么。强壮的大上海，在寂寞中苍茫北望，期待的就是北大荒；北大荒发展六十年，准备的就是和大上海融在一起。

上海人是自我感觉良好的，令他们高兴的事一定不会忘记。有一天，他们如数家珍地讲起上海滩的故事，讲得最兴奋的是什么呢？一定是：阿拉抢购到了北大荒的绿色食品；或者是：阿拉没有买够。

我在延安饭店等待开会的时候，我到一楼的商店买了一支笔。服务小姐看出我是北大荒人（我具备北大荒人的高大和憨厚），就热情地问我，盒装的米还有吗？我们这儿一个老服务员昨天没有买到，都哭了，早早地又去了。我说有，你去问那些穿西装的人。服务小姐说，你不也穿西装吗？我说我不卖米。

精明的上海人，在纷乱的食品世界里，一眼就看上了北大荒的食品，并且毫不留情地尽收囊中。连同北大荒人的淳朴和豪爽，也都成为他们的精神食粮。

这次北大荒绿色特色食品展销会是在静安区的展览馆召开的。在明媚的阳光里，红色的舞台、彩色的气球、拥挤的人群弥漫在这座哥特式的建筑群里的时候，我被北大荒巨大的魅力所感动。北大荒这股绿色旋风正刮进上海滩的千家万户。我有一种狂妄的心态，那就是，南有大上海，北有北大荒，我的祖国才能成为一个站立的巨人。

圣诞节想起方便面和矿泉水

很荣幸地参加了一次文友们组织的圣诞晚会。每个人交五十元钱，领取一件小礼品，吃一顿火锅。大家在寒冷里聚在一起，享受着节日带来的快乐。女人们都把自己打扮得不像了自己，光亮地在男人的面前闪动；而最可恨的是这些贪婪的男人，喝起酒来就忘记了还有着女人的笑脸和衣着，直到把眼睛喝得眯起来，才在女人们的拍打下光顾一下女人白白的脖颈，然后又像流星一样把目光落在了酒杯里。

大家在过圣诞节。更准确些说，是在聚会。有酒，有快乐，大家在节日里分享。一年的劳碌在这黑暗的夜晚，在这明亮的灯火里，在这熟悉或不熟悉的对望里，求得一份休息。大家都很劳累。因为大家都是工作，家庭之后，才挤出时间来写点东西，说是爱好，这写作的爱好要比喝酒打麻将的爱好累得多。但是大家都这样做着，然后在写作的大旗下，寻找到一些朋友。

在灯火闪烁的大街上，我看到很多饭店门前都停满了车。城里的人都在过节。这时候，我的朋友也打来电话，他们在遥远的小城里，也刚刚为圣诞节喝罢酒，快乐着回家去。这种节日里点燃的欢乐，燃烧在都市里。而在我偏远的农场，只有几个大学生知道今天是圣诞节，忙着买苹果和花朵，来庆祝一下。住户里的饭桌依然是往日的饭菜，小院里的宁静依然如田野一般。人们的衣食住行里，对圣诞还很陌生。尤其这个"诞"字，虽然是诞生的"诞"，人们听到后很快会和鸡蛋联系起来，这样一联系，节日的氛围就没有了。乡下的落后，固守住了中国的文化和理念、传统和习俗。那些黑手黑脚的人和固执的土地一样，在共和国的天空里成为领土的一部分。

于是我想到了方便面和矿泉水。城里人把方便面吃腻了的时候，乡下人是不吃的。饿了吃块馍，着急不赶趟，就吃块凉馍，又硬又凉的馍吃下去，在厚重的嘴里嚼得热了，再咽下去，肚子里也就暖暖的，有了力气。吃馍的人和吃方便面的人是两个天地。

我在一个日子还好的农家里，看到了一瓶矿泉水。屋里的女人说，是她的儿子在南方打工带回来的。那是去年的春节，放到现在快一年了。儿子说在城里就喝这瓶里的水，他们听了，对城里人更加尊重。他们以为这瓶子里的水是金贵的，他们是没有资格喝的。儿子喝上了，当父母的会高兴好几天。

我说这些是想说出什么道理呢？差距么？地位么？我也不知道。有一天乡下的人也过起圣诞节来，会是什么样子。早晚要过的，但我不敢想是什么样子。这两天我看到出城口的江桥上有很多马或驴拉的小车，车上盖着棉被，棉被下面是农民储藏在窖里的蔬菜。他们在天刚蒙蒙亮的时候，拉到城里去卖；天黑的时候，回到家里去。我们想象的圣诞老人也不过如此吧，赶着爬犁，拉着礼物，在寒冬的飞雪里奔跑着。我这样想着，好像真正的圣诞老人竟是我们的农民了。

送你一枚钥匙

我突然发现，我们每个人的心灵上都有一枚钥匙。只是我们珍重着，不常使用。有了这枚钥匙，我们就安逸，就幸福。有一天，我们用这枚钥匙开启心灵的时候，滚滚激流就喷涌出来，弥漫了我们的一生。

昨天是很热的天气。天气预报三十四摄氏度。天气越热，就见不到太阳，好像太阳溶化在滚烫的空气里了。只有热风卷起的沙粒和空气里燃烧时炙人的气息。机关要铲果园里的草，每个人都热得脸色红晕，汗流浃背。

我在走廊里碰见了朋友。我说你为什么没有铲果园。他得意地说，他当副职就只有这个待遇了。然后就追问我，你当年当副职，不也不劳动吗？

我说我当年当副职，是照样劳动的。有一次出差，我以为我躲过了劳动。回来后，机关支部就告诉我，豆地里给我分了五根垄，让我去铲。我到地里，找到了我的位置，发现已经铲过了，心里十分高兴。机关分报纸的女同志告诉我，她铲错了垄，把我的垄铲了。我只得再到地里去铲。芦苇和杂草淹没了豆苗，坚硬的碱地锄头落下去就被弹起来。好在我没有铲完，这片豆地就被到来的洪水淹没了。

有一次挖水利，没有给我分任务。可是我妻子的单位给我妻子分了任务。我到学校找了几个人帮着去挖。刚挖了不多，大雨就来了。浇湿了大家不说，自行车也不能骑了，只得扛在肩上，走出了荒草地。

记忆总是把最艰难的生活留在心底。有了这种苦难，才生活得有勇气和信心。也是做人的骄傲。

晚上在吃饭的时候，无意中我的朋友遇到了初恋的女性，大家就兴奋起来。生活的长河流淌到今天，冲刷不掉昔日的甜蜜。我的朋友用他悬挂在脖子上的那枚钥匙，打开了记忆。我们大家和他和她开着玩笑，都不由自主地用自己脖子上的钥匙打开了自己的过去。看着大家高兴的样子，我说，我们的过去都有着缺憾，这种缺憾到了今天就是幸福。我们有可爱的妻子、丈夫，这是一层幸福；我们心底封存的缺憾，当我们打开或掩藏或追忆或联想或怎样，都是一份甜蜜。我们常说没有十全十美，正是这种不完美，才有了幸福和遐想。

我的朋友说，比如维纳斯。

酒要喝完了的时候，我突然想，我们脖子上的这枚钥匙，最好是不要使用，挂在那儿，就是一份占有，就是一份惦念，就是一份回忆，就是一份永远。

如果我们经常开启，就没有了激情；如果我们经常把玩，就淡漠了幸福；如果我们经常窥视，就失去了神秘；如果我们经常炫耀，就失却了珍重。

我们有一枚钥匙，我们就有了在尘世里的一种眷恋；我们有一枚钥匙，我们就有了激情的底线；我们有一枚钥匙，我们就有了根，就成熟，就有了感情的历史和丰富的经历。

珍藏着这枚钥匙，就是对自我的捍卫；珍藏着这枚钥匙，就是一份感情。

有一天，有谁会说，我的钥匙丢了，那就真是一个游子；有一天，有谁会说，我的钥匙找不到了，那就迷失在欲海里找不到了方向。

有一天，我们会说，我把钥匙扔了，扔到了九霄云外；我们把那份感情封存在记忆里，永远不会打开。

可是，我和我的喝酒的朋友们，都醉了。

忘记了那枚钥匙。

我们突然想起了陕北民歌。我们男人不会唱，就哼哼起来；女人们会唱，就轻轻地唱起来：

"红萝卜的胳膊白萝卜的腿，想妹妹想到花心心……"

送上一朵红玫瑰

知道你又要结婚的消息，我真的很高兴。这几天我一直在想，你结婚时我送你一件什么礼物。你是高雅的人，你不会收钱；你是富足的人，你不会收物；你是务实的人，不会收下我空头的祝福。

我想了又想，送你一朵红玫瑰，你一定会高兴。

你把这朵红玫瑰插在你的景泰蓝的花瓶里，你宽敞而漂亮的新房，立即会光芒四射。你的烂漫的心情，会在花朵的芬芳里沉静下来；你在这激动的夜晚，会在这花朵的幽香里感觉着生命的美好。

我知道你会喜欢这朵玫瑰。你的充满了色彩的心灵，只能放下盛开的鲜花和鲜花上寄托的我的祝愿。你会在鲜花里寻找婚姻的感觉。我也知道你的聪明，看到鲜花的凋落，会像林黛玉一样伤感。我想告诉你的，就是希望你只看到花朵的开放，不要想明天花朵的枯萎。生命是有周期的。我们会和花朵一样衰落，可是我们要永远在花朵的盛开里存活。你能够再续婚姻，不就是你对生活的热爱吗？不就是你向上的决心吗？不就是你要超越花朵的命运吗？你结婚了，你胜利了。我送给你的花朵会凋零，你张起的婚姻的风帆不会滑落。

你热爱着生活，诚实地工作；你才华横溢，感情丰富；你爱家庭爱孩子爱着生命里的一切。你漂亮，美好；你幸福，自信；你知道，你是单位里一道亮丽的风景；你知道你的身上盯着无数双羡慕的眼睛。可是你仰起头，一路走过去，遍野开满了玫瑰。

为了自身的完美，你洗刷掉身体里的苦痛，你经历了常人难以想象的困难。朋友们说你是手术最多的人。你笑着把身体上的灾难一件件剔除掉，你要实现自己的完美、自己的涅槃、自己的形象。

183

可是，月有阴晴圆缺。你把身体里的苦痛赶跑了，生活里的痛苦又出现了。当我们见到你面对离异的风雨时，我们对你曾经惋惜、同情、理解。一个美好的家庭谢幕了。可是，你今天又站立起来了。你又找到了新的婚姻，新的爱情，新的家庭。你在羽化里又一次完美了自己。

热爱生命的人，永远会完美自己；热爱生活的人，完美地生活着。

缺憾，是组成完美的一部分。

你身体的伤害和心灵的伤害都有了。可是我们没有看到你坐下来舔去伤口的血痕，没有看到你放下羽翅对长空哀鸣，没有看到你流下凄然的眼泪。你让人们看到的是鹰一样的飞翔，旗一样的飞扬。

送你一朵玫瑰，在这阳光灿烂的日子里，你结婚了。放逐的心有了岸，漂泊的感情有了锚，孤独有了依靠，寂寞有了灯火。

我们也同样祝福你的爱人，你们一起点燃了新的希望和希望里崭新的生活。

我送你的玫瑰会枯萎。那么，你就在心里升起一朵红玫瑰，照亮你那一百平方米的房舍和你们夫妻羞红的脸庞，把你和你的爱人开放在玫瑰里。

岁　月

岁月，这是很沉重的两个字。我们年纪轻的时候，不会读它，只会写它；我们中年的时候，不会想它，只会度过；我们暮年的时候，只要见它，就会泪流满面。

岁月伴随着每个人，每个人在岁月里燃烧着自己；每个人的岁月都如歌，每支歌里都有着不同的故事。无论故事多么精彩，无论故事多么淡薄，都是一段岁月。高高的松树，岁月如此辉煌，碎片般的树皮记录了风雨雷电，以牺牲自己的美丽维护着树木的崇高；匍匐的草原，岁月如此渺小，宽阔的大地把幼弱的草根埋藏在心底，送冬归去，望春归来；鲜艳的花朵，岁月如此短暂，天地间却弥漫着花的芬芳招摇着花的形象，成为美的楷模，爱的榜样。岁月，一条河，一条路，一首歌。

岁月，我回头望去，十分的遥远又十分的近。遥远的是古代的皇朝，现代的征战，近代的彷徨；近的是解放前和解放后，解放前的已经进入博物馆，解放后的人们，懂得历史的人已经开始衰老，懂得生活的人正在成长，懂得现实的人正在快乐。当我们向快乐的人们述说起岁月的沧桑，述说起岁月的行走如风，述说起岁月的爱与恨，他们也许会轻轻一笑，心里说"有那么沉重么"。新的时代和新的人生，已经把岁月看得很淡，很随便，已经没有了那般的郑重其事。我们从顶礼膜拜偶像的岁月里走出来，刚刚喘一口气，这些新人们就把我们的经验打翻在地，欢呼起他们的偶像来，那种真诚连我们这些陷入昔日的狂热里的人都望尘莫及。毕竟是宽松了，岁月也轻松起来。

岁月的沉重也好，轻灵也罢，我们都要一步步、一天天地走过去。当我们喜欢回顾昔日的岁月的时候，我们就老了；当我们在延伸的舞台上狂欢，唱起倾诉心里的歌曲时，我们正年轻。岁月，在我们手里的，我们如何地去把握，那是每个人的事，但是岁月的流逝是谁也挡不住的。我们在岁月里漂流，岁月的波浪和漩涡也许会打翻我们的皮舟，也许浪花会溅湿我们的衣袖，我们会像领袖那样到中流击水，高唱着"会当水击三千里，自信人生二百年"吗？人生与岁月，生命和精神，都是我们每天面对的。

我把岁月做我的舟楫，我把我的岁月做我的风帆。

当这一年就要过去的时候，岁月的日历又要开始新的章节。我们生命的年轮开始新的周而复始。我们已经知道了我们的过去，明天会是什么样子，我们正在等待。美好是永恒的，困难是永恒的，行走是永恒的。我们在岁月里找到一个崭新的自己，找到一条亮丽的道路，我们的岁月会风光明媚。

岁月，那过去的，那现在的，那未来的。

岁月，那顺心的，那窝囊的，那无可奈何的。

那就是岁月。

太　阳

我不应该把太阳作为我写作的题目。谁能够去把太阳说明呢？

可是天空已经阴得有两天了，只有云雾，只有雪花，只有灰蒙蒙的飘絮。我在暖气片的热量里体验着冬天，打发着时间，等待着生活的明亮。这时候，有人叫你喝一杯酒，就会兴奋得了不得，以为太阳出来了。可是，喝完之后，天还在阴，像要下雪的样子，可是还不下雪，喝再多的酒，这时也会清醒过来，太阳还没有到来，就像生命里还没有幸福到来一样。我希望太阳。太阳。

太阳天天照耀着我，我没有感觉；太阳天天向我微笑，我不知道；太阳抚育了万物，我不懂得这力量；太阳把我湿透的衣服晒干，我追随着太阳；太阳把大地照亮，我等待着太阳。可是，这几天里，太阳没有照耀，我就受不了了。我的心里仿佛被乌云压迫着，被不愉快禁锢着，被失恋左右着，被难受控制着，被痛苦折磨着，被世界的末日看望着。

这时候，我才知道，我离不开太阳。

太阳是我的亲人，我的父母，我的娇嗔的妻子，我的依恋的孩子；太阳是我的朋友，我的情人，我的计较的同学，我的严厉的老师。

我可以没有世界，但我不能没有太阳。我可以没有地域，但是我不能没有太阳；我可以被抛弃，我有太阳就能找到依靠；我可以被放逐，我有太阳就能找到家园；我可以永远不会得到女人的情爱，我有太阳我的心里就温暖；我可以永远不被理解，我有太阳就会生活下去。我是太阳的儿子，我是太阳的情妇，我是太阳的追逐者，我是古人的夸父，我是太阳的影子，我是太阳的纷乱的光束。你可以让我到任何地方，只要有太阳，我就敢去；你可以让我放弃真理，只要有太阳，我就能获取光明；你可以说我是弱小的，我知道，但我心里有了太阳，我就能长大；你说我是傻瓜，我承认，但我心里有了太阳，我就会聪明；你说我一无是处，我理解，但是我只要看到了太阳，我就会挺起腰来，高喊着我的理想。

我知道，太阳会走出云霓，看到我可怜的样子，它不会嘲笑我，嘲笑我弯曲的影子，嘲笑我矮小的身躯，嘲笑我的面貌，嘲笑我的口齿，嘲笑我的衣着。太阳是宽宏的、无私的、大气的、圣人的。我在太阳底下，才是人；在太阳底下，才有信心；在太阳底下，我有了我做人的根本。

我等待着太阳，我知道，阴郁的天空会出现太阳，就像草原上会出现花朵，人群里会出现女人；就像海洋里会腾起浪花，田野里会结出果实。虽然我一天两天地等待着这太阳，我知道，她会出来的。

这时候，太阳会照亮大地，照亮田野，照亮房屋，照亮我的脸。

天黑就有天亮时

　　小的时候，我就崇拜算卦的。他们的神机妙算令我晕头转向。算卦的说我有女人缘，我就信；后来大人拿扑克给我算，我连着抽出四个圈，大人就笑，说我真有女人缘呀。我就得意得了不得，实际情况也好像是这样。无论是上学还是工作，身边的女人也真不少。好看的和还是可以看的女人，像晴空里的旗帜，在我眼前飘扬着。直到有一天，风平浪静，旗帜都被男人们收于洞房，只有我自己站在天底下的时候，我才知道我也需要身边站立一个女人，我也想举起一面旗帜。可是，什么也没有了。幸亏我的妻子在等着我。从此我再不算卦。如果有可能，我就给别人算一卦。我望着年轻人，会说，你前程好啊，妻妾成群；看着老人，会说，你有福啊，金银满山，儿女孝顺；看到失败者，会说，你的坎过了，好机遇不要放过；看到成功者，会说，你满脸都是吉祥。可惜，给人算卦的机会不多，因为自己还弄不明白自己呢。偶尔被人开个玩笑，也挺甜蜜。

　　记得当年到少林寺，见到的我以为都是和尚，没想到来到面前的却是算卦的。我躲到一边，同来的人好奇，就走上前去，算了起来。返回的路上，我问他们算得如何，他们一脸愁云。本来是玩的，让算卦的瞎说一气，闹得很不愉快。

　　一般算卦的高手，你给他钱多，就会多说你好话；钱少，就吓唬你一下。同来的人小气，想算发财，又不给算卦的大钱，就被揶揄了一番。

　　算卦是寻求解脱，结果反而沉重了。

　　有时我也想，世界是不是早就把每个人的命运预设好的。我们经常讲姻缘，说婚姻是有预算的，谁和谁是一家，早就有安排。我一直认为是一种传说，一种人们无法解脱时的安慰，一种对美满或不和谐的评定。可是，我在现实里感觉到这是有的，存在的，是天作之合。宇宙大得让人无法猜测，人小得让天地生出怜悯。我们在混沌之中自醒自悟，得大道者就会走出一条康庄大道，得衣食者就会怨天尤人，天地之间，其实什么都没有；天地之间，好像什么都存在。我们破解不了的，就认命；破解得了的，就人定胜天。

天地之间，就是人群的挣扎。都想掌握自己的命运，掌握不了的人就借助别人的力量。算卦就应运而生了。需要，就有存在；存在，就正确；正确，就可行；可行，就相信。就像有天黑就有天亮，有天晴就有天蓝，有乌云就有云雨，有云雨就有绿色一样，世界都协调地运行着。

我不喜欢算卦，喜欢听天由命。但是算卦的在，就有想知道自己命运的。一切都是合理的。

只有没有出现的东西，才不能确定是否合理。只要心里想的都是对的。包括幻想，包括追求。

痛并快乐着

我知道，世界上人是最坏的。凡是能吃到肚子里的动物就吃了，不能吃的就驯化了。最后砍光了树林，灭绝了沼泽，追赶着逃跑的动物。可是，只有麻雀能够幸免。它在人群里周旋，生息，尽管在我们的土地上生活得很坎坷，还是生存了下来。这种生存使它不得不比人类要聪明，不得不比人类要吃尽更多的苦难。但是，它，痛并快乐着。

它与人类在一起，培育了战胜人类的天性。它会像哲学家一样思考，士兵一样警觉，公民一样遵守纪律，夫妻一样恩爱，领导一样自私。为了和人争时间，它不会走，只会跳；为了使自己的思维敏捷，它的头颅每一刻都在抖动；为了避开人类设定的诱饵，它不仅能够三思而行，还能够禁欲，即使垂涎三尺，也不越雷池一步。不和天鹅比高低，会飞，是和人类的区别；不与鸡鸭争高下，吃什么都快乐。生存起来也是住得殿堂，钻得瓦舍，睡得草丛，一身之地，安稳栖息。它们因声音沙哑而自卑，相反，没有语音特色躲过了人类的骚扰；它不因面貌灰暗而苦闷，相反，没有姣好的模样逃避了人类的把玩。它所具备的一些缺点似乎都是为了不让人类留意；它所具备的一切优点都是为了在人类的压迫下求生。所以，它，痛并快乐着。

它的经历也和人类惊人的相似。它不懂政治，却受到政治迫害。除四害，把它列为四害之一，人类恨不得将它们赶尽杀绝。最后，还是人类的领袖为它们亲自平反，给它应有的待遇。这种礼遇就是人类里面也是很少都有的。它虽然渺小，但是伟人却以它为喻，提倡调查就像解剖麻雀，单位虽小，如麻雀般五脏俱全。经济的发展使它们和人类一样经受了污染。当我看见浑身沾满黑色的麻雀从污浊里钻出的时候，我不知道是滑稽还是心酸。就是这样，它，痛并快乐着。

我小时候喜欢打鸟。可是麻雀很难捉到。我们叫它"家贼"，聪明得让我们难以望其项背。田野上的鸟虽然羽毛鲜艳，叫声清脆，但是没有头脑，很好捉。麻雀就不一样。它经验丰富，明显的诱饵它就会考证。考证到你心烦的时候，它就会为自己的忍耐而高兴。我在冬天里捉它。特别是下雪以后，遍地积雪，掩埋了所有的食物。我想乘人之危，捕捉麻雀。成群的麻雀落在柳丛里。我在雪地上布下陷阱，等待着。麻雀像下饺子一样落下去，在雪地上排列了一片。这样多的麻雀，我以为我肯定会成功的。寒冷使我的棉袄渐渐地冰凉，我站在雪地上的棉鞋已经使我的脚趾冻得发痒。落日在寒冷的灰蒙蒙里变得发红，红得像泡在面汤里的没熟透的荷包蛋。终于，我忍不住了，赶走了麻雀。竟然没有一只落在我的陷阱里。这种仇恨立刻烙印在我的记忆里。听着撒向天空的麻雀的叫声，使我在若干年以后和我最后一个女友分手时，她的轻蔑的笑意和那麻雀的叫声意外地重合在一起，成为一种失落的永恒。于是，我知道，它，痛并快乐着。

到了今天，我有了一种新的想法。我的门前是一棵柳树，枝叶纷披。麻雀把这柳树当作了乐园。成群的，三两只的，它们站在枝条上休息。我呢，就欣赏它们的休息。看到麻雀总是紧张的样子，我就有些同情。可是它不紧张，就会失去生存的机遇，就像今天的白领阶层的忧郁一样，没有了忙碌，就失去了竞争。我喜欢这句话：痛并快乐着。

因为它是描写麻雀的。

望芦荡　我心飞翔

　　我的同学说过好几次要来哈拉海湿地看看。我们在北大时就很好，有一次看他，他把文友聚在一起，好见个面，并让人买了几十斤重的一条鱼招待我。可是没有吃成，我就离开了他的单位到市里去了。这种感觉一直留在记忆里。今天他带领着支部的同志过七一，就来到我这里。他说看湿地，我们就走进了湿地。

　　早晨的时候，办公室的主任告诉我，前几天到湿地考察，发现了一种叫夹夹虫的东西，湿地的人做着吃很香。他在网上查到了，这种虫子生在无污染的水域，一般在南方生长，我们的湿地里也有。我看了标本，突然想起我在湿地生活时就见过，但是谁也不敢吃。毛毛虫一样，长了几条爪，脑袋前面有两个夹，灰褐色，感觉像蝎子似的。我不敢吃这种东西，炸了也许可以吃。我只想，我们这片湿地，有这种东西，是说明了生物的多样性了？

　　我们到了湿地的核心区，芦苇长到了齐腰深。正是中午，太阳高照着。簇拥的芦苇仿佛网一样交织在一起。肥大坚挺的苇叶肆无忌惮地舒展着，远远看去，仿佛织就的绿毯铺向天涯。干练而灵巧的鱼鹰飞跃在芦苇之上，黑色的身体和银白色的羽翅翻卷在骄阳里，仿佛跳跃的浪花，娇嫩的叫声在浪花里鸣响。我的同学和他的朋友到芦苇里照相，面前是镜头，背后是绿海。无限风光都在镜头里收入，是人最高兴的。我想，裹挟在镜头里，就如定格在绿色的浪涌里，这纯洁的芦苇和芦苇里隐藏的秘密，将不会被人发现和化解，这照片会有多么巨大的意义。

　　夏至的阳光照耀得人们睁不开眼睛。堤坝上生长的野菜，蓬勃旺盛。生活在都市里的人绝不会看到这样肥壮的野菜。河水沉浸在岸边，静谧而冷漠。河里的杂草布置出河水的神秘，箭矢一样的小鱼，在水底划过。广阔的芦荡里压迫下的宁静，使鸣叫的鸟儿更加自由。大家很想钻进芦荡里，去发现里面的秘密，哪怕是一枚鸟蛋。可是，密集的芦苇像永远走不尽的黑洞，陷进去，就被芦苇淹没了。有女人惊叫着跑出来，芦苇又恢复了平静。跑到岸上的人，察看着脚上的泥泞。

我对他们说，我要搞湿地旅游，就选择不破坏生态环境的办法。我的旅游叫跋涉旅游。没有车，就是走。在草原上走过，让你精疲力尽，让你永远难忘。你不是想锻炼吗？在我这儿锻炼就是正好的锻炼。漫漫大沼泽，滚滚芦荡，凄凄草地，让你阅尽人间美色。

他们说，坐车还行，走，可累死了。

我知道人已经退化。

在机关里的人退化得更厉害，也许就只有两只能用的手和一张苦脸。

大家在湿地的边缘才感到自己的渺小，只有在湿地的绿色里才发现生活的茂盛，只有在听到湿地鸟的叫声才知道世界这么美好。人都这样亲近着自然，自然就是自然，它在自己的梦里活着，在自己的领域里生长着。它谁都不理，谁都不爱，谁都不祈求。你来看它，它知道吗？

为了忘却的纪念

到现在我也不理解这个题目。当年鲁迅先生战斗的时候，使用了这个题目；当我走过十年的时候，我也想到了这个题目。究竟是为了忘却，还是为了纪念，我说不太清楚。

纪念些什么呢？应该是纪念我的糊涂。当时场里没有一分钱，金库是空的，离退休的，学校的工资发不出去，怨声载道。场里要花钱，生产队给场里抬款，二分利。后来才知道，这些抬款都是队长和会计抬给场里的。于是我取消了生产队的财务，地费直接交场里。场里开始有钱了。

当时场里种小麦大豆，集体种，机车都是公家的。收点地费都用到种规模田上了。结果年底亏损，一切都亏进去了。我把土地分到各户，有人就向我提出我们以后吃面粉怎么办，过去都是场里种小麦，收了到加工厂加工面粉，大家就吃加工厂里的面粉。不种小麦大家吃什么。我想找个队专门种麦子供大家吃面粉。后来我才知道，山东河南的面粉有的是，根本不需要我们种。我想起这事，就觉得自己可笑。城里的人不种麦子，也天天吃面粉哪。我就糊涂得这么深。

当时场里中层干部一百五十多，精简是头痛的事。得罪人哪。活不下去，就减了一些；还有一大堆公司，任命他们当个体的经理，场里什么也不管。这些人靠场里的大树，赚钱是自己的，亏损是场里的。现在都是自己的了，就没人干了。经理一箩筐，都散了。

场里开不出工资，但是领导无论大小，都有 BP 机大哥大，开个会，都收缴上来，然后卖掉了。挑了个好的，好像诺基亚，我用了几天，打电话费劲，那时的网络还不健全，手机又很笨重，我就交给常务用了。

生产队收了地费都自己用，财务管不住，我就定了一条，财务一票否决。谁犯了队长免职，会计回家。真有不信的，就坐收坐支。我就真的免职了几个，一看都是过去的好朋友。挥泪斩马谡。这才看住了财务，把地费收上来了。

我的一个老师来看我，说我你能干了吗。我说能。为什么能呢？我说把职工分流下去，合资搞好，加入社保，把债务抵销。他听了很高兴，这是我"八字方针"形成的初期。后来我就按照这个方针办了下去，结果很好。但是我的老师告诉我的一条我却很难改，他说"善门难开，善门难闭"。他知道我的软弱和犹豫，我的无能和多余的善良。但是我还是没有逃脱心善给我带来的麻烦。

当然还有很多。我实在没有想到，这项工作我会干这样长的时间。我以为我会很快离开这个位子，让给更有水平的人。但是这个机会一直没有出现。当一切好转的时候，我叹一口气，想走开，因为我知道企业是存在变数的，几天好几天坏，都是正常的。我想在好的时候，马上就离开，光荣就真正属于了我，成绩也真正属于了我。我就可以做着功臣的梦了。可是并不是这样。当问题出现的时候，当新的风险降临的时候，我突然陷落下去，着急上火得不能自拔。朋友劝我吃的中药，我吃了很多，但是火还顽固地袭击着我。我的头发不得不两个月就要涂上欧莱雅的染发剂，变成年轻的黑色。否则就白发飘飘起来。

所以，我就想我应该忘却什么。

忘却这段历史。因为做这个职务，确实是很多人梦寐以求的，我得到了，是上帝的恩赐，高兴的事就要忘掉。我的十年，泯灭了多少志士到这个位置上一展才华的雄心，阻挡了多少英雄发迹的机会。我忘却，就是说一声对不起，要是别人干，会更好。我还是太虚荣了。

我还要忘却的是家里的故事。父亲在我到达这个位置上，还没有体验骄傲，就病去了；我的家人跟着我体验着困难和艰险，竟也不知道去把幸福揽在怀里，与我同苦同难，走过了十年。这是家事，难道不应该忘却吗？光宗耀祖，是自家之乐，自家之乐当为燕雀之志，忘记了就是解脱。所以，我要忘却。

十年辛苦，如果把苦作为人类的必须、生活的当然，那么就更应该忘却了。

我不知道我是否会真的忘却。

真的忘却，就是一个境界，是脱俗，是轻松的生活。

我不知道是忘却还是纪念，因为我不知道我是谁。

我的理想

　　我的理想，这是老师最爱出的作文题。从我上学到我正式离开学校，我就被这个题目困扰着。我所在的时代，还不许人畅想，当时最美好的理想就是做"工人阶级"，毕业后我就实现了。我们那时叫农工，就是种地。当时最好的职业是开车。这时劳资科的科长找到我父亲，他和我父亲是朋友，要安排我开拖拉机。全场就选一个。这么光荣的事儿我父亲和劳资科长都以为我会同意，他们在我家吃完饭，喝完酒，然后劳资科长就骑着自行车回家了。

　　我没有同意。我不喜欢开拖拉机，不喜欢机车上的油污。那么我究竟喜欢什么，连我都不知道。这种天生的愚蠢到现在都使我摆脱不了。上帝如果糊涂给我一个做总统的机遇，我肯定会放弃。因为我没有兴趣。上帝不知道我，我的一位领导看到了我，让我到学校教学，当老师。我也犹豫了好长时间。最后，在一个春大的早晨，我走进了学校的大门。

　　后来我才感觉到，当一名教师是我最合适的选择。不是说我有当教师的水平，而是我的自我和这种职业有着一种天然的吻合，而是学生和我的交流达到了极致。学生的善良和我自己的善良，学生的单纯和我自己的单纯，学生的快乐和我自己的快乐，学生的浪漫和我自己的浪漫，学生的认真和我自己的不会欺骗，学生的善忘和我自己的善忘，学生的一意孤行和我自己的不会转弯，学生的沾沾自喜和我的知足者常乐，等等，都这样美好地联系在一起了。

　　我在黑板上写错字，就用手指去擦，下课的时候，身上到处是粉笔灰。我喜欢这白色的散发着淡淡的呛人味道的灰尘。我和学生们一起寻找手指上的"斗"和"簸箕"，我的手指被粉笔灰烧得指纹已经平了，可是我愿意看着白灰下面的指纹，体会着一种前所未有的幸福。

池老师对我说，当老师不能岁数大，老了，鼻涕一把泪一把，怎么教学生啊。可是我就喜欢老了做老师。一头华发，满身灰土，一笔一笔地在黑板上写下文章的题目：我的理想。

学生们趴在桌子上，在方格里也一笔一画地写下去：我的理想。粗大的铅笔字几乎穿透了纸张，弯曲的手指把铅笔抓得牢牢的。

课堂上静悄悄的。我会望着窗外，雪花正落下来。这是我教学的第几个年头了。这几尺讲台磨破了我多少双皮鞋，几尺黑板磨破了我多少件衣服的袖口，同一篇课文我教了多少节课，可是每次讲起来，我都感到十分新鲜。就是这个题目"我的理想"，有多少学生写过，又有多少学生已经实践了啊！这时候我肯定会激动，眼里会落下一滴泪水，在我干枯的脸上流过，流到我的嘴角，我又舔到舌头上，体会着一丝咸意。

学生们长大了，老师们长老了。

我沉醉在我的理想里。

我的失恋

写《向日葵》是我多次想写的。但是第一次没有写成，昨天又写，写得激动，感觉非常好，我几乎拜倒在巨大的向日葵的脚下了。我对《向日葵》的感情不自觉地挥洒下来了。当我带着骄傲把它发表到博客上时，却被覆盖了，我沮丧得要瘫软下去。这时已经是晚上七点了，我还没吃晚饭。可是我吃不下去。我鼓足勇气，又打开电脑，重新写。当我把消失的感觉慢慢地找回来的时候，我终于高兴地把这篇《向日葵》写完了。当我小心翼翼地粘到博客上的时候，又被覆盖了。我把懂得电脑的大学生从家里叫来，让他帮着我恢复的时候，我像在把一个病人交给医生，我的心里和眼里充满了乞求和不安。但是，终于还是不能恢复。

我在临近半夜时，回到家里，我吃不下饭，就睡着了。

今天要下班的时候，我又写下了《向日葵》。我让办公室里的大学生把这篇文章贴上去。他贴完后，笑着祝贺我。我却笑不起来。我说我写得没有昨天的好。

他就不解地看着我。

我说，你知道失恋吗？失恋以后再找到多么漂亮的女人，都不会有失恋的那个女人的感觉了。所以，失恋就痛苦。我再写，昨天的味道都会没有了。我得意的词句都像飘在空中，捉不到了。我的脑海里空空的。

我面前的大学生没有失恋的体验，就听不懂我的话。但是那些失恋的人就会回忆起来。

我的另一个感觉是，只有失恋过的人，才是成熟的人。就像我见过和敬佩的诗人，他们都在女人的感觉里生活。特别是失恋的人，才写出伟大的文章。没有这样的感情，是不会写出文章来的。

我在写完《绝招》这篇小说时，我的感情就阻拦不住，想写一篇《贵族》。因为我的生活里有很多故事撞击着我。以哈拉海湿地为背景的故事正在编写中。可是，我在照顾好博客的同时，我就没有时间写这些。我不想把我的小说放到博客上，因为它的冗长，干扰了阅读，给人带来困难。

有一天一个女人和我谈起《查泰莱夫人的情人》。我就想起买这本书受欺骗的事。我在我的博客上写下我的感受，可是没有激情。写了几句就扔在上面了。我每次打开，都会提醒我这篇文章的存在。我把它放在博客上，结果没有想到，它竟给我惹了麻烦。就是这篇没有写完的《查泰莱夫人的情人》的草稿，覆盖了我的《向日葵》，使我感受了一次失恋的痛苦。这种痛苦啃咬得我坐卧不安。

我不知道别人失恋过没有。

如果没有失恋过，你就试验一次。因为只有失恋的人，才是完美的。

我的思想

正像铁江兄说的那样，我最近想写小说。春天和秋天，是写作的好时间，因为这时候，人就冷静了，思想就简单了，看待事物就透彻了。所以我画了个简单的图画，来展示我的思维。这思维是简单的，随意的，美好的，广阔的。

我的小说写起来常常犹豫。我不知道把哪些写进去好。因为小说不同于其他。它展示的东西我们这几年都给掩盖了。它应该是传奇，是江洋大盗，是偷鸡摸狗，是卿卿我我。历史上流传下来的东西，除了传奇就是淫乱。这有书为证。无论是《水浒》还是《红楼梦》，都逃不脱这个概念。可是我写起来，就不知如何去写。现在写的这小说就不能贴到网上，里面的故事好玩，还有些"黄色"，故事倒好说，黄色的让喜爱我博客的朋友们会因此想到我，因此而对我失望，我就不好发到博客上去。

昨天春溪约我吃饭，在桌上和彩兰谈起小说，她是现在鹤城把小说能写好的作者里面的头面人物。我们谈起来。她说那些勾引人的事撩得女人心慌。我说我们写小说的就是把这撩人的一段写出来，就是小说；再往下写，就是生理教科书的任务了。人们愿意看到的，就是撩人，就是勾引的过程，其他就没有意思了。你看《水浒》里西门庆勾引潘金莲，那程序设计得多周全，动作多到位。西门庆弯下腰，借捡拾东西的机会，就捏了潘金莲的小脚一下，见潘金莲没有愤怒，事情就成了八分。我们在现实的生活里见到勾引女性的男人，也不过是开个玩笑，拍打一下，作为试探，然后再得寸进尺，达到目的。这细节放在小说里就是抓住人心的过程，当然这不是教人学坏，而是生活的现实。我刚才说这些，是有例证的。一个正经的女人对我说，你们那儿的人好色。我说你怎么知道呢。她就说，我坐在那里，他就像突然发现我一样，拍了我屁股一下。我脸红了，和他急眼，他嘻嘻地说，逗你玩。

生活是丰富多彩的。天下有多少人，就有多少思想。我不知道我的东西是否会被人接受，但是我先想的是，让人家看什么，看了之后会怎样想。我的《远去的马群》里只是碰了一下男女的性，大家就很喜欢，本市书店里书已经卖得差不多了。我就想，写出的作品要大家喜欢，就要有喜欢的地方。谁没事读你的东西当安眠药呢。

我喜欢秋天。淑静的天地是写作的好时候。我知道我写不好什么，就像有的人打麻将永远不会和一样，我写的东西就是给自己或朋友看的。我看重的是这个过程。

看看我的画，就会轻松。我昨天还画了一幅，是送给情人的礼物。你们猜猜是什么？

我的乡村

"龙胆草"（我博客上的朋友）约我写一写我的博客上压题的图案。那是我的女儿看我的博客时觉得空旷而加上的。孩子知道我喜欢恬淡的乡村，在我的文章里也读到了乡土气息，就选择了这幅画。我很喜欢，没想到朋友也喜欢。

过去要看到这幅画，以为只有国外才有；现在国内这样美丽的田园风光也随处可见了。特别是新农村建设，到处都在建设，田野里的房舍都在变化。我们农场去年建了一百五十户，今年又建了五十户新居，全是困难的人群居住进去，生活一下子得到了改变。他们原先居住的土屋，低矮而破旧，一半在地下，屋里漆黑一片。夏天就坐在外面晒太阳。建场已经五十年了，大家的生活还很辛苦。这些土房都是解放前地主家的，住的人也是地主家的雇工。夏天漏雨冬天漏风。就在这个秋季里，社会主义的阳光照进了他们的房屋，温暖了他们。那房屋的样式和功能要比我的压题画好看得多。农场那片黑色的泥土房升起了红色的屋顶和黄色的墙身。按要求这样漂亮的房子是不让有围墙和仓房的，可以用绿篱围起来。住户的要求就是应该。大家要盖仓房，要有围墙。我理解。大家要放东西，要养鸡鸭，要安全，要生活。我们盖房子不是为了好看，是实用。有了仓房，有了院落，就有了农家的生活。乡村的美是农家自己创造的，是实用主义的体现。院子建完了，有的人家就在院子里建小的房子，我们也没有阻拦。每个人都是创造者，都是农家画面的人物。我曾经担心过，统一的设计会破坏乡村的特色。长官意志会毁灭老百姓的思想。只有那种眼光和审美的不一致，只有那种凌乱和自私的占有欲，才有乡村的风景，才有错落，才有美。

　　乡村是乡村的居住者打造的。看到乡村的落后，就先看到不统一的建设。我们保留北京的四合院，我们参观周庄建筑群，留恋西安的城墙，跑到高山上去看阿瓦山寨，我们想过没有，那都是为了生存建造的，为了自我建造的，为了占有建造的，为了舒适建造的。绝没有为今天的参观建造的，更没有为今天的古迹建造的。我们如果把乡村界定在落后的层面上，我们在消灭这落后的时候，是不是也将这特色一同消灭掉呢？另外我们回过头来看我们的先进，除了把楼盖得更高或更别墅化，我们还有可纪念可留给后世的吗？所以，落后和先进，真善美，我们一直模糊着。哪怕是错误的，我们都没有遵循的。我们很可怜。

　　我爱乡村的村落，我爱村落里自由的村民，我爱村民的想象，我爱这想象里的随意，我爱这随意里的实用，我爱这实用里的狡猾，我爱这狡猾里的快乐，我爱这快乐里的本真，我爱这本真里的人。是啊，只有乡村才有人的存在。摇摆的猪，闲散的鸡，欢叫的驴，沉默的牛，然后就是穿过各种院墙的人。男人女人，在这里生活。这里永远叫乡村。

我感觉的秋天

秋天到来了。我在这铺天盖地的秋天里，像一棵玉米，像一棵荒草，面对着阳光和风雨，静静地倾听着。我倾听着一年里最美好的声音，我观看着一年里最光荣的季节。我仿佛像灿烂的光影翻卷在明净的天空里。成熟的土地在我的脚步里发出哗哗的跳跃的暴响，漫山遍野的庄稼都榨干了甜蜜的汁液，呼唤着就要沉睡下去。

我不知道在什么时候对这秋天的季节有了一种战栗。这每一年里最后的盘点，这每一季里最严格的筛选，几乎都联系在我的生命里了。记得1998年，当秋天到来的时候，我曾高兴过。我以为秋天的到来，就是雨季的结束，就是洪水的终结。那一年，我们的庄稼长得出奇的好。我们站在了丰收的门槛上。这是我刚刚担任领导一块地域的职务。

"不会有灾害了吗？"我问。

"都立秋了。"有经验的人对我说。

也就是立秋的第二天，暴雨和洪水都来了。我在整个秋季里都在抗洪。你见过天空里一连半个月都是阴云密布、急雨不歇吗？你见过白亮的秋水淹过田野，呼啸着冲破堤坝和沟渠吗？还有冰凉的水和坚硬的泥，湿漉漉的空气和湿乎乎的房舍。牛羊行走在潮湿里，鸡鸭蹦跳在潮湿里。秋凉像雾一样在天空里徘徊。我体会到了这样的秋天，我感觉到了秋天的力量。也许就是从这个秋天开始，我对秋天的理解发生了变化。我的内心里开始升华一种对季节的关注。

秋天，是收获的季节。

我担心早霜的到来，担心冰冻的到来。担心收获，担心收入，担心生活，担心未来。

秋天，是一个让人无法回避的季节，是一个决定冬天如何度过的季节。

秋天，我在春天就看到了你，在夏天就懂得了你，在冬天就惦记着你。我知道每一粒果实都要秋阳的照耀，每一棵植物都要秋风的洗礼，每一个心态都要秋季安慰，每一个农民都要秋天的照顾。

我知道生命里的秋天，是迎接衰败；希望里的秋天，是播撒感情；沸腾的秋天，是倾注寄托；丰收的秋天，是打点生活。

大自然的关照，耕作的人都会理解、感恩。秋天，是季节的总结；秋天，是汗水的积累；秋天，是唯一的选择。

在这个季节里，人们学会了思考，懂得了进步，知道了如何应对利益和检点。特别是自负的人，就会知道天地的结束；骄傲的人就会知道历史的终点；无畏的人就会懂得谦让；放纵的人就会明白收敛；自私的人就会感觉愧疚；快乐的人就会感悟人生。

我不喜欢秋天，不喜欢秋天的乍冷还热，乍热还寒；不喜欢这季节的冷酷，天地一片肃杀。可是我知道，这是一个季节的结束，又是新季节的开始。无论是它多么令人烦恼，令人反感，令人缠绵，令人不知如何是好，它的到来，正是我们的期盼。

秋天来了。我知道我要等待的是一个冬天，我知道我要面对的是严寒，我知道我要付出我的坚韧和毅力，我知道我的春天在等待着我。

秋天，我歌唱你的富足，你的丰满，你的凄凉，你的五彩缤纷，你的美好灿烂；无论我的心态如何的复杂，我的爱意如何的零乱，我还是想告诉你，你是我的秋天。

我还想娶个老婆

世界上的事是无奇不有的，世界上的人是无事不做的。也就是这样，生活才这样多彩。我们活得才这样美好。

我所说的美好是我们对生活的态度。其实，生活的旋涡里，酸甜苦辣，可是我们在这里生活的人，就有着不同的感觉。我们本来以为生活苦得要命，就有人觉得这苦是快乐的；我们本来以为生活很艰难，就有人觉得难也是一种享受。任你工作里纷乱如麻，任你尔虞我诈的硝烟弥漫，任你占尽天下的便宜我吃尽天下的亏，我都不理，我都不看，我都不说，我都不羡慕，我喝我的酒，我讲我的故事，我看别人的事都是幽默，我讲别人的经历都是善意的。我说的这个人，就是我的好朋友。只要和他在一起，我就好像在净化自己，就像在春风里梳理起自己的信心，就像在夏夜的宁静里澄清自己的灵魂，就像在复杂里得到了简单，简单里得到了干净，干净里得到了自我。我想过，和这样的朋友在一起，是精神的盛宴。

他依然给我讲他知道的和我说了几遍的可笑的事。

"文学写作和公文写作是两回事。"他笑着讲起来。他是写讲话稿的高手，已经为领导写了十年的讲话稿，哪届领导都满意，他就一直写下去。领导提拔了，他就为下届领导写。他在文字里走过了生命里最好的时光。

"有哥儿俩都善于写作。哥哥在衙门里写公文，弟弟在乡野写诗。有一天弟弟写了一首诗，里面有一句诗写得好，'月光如水照杭州'。弟弟说我为这个句子得意。哥哥说句子很好，但不全面。你想啊，月光怎么就光照杭州呢，哪里都会照到，所以，我给你加上两个字就全面了。于是哥哥就在弟弟的诗里加了两个字，变成：'月光如水照杭州等处'。哥哥得意地说，不要小看这两个字，加上就全面了。"

我们听后都大笑。

我的感觉是，写作的人写公文应该会更轻松。但是有的人不深入，所以，文学写作和公文写作就对立起来了。其实，要写小说，故事里的领导和秘书都要写公文的。是有的文学爱好者的疏忽，影响了人们的看法。我的朋友写个借条出差，都要啰唆得很。大家写到极致，就是普通的白话，一点都不渲染。

我的朋友又讲了自己经历的事。

我们听后大笑不止。

"我那时候当保管员。人家对我说，咱们场长不识字。我不相信。于是我就想试试。有一天，我给场长写了个报告，我说库房要买锁头。我把报告给他。其实我的报告是这样写的：

场长：

今有你场职工李丁向你报告，我还想娶一个老婆。

请场长批准。

"场长看后，拿出笔，在上面写了两个字，'同意'，然后到裤兜里掏出名章，盖在上面。

"我的报告场长批准了。"

209

我们的观念

我的朋友开了一个酒店，取名"天外天"。当时我就想，这三个字是什么意思。如果谦虚地说，天外还有高人；如果自信地说，我就是第一的。从我朋友的性格和才气来说，当然是非我莫属的意思在里面。

天外有天，是中国的教育方式。谁有能耐都不要骄傲，天外还有能人。《卖油翁》这篇文章就是说明，一勺油从铜钱的孔中漏出，而不沾钱孔。这么高的技巧，卖油翁说，只不过是熟练而已。

近日读一小故事，也颇有启发。

有一御厨面案，专做面食，尤以面条为最。姓王。这一日返乡，路过一镇，见一店铺挂着"面王"的牌匾。王御厨大怒。心想谁敢和我比，竟有自称"面王"的。于是进得店来，喊出店主，问个究竟。并让店主做面一碗，想看其水平。否则，就摘下牌匾。店主说，这牌匾是我父亲挂上的，我把父亲找来。片刻，店主扶着走路艰难的父亲进得店来。王御厨一看，老者不仅走路费劲，浑身都在抖，老得已经可以。王御厨说，我们比试做一碗面，你赢了，匾照挂；你输了，摘匾。老者同意。问做什么面。御厨说，裤带面。老者说，好。只是我手已无力，我用脚做如何。御厨说，只要做出来就行。

御厨的手下站在周围，呵呵乱叫。御厨开始做面。老者洗净双脚，坐在板凳上，在盆里揉起面来。刚把面揉好，只听御厨叫道："我御厨还比不过你。"老者听了一惊，揉好的面团掉在地上。老者又急忙重新和面。

面做好后，一尝，御厨的面软硬适中，老者的面稍微软了些。

210

老者当即叫儿子把牌匾摘下。御厨得意地乘车而去。

正在行走之间，御厨突然看到车棚上挂着一条腰带，正是自己的腰带。再看袍子上系着腰带。怎么多出一条腰带？细一摸，系着的腰带是面做的。御厨恍然大悟。原来那老者知道他是御厨后，让他一码，故意输给他，把个面做的腰带换给他，告诉他"天外有天"哪。

御厨急忙返回，赶到小店，已是人去屋空。

观念，传承是久远的，继承是牢固的，改变是不可能的。

我不知道这种天外有天的教育好不好。但是千百年来，就是这样教育着。

天外有天，永无止境。

这样想，人就很累。怎么做，都不是最好。总是在这种压抑下生活，忧郁症的患者就多。

这样也好，谁也做不了第一，谁也就不用骄傲。没有第一，有，也是没有。

可是，事实又不是这样。皇帝就说他是第一，科举要争第一，宫廷里的东西是最好的。现实也是这样，哪里都离不开第一。吃饭连座位都分出主次，睡觉连宾馆都分出五星级。

天外有天，是经验之谈。在这种思维的统治下，人人夹着尾巴做人，老老实实干事，求得一个安宁。

天外有天，是激励之语。人人都想着冲破天外之天，创新就来得容易了。

天外有天，是成功之士想的，是有作为的人办的。

老百姓，就这一个天。

我们生活中多了些什么

我们生活中多了些什么？

记得小时候，家里炒鸡蛋，把鸡蛋打碎，倒在锅里，鸡蛋在热油里泛起花，母亲就会把炒好的鸡蛋盛到打鸡蛋的碗里，擦一下碗里剩余的沾在碗上的鸡蛋，然后倒在锅里，继续炒。我不知道碗里剩了多少，当我成年后，我也炒鸡蛋的时候，会把盛生鸡蛋的碗洗干净，但也绝不盛熟鸡蛋，怕腥。我不知道我的母亲或我的家人为了什么会这样节省。

我学会了做饭。我做饭的水平很是不错。我在切任何东西的时候，都会在最后的一小部分把刀停下来，剩下一小块，怕今后用上，或下次用上。结果，这一小块要么干了，要么坏了。可是，即使这样，还不会改过来。每次做饭，都不会做彻底，都要留些。就像打猎，不打绝，留有余地。我的想法是以后用上怕没有了。

后来，我才知道，我的亲人，我的长辈，我身边的一切会做饭的人，都有这种习惯，都会留下一些，以防备用。

省下一把面，省下一点菜，省下一块肉，留给明天，留给未来，留给饥饿，留给灾年，留给未知的日子。

当我们埋怨我们的父母把东西放坏了，而我们没有吃饱；当我们埋怨我们的亲人把东西放起来而不给大家吃；当我们控诉谁是吝啬的人，小抠，小气；我们理直气壮，声泪俱下。

有一天，我切菜的时候，我把最后的一个馒头留下的时候，我突然觉醒了。回忆我的父辈，或再上溯几千年，我们的生活怎样呢？

首先是农业国，谁知道什么时候遭灾，歉收，挨饿，饿殍满地，朝不保夕。节省，于是成为防御灾害的本能；预留，成为生活下去的底气。无论丰歉，留下一点，总归有用。这种节省，烙印在中华民族的脑海里，根深蒂固，代代流传。我们的家里有放坏的东西，没有没有的东西。

再者，不稳定的社会，连年的战争，掠夺和欺诈。

于是，我们看到我们的居室再大，都要盖一个仓房，好储存；我们再穷的家庭，都有开始腐烂的东西。我们家里的房上、门前，到处都是堆积不用的东西，以备后患。每个家庭，都是历史的陈列馆。

所以，当我一刀切下去，用的和留的，我都没有考虑。我把用的用光，我心里就有后顾之忧；我留下一块，我就心安理得。常常是，放干了放烂了放旧了放得不能用了，还放，放过了年，放过了季，打开箱柜，八百年的东西还在，心里高兴、踏实，比用了强、吃了强。到啥时候，咱都有；有，就是富足，就是比别人高出一筹。国人的富足体现在哪里，咱有。就是烂的，咱也有。囤积，遗传的美德，积累的美德，自慰的美德，幸福的根源。

当我在国外，知道国外人有个穷光蛋日子，就是星期三，星期四开工资了，就又开始花钱。挣了，花了，快乐了，幸福了。也许就一周，短暂，一周一次快乐不行吗？

我们一月一次发工资；农民一年一次收获。我们一年十二次快乐，农民一年就一次快乐。

国外挣了钱，就花，就玩，就乐，就消费，是对国家的信任，是养成的习惯，是生活的必然。

我们挣了钱不花，存起来，放起来，看着，望着，等待着，是对生活的未来不信任，担忧，害怕。我要活，要上学，要看病，要吃一碗面条，或者一碗粥，没人给我，我得自己有钱，有积累，有人看到我的积累。否则，我不好活。

我们的生活多了些什么？多了些担忧。

我们富足了，我们不应该有这些想法。可是我们有着千年的文化积淀，这就是谁有不如自己有。

我们背负着这种积淀很累，可是，我们却放不下。

谁能帮帮我们？

我脑海里留下的几个老师的形象

　　我向来认为人的性格和秉性是不可改变的。老师只是教学生认字等文化知识，其他的就没有意义了。现实中又不是这样。如果老师很坏，就能影响学生；老师很好，也能影响学生。这种影响好像很浅，学生感觉得也很少。记住的是几个实例。所以，无论学生好坏，如果是一名好老师，这好老师的品格就会影响学生。尽管学生的习性不变，遗传的密码不变，但是在关键时刻，老师的教诲和榜样就会影响到学生。这种潜移默化的东西，就是教育。社会的发展不偏不倚，教育是天平。

　　我的感觉里常常出现老师的影子。即使一些细小的东西，几乎都是老师所传。我的第一任老师有个声音，在被烫了和碰到热的东西的时候，就会轻轻地发出一声"佛"的口音，以减轻身体的痛苦。我们开始学老师的这种叫声，后来这种声音我发现竟伴随着我们这些学生行走在人生的路上。前些时间，碰到了我的同学，在喝茶的时候，他就轻轻地叫了一声"佛"，我就突然回到了过去，回到了童年，回到了破旧课桌前我们仰着脖子齐刷刷地向前看着，土屋的阳光在黑板上映出一个个方块，老师的黑板擦在某个方块里掉落下来，砸在脚上，那痛苦的"佛"的叫声，把我们吓了一跳，我们以为老师的脚被砸碎，都停止了呼吸，等待着弯下腰的老师抬起来。我还记得那堂课讲的是小英雄王二小，这时，老师教的歌声响起来："牛儿还在山坡吃草，放牛的却不知道哪里去了；莫非是他贪玩耍丢了牛，放牛的孩子王二小。"我们知道王二小在鬼子的枪声里牺牲了。那疼痛和老师砸到脚上的疼痛肯定不一样，可是，老师的疼痛我们更同情一些。因为老师的痛苦我们可以慰问和感觉。我望着老师，心里在想，王二小在枪声里是不是也会"佛"的一下，如果会"佛"的一下，鬼子肯定听到了。

声音的记忆是永久的。我的第二位老师留给我的是啪啪的拍打声。我在我的一篇作品里描写过这位老师。现在我还想介绍一遍。我们的教室是一间土屋。冬天都是老师生炉子。那时候的严寒是现在的多少倍。老师早早地把炉子点着，然后就站在院子里拍打身上的灰土。我的老师穿着黄军装，戴着女式黄军帽，我特别记清楚的是她的列宁棉服，这少有的黄色棉军服穿在她身上十分得体。衣扣是系在身体的右侧。我羡慕的是她干净的前衣襟，连一点污迹都没有。而我母亲给我做的同样带有前衣襟的蓝棉袄，被我弄得污迹重重，饭嘎巴儿还清晰可见。老师在拍打完上身之后，就弯下腰拍打着下身，特别是裤脚她拍打得很仔细。所以，我度过的这些年里，特别是在造纸厂的日子里，我每当拉完麦秸，就会找一个光亮的地方，弯下腰来拍打着裤脚，爆飞的灰土随着裤腿的飘动而抖落下来。这种对身体的拍打，已经成为我的习惯。

后来我上了初中。这时我的老师教会了我写作文。她声情并茂的朗读感染了我，使我一看到抒情的文章就会抑扬顿挫地念起来。后来我的声情并茂，对我的学生会是什么印象我不会知道，现在让我再摇头晃脑地念课文，我已经没有了勇气。

学生时代影响我的老师都是女老师，这让我惊异。我就想，教育也许女教师更合适。但是，女教师身上的毛病会不会传染到学生身上，以致我们都女性化了。这种柔性，降低了男人失误的风险。女教师的优点很多，母性的爱，是最大的优势。但是那种狭隘和软弱也是不可忽视的。我知道，老师的细节都会让学生感觉出来。比如没有系哪颗纽扣，没有穿袜子，没有系鞋带，都会留在学生的脑海里。我就记得我的一个做老师的同事，一片残破的树叶落在头发里，他没有注意，结果整个课堂学生们都在琢磨老师头上的东西是什么和怎样落上去的以及如何告诉老师。老师面对着学生的疑惑也同样疑惑了一节课。可见为人师表的重要。

初中阶段的老师男性的很多。男老师教会了我勇敢和聪明。那时候我们喜欢看旧小说。老师也喜欢看。像王耀文老师看书会和学生借，我们都愿意借给他；他看的《莫泊桑小说集》就是我借给他的。可是，那些男老师心怀狡诈，专门没收学生正看着的小说，拿到教导处自己看。我的《小城春秋》就是被教俄语的男老师没收的。男老师家里有活，也叫学生去干；聪明的学生还和男老师学会了抽烟。学校，也是一个社会，也是一个工厂，随时都在感染着每一个人。当我们从校门走出来的时候，我们没有感觉到学校会对我们怎样，但是，血液里流淌的是学校给我们的教育了。

我的父亲是一名军人。可是后来到学校做领导工作。我那时候还是学生，不知道我父亲是如何领导学校的。前些天，和我的一名已经是大校，很快就要升任将军的同学吃饭，他说起我的父亲，还心存感激。学生的时候，他恋爱了。学校的工宣队要批判他，我父亲就告诉他，鼓励他，使他和女朋友保持下去，现在生活得很好。我父亲当年对学生的早恋是这样处理的。很多对夫妻都过得很好。我不知道我父亲为什么这样做，但我知道这样是对的。他在宽容里领导着一所学校，学校很快乐。

我感谢教我的每一个老师，我是每一个老师的学生。我所苛求的是老师的纯洁，学生的美好，教育的简单，管理的放松，师生的融洽，老师之间的愉快。老师的纯洁并不等于迂腐，老师的善良并不等于无能，老师的友爱并不等于纵容。老师不容易，就是老师要做老师。老师的光荣也在于是老师。

我 是 我

我的心目中，世上没有生得丑陋的人，只有长得有特色的人。即使看着十分别扭的面容，看久了也会舒服。这就是所谓情人眼里出西施。

我一直以为自己生得漂亮。在自己的家人面前常常说起自己的双眼皮，说起自己好看的酒窝。家里人就很惊讶，奇怪我的眼睛为什么现在这样小，脸上平平的。我就归罪于这可怕的肥胖，胖得我连自己的英俊都被掩盖了。

在岗位上经常要交照片，做证件用，做档案用。要求是一寸或二寸免冠照片。我在挑选照片的时候，才发现自己有好看的时候，也有不好看的时候。我真是感激照相的功用，在自己的美丑上可以选择。把照得好看的多洗印几张，以备留用。放在任何地方，自己都好看。照得不好的照片，就放起来，自己看。

原来每个人都有最好看的时期和最好看的动作。照相多了，就掌握了。眼睛要瞪到什么程度，嘴要张到什么样子，脸侧到什么角度。这些是可掌握的。像鼻子就不好掌握，耳朵就不好调整。但是好的摄影师也会把握好。我在学校教学时，有位老师，无论怎样照相，都是那个姿势，嘴和眼睛表现得都十分好看，她的照片都是一样的。大家就说她"上相"，她就美滋滋的。我想大家说她"上相"，好像说她长得并不好看，只是会照相罢了。

会照相的人往往就热爱着生活，注意着自己，把美好留下来。

所以我说，人没有丑陋，只是选择的角度而已。就如人无完人一样，都有着程度不同的缺点和优点，这要看你怎么看和他怎么表现。往往聪明的人，把自己的优点表现出来，把缺点掩藏得十分巧妙，人们就评价他是好人；往往实在的人，把自己真实的一面表现出来，把优缺点共同暴露在人面前，人们就不会理解；更有不知天高地厚的人，我自行事，无所畏惧，人们就更看不习惯。现在看，往往做领导的，照相多，就会选择了角度；做艺人的露面多，就会找到自己的美。照相与人生，其实是相联系的。

我的一寸或二寸照片，照得漂亮的就有一两次，我把它们洗印后，留着用。有一次在北京开会，回家的列车是午后四点的，我在王府井吃午饭，看时间还早，正走到王府井大街上的"中国照相馆"，见橱窗里摆放的人物照片个个好看，就想，不如在这里照上一张。来到馆里，交上钱，开完票，让我自己选摄影师。我在橱窗前看了一遍，发现每个摄影师都照得很好。我就选了一位给领袖照过相的摄影师。心里想，就是这一生不做领袖也值了，起码这位摄影师的手摆弄过领袖的姿势，我不也很光荣嘛。

到底是"名摄影师"，给我拍了几十张，就是微小的姿势都记录下来，然后放在电脑里让我选择。在电脑里看，好像都一样，细看，才发现，同样是一个人，就有着万千气象。我选择了最好看的"我"。服务员说，在这里洗印和别处还是不一样的。我以为是她要骗钱，可是洗印后果然就与别处的洗印不一样。

就是洗印得这样好的照片，也是胡乱粘贴到各种表格上用完了。

我所遗憾的是，没有人说我在北京照的照片有什么不同，更没有人说这照片里的我如何漂亮。

我还是我。

我闻到了小麦的香味

　　人会说话就行了，为什么还要唱歌？动物唱歌还可以理解，因为它不会说话。牛叫起来浑厚，羊叫起来尖细，马叫起来欢快，驴叫起来高亢。我们人唱歌集动物之大成，声音形形色色，确实很好听。这几天我就被民歌吸引了。"半个月亮爬上来"，听起来好舒服；"小桥下的阿娇"，听起来情深意长。一首唱麦子的歌，虽然内容一般，但曲调好听，听着听着，我突然闻到一缕小麦的清香，把我带回了广阔的麦田和冒着热气的蒸馒头的大锅。望着锅里一个挨一个的雪白如玉的馒头，馒头飘出的香甜诱人的热气，我在寻找贴着锅边的馒头，馒头被锅边烤得结出一层金黄的硬壳，我把每个馒头的硬壳都揭下来，嘎嘣嘎嘣地嚼在嘴里，幸福的感觉弥漫了全身。那是一个缺吃少穿的年代，我在馒头的嘎巴儿里度过，甜蜜了我的童年。我现在还在想，那时的小麦粉蒸出的馒头为什么会这样香甜。我也想到了我家的那口大锅，想到了呼呼燃烧的锅灶。荒原上有用不完的柴草，我母亲做饭怕不熟，又常常多烧些柴火，锅底下的水快熥没了，木头帘子都烤煳了。母亲有病的时候，我就在母亲的指导下蒸馒头。蒸馒头的技术主要是放碱，放少了碱，馒头不起来；放多了碱，就黄。我蒸馒头的水平到了抓下一块面来，是脆是软，就知道碱的多少。再也吃不到那样的馒头了。现在的馒头又小，还散发着液化气或柴油的味道。记得，我们学生参加麦收，生产队送饭，马车上用绳子捆个缸，缸里是炖烂的猪肉。马车上放着两个筐笼，大筐笼里装满了馒头。每人给舀一到两勺肉，放在大笨瓷碗里，馒头随便吃。炖肉的香气和馒头的甜香气包围着我们。我的一个同学可以吃四个馒头。每个馒头四两。我也能吃两个。我没干过什么活，也干不动，在地里就盼着送饭车快些到来。往往在遥远的地头上出现一个黑影，我心里的喜悦就会涌起来。劳累早就没有了，饥饿让我感到有些支撑不住了。

场庆的时候，我的一个女同学在我们回忆起那段劳动的时候，她伸出左手让我们看，看她食指上的伤疤，是割小麦时留下的。我也激动地伸出我的左手，食指上也有一个伤疤，正在关节上。那是一次麦收大会战，凌晨两点多，我们被汽车拉着，到九连割麦子。到麦地的时候，天还没亮。我们乱哄哄的人群像鬼子进村一样，撒在田野里。我的鞋和裤子很快被露水打湿了。老师为我们分完趟子，大家就焦急地开镰收割。我的镰刀永远像木头一样，我模仿着别人的样子磨刀，总是磨不快；记得我用过三把镰刀，都丢了。老师气得对我说，再给你一把，丢了你就别干了。其实我是不想干，可是那个年月谁敢不干。这第四把镰刀我是磨过的。可是早晨的小麦秸秆发皮，是露水浸泡的。镰刀没有把小麦的秸秆割断，却顺着麦秆滑向了我的手。刀割小麦费劲，割我的手却很容易。手指骨节的皮被割开，骨节都露出来了。天还没有亮，手指流出的血是黑色的。黑乎乎的田野找不到卫生员，我就只得用手绢包上。老师气嚷嚷地说我不注意。我低着头，接着收割。后来，又有几个同学割破了手，老师才用手提喇叭喊，注意安全。天蒙蒙亮了，广阔的田野里升腾着潮气，太阳不肯出来，光芒溶化在水汽里，漂浮在平坦的淡黄的小麦上面，湿漉漉地向我们扑来；身后是渐渐退去的黑暗。燕子倒很勤快，贴着麦海飞着，划出一条条黑色的弧线。我实在是累，本来每人分了十趟麦子，有的还多，我悄悄地扔下两趟，把着八趟麦子往前割。一刀下去，可以割三趟，我只能割两趟，还是撵不上别人。老师说，你再扔下两趟吧。我也没听明白老师的意思，只把着两趟往前割，一会儿就到了前边。后边的人喊起来，问谁扔的趟子。谁也不吱声。只见老师低下头开始割起来。我这才知道跑在前面的好处。这时候我看看手，血染透了手绢，干了。太阳正出来，我就自己判断时间，猜测送饭的马车快来了吧。我真的很饿。

那次的伤疤现在还留着。那片土地现在已经不种小麦，分给种地的人，他们把地块变小，开始种玉米。

场里在分田到户的时候，面临着一个尖锐的问题，大家吃小麦粉怎么办。我也在苦思冥想，想成立一个专门种小麦的生产队。当时，场里的规模田，主要种大豆和小麦。场里有加工厂加工面粉，供应全场职工家属；场里开不出工资，就用面粉顶工资。场里经常遭受水灾。收小麦的时候，正赶上雨季，要么在地里收不上来，要么收上来，在场院里发霉。连阴雨的时候，小麦在地里长着就发出芽子来。把这些小麦加工的面粉发给职工顶工资，面粉又黏又黑，职工很有意见。揭开锅，馒头都是趴在锅里的，黑黑的；包饺子手捏的地方没开，肚子早破了。

分田到户，取消规模田，谁也不会种小麦了。小麦对场里是至关重要，不种吃什么呀？机车、播种机都卖了，想种小麦也种不了了。大家就非常着急地问我，以后吃白面怎么办。我真是舍不得这满眼的麦田和雪白的面粉和蒸在锅里的馒头。

场里一棵小麦不种了，可是，大家还吃小麦粉。而且比以前的好，再也见不到黑面碾面了。山东，河南，河北，天下的面粉场里都有了。

我现在回忆起来，才发现自己的狭隘。国家这么大，为什么不会想一想呢，哪里不产小麦，哪里没有面粉哪？可是，我们就认为有我们的面粉才能活下去。

自种自吃。原始的生活。

我想，这种观念不仅我有，很多人都有；我感觉到了，别人没有感觉得到。因为我们正从封闭的生活走出来，自由有了，但是不知道如何去面对自由，享受自由；自己把自己捆绑起来，还呼唤着自由。天是塌不下来的。

可惜，我没有记下这个唱麦子的歌词。我闻到小麦淡淡的香味就知足了。

五月，飘绿的季节

一年之际在于春。东北的春天应该从五月开始。

冰雪在狂风里融化以后，东北的大地就是一片寂寞。衰亡的荒草，干枯的树木，开始松软的土地，都静悄悄的，静悄悄的，春天里这种短暂的平静，是东北特有的风景。日出是浑圆的，好像大地生出的一枚受精卵，浑圆的日心里变化万千，争奇斗艳；光芒并不强烈，泡在温馨的胭脂红里，正把冬的困倦和醒来的娇嗔慢慢地挥洒出来。夕阳也是这样，像趴在书桌上，用地平线的桌板枕着下颏的学童的纯净的脸，红潮弥漫在青蓝的如教室的玻璃黑板一样的天空上，偶尔会有一朵调皮的云絮跳跃起来，搅动了天空的活泼。这时的大地，是最清纯的，最真实的。她在这个季节的交换里，没有可替代的衣物，无奈而伟大地裸露在天空下。她把冰雪的融化溶解在肌肤里，但她还没有解脱冬天的困扰，只能在心里孕育着生命，保护着生命。天籁里轻微的呼唤和缭绕的歌声正如血液般流淌起来。如果匍匐在光洁的土地上，会听到生命复活的呼吸和生命诞生时的挣扎。这静谧里充满了惊天动地的爆响、这平静里刮过天昏地暗的风暴。

春的到来是没有迹象的。春的降生是惨烈的。犹如小鸡啄开坚硬的蛋壳，春的破土而出，伴随着生与死、存与亡的斗争。当看到树木慢慢地放大着厚硬的苞荚，绿叶脱壳而出的时候；当看到干瘪的草絮在野火的燃烧里化为灰烬，灰烬里钻出一星绿叶的时候，生命的勇敢和伟大就呈现在我们面前。

这时候正是五月。

五月，是绿色升起，绿色飘浮，绿色开始沸腾的季节。

往往是这样，我们刚睡醒，推开房门，树就绿了。我们刚刚从一片黄色的草地上走过，一回头，草地绿了。农民种植的土地，这时会被梳理得像新嫁娘的头发，干净而光亮。一垄一垄的刘海儿，一片一片的黑发；睡醒了，就开始工作了。种子被柔软的泥土拥抱，希望被农民的心拥抱。

年年我都要赞美一次五月。每年的往复，都给人一个清新的感觉。在飘浮着绿色的季节，人们像刚解放一样，和绿色一起欢快地生长，去迎接一个丰满的夏季。

夏夜之美

人生每个时段都有最美好的时候。

一年四季，我以为只有夏季的夜晚最美。

夏夜是一杯酽酽的茶水。白天的炎热煮熟了绿色，夜晚，就是一杯泡透的清茶。天空是杯，微风是水，星斗是茉莉花；推开窗棂，打开了茶杯的盖子，我们饮茶。苦涩的是树叶，甜蜜的是花朵，轻灵的是河流，细语的是爱情。我们用我们的身体、我们的脸、我们的心，畅饮下天地之气，畅饮下万物之情，畅饮下这美好的夏夜。

我们幸福地把这杯茶水喝下去。不停地喝下去，像婴儿吸吮乳汁，像儿童狂喝蜜汁，像壮汉在烈日下喝尽一碗凉水。

喝着，喝着，我们看到了碗底的太阳，正在薄薄的茶水里飘荡；我们举起空杯，空杯里只有一轮红日，我以为那是茶杯圆圆的杯底。

夜色的茶被我们喝尽了。苦恼与烦躁，痛苦与焦虑，艰辛与劳累，都被这杯夏夜的茶水洗却了，稀释了，淹没了。

好苦好苦的一杯茶，好甜好甜的一杯水。

哦，我的夏夜呀！

夏夜是一个神秘的童话。无论是《天方夜谭》里一千零一夜故事，还是《西游记》里妖魔鬼怪的玩笑，都在这夏夜里走出来——今夜星光灿烂。这时候我最不喜欢的就是月亮。我憎恨圆月那张胖脸，驱走了天下的朦胧，又不能给人光明；我可怜弦月的清冷，连微笑都像哭诉，脸上的那颗启明星，竟是一滴干涸的眼泪。没有月亮的夜空，就是故事的夜空，就是思索的夜空，就是想象的夜空。

我望着高远的黑暗，黑暗里燃烧的星斗，星斗的光芒照耀的仿佛是一片繁忙的土地。土地上是繁忙的建设者，建设者遮蔽在星光之下。有建筑工地的弧光闪闪，有天上街市的熙熙攘攘，有河流的澎湃，有喜庆的张灯结彩；我以为那银河边细碎的星粒，是我妈妈喂鸡时撒出的一把米、洗衣时泼出的一盆水。滑落的流星，我要能接住，就能听到爸爸妈妈留在星斗里的笑声。

沐浴在夏夜里，身体轻飘飘地要飞起来，我快成为飞翔的羽毛。这时候天地的黑暗溶化在一起，永远不能分开了。小时候，这样的夏夜可以听到蛙鸣。和星斗一样一闪一闪的蛙鸣，覆盖在黑暗里，编织出声音的夏夜，童话就藏匿在幽深的草地和河水里了。现在的蛙鸣已经干枯在坚硬的土地里，化作了泥土。

哦，我的夏夜呀！

夏夜是深邃的思想。望着夏夜的天空，我仿佛看到了爱因斯坦的眼睛。思想是什么样子？就是这夜空。思想有多么博大，就是这夜空；恩格斯这样评价马克思说：如果没有他，我们还在黑暗中摸索。马克思是黑暗里的一颗星斗。夏夜里有无数颗星斗，每颗星斗都代表着一个发明或理论。点点星斗，无数个放荡不羁的思想的火花，组成了这美好的夏夜；夏夜的深远是没有尽头的，我们的思索是没有彼岸的。

夏夜，我的夏夜。

无论我怎样描写这夏夜，夏夜都无法描述。我站在这荒原上，夏夜的清纯让我陶醉；我站在都市里，夏夜的喧嚣让我沸腾；田野和都市都在享受这夏夜。街道上烤肉串焦煳的味道和着啤酒的麦芽味道在夏夜里遁跑。田里的庄稼在夏夜里生长起来。

啊，夏夜，我还是把你比作是一杯酒吧！因为我已经醉倒在你的怀抱里了。

乡村为什么不能走远

　　现在，我正走在这个乡村的路上。

　　我不知道这个乡村成立的年限。也许近百年，近千年，我无法推测；但是它至少不得少于百年，因为百年的地图上有它的标记。这片人烟稀少的北大荒，只有这个村庄明显地标在地图上。如果它真有百年的历史，那么它的一半在我们所说的旧社会，一半在新社会。旧社会是什么样子，这里有钱的是草房，没钱的是平房；新社会是什么样子，干部是砖房，农民是土房。

　　我不好去评价这个乡村，因为党支部书记是我的朋友。1998 年发生了大水，这个村庄建起了抗灾房，只是几所平房。其余依旧。

　　我在六十年代到过这个乡村。这里的一切我都记得。比如草房，黑乎乎的房顶，烟囱在草房的旁边竖起，像一座塔楼。这是有钱人家。我曾经走进过，感觉到很宽敞；南面的窗户阳光很足，坐在热炕头上，屋子里真是春天一样。在北大荒的原野上，草房就是天堂。我不知道这里什么时候有了砖房。砖房里居住的是什么人家。后来这里熟悉了，才知道那唯一的砖房是支书家；砖房多了，被洪水侵害的农户住进了砖房。

　　然后，我就忘记了这个乡村。

　　昨天，我走进了这个乡村，我糊涂了。

　　那条路，路上的水坑，几十年前就是这样，车辙在水坑里走过，留下的痕迹依然是当年的样子。我坐着马车就这样走过，坐着牛车就这样走过，坐着四轮子就这样走过；车轮在黑色的泥水里滚过，泥浆被沉重地溅起，散落在车上；车轮转动了很久，泥水还沾附在胶皮轱辘上，像印章一样印黑了颠簸的泥土路；很长时间，那个水坑才恢复平静。路上的这个水坑也许碾压了近百年。

高岗上有一座青砖的房子，岿然不动多少年，现在依然还在，只是门前显得很凌乱。据说在日伪时期之前，这里是教堂，后来做了乡公所，再后来做了办公室，再后来做了村里的机耕队。有一台东方红拖拉机停在这里，开拖拉机的后来做了村里的支部书记。也许只有这些并不是故事。九十年代，村村办工业，这里建起了面粉厂。我感到新鲜，来看过一次。支书正光了脚丫满头是汗地在加工挂面，细细的面条挂满了房间。支书和忙着的电工还有干活的农民都汗流浃背，满手是赃物，累得了不得。支书说，以后吃挂面就来拿。看到脏乎乎的地方，我就笑。

这个面粉厂后来有两件事很引人注目。

乡党委书记因为这个面粉厂而被上级认为抓工业抓得好，到县里做官，又提拔到别的地方去了。

另一件事我却不好写，因为当时的领导是我的好友，说出来怕影响感情。后来他向我炫耀这件事，想来他是不在意了。而且这事又是他说给我，我就传播一下。村里的一个漂亮媳妇和领导很好，他就让这媳妇的丈夫做了厂长。这厂长对媳妇的另爱也不在意。你在那儿和我媳妇玩，我在这厂里玩，没几年厂子就倒闭了。后来发生的事是一个凄惨的爱情故事，我就不写在这里了。

几十万贷款在村里挂着。

现在那座房屋依然还在，依然还是老样子。我佩服当年建这座房屋的质量，竟然几多风雨，风貌依旧。它屹立在这里，以后还会发生怎样的故事，又有多少男女会因这座房屋而撞击出火花，我不得而知了。

看到村里的一座座的土屋，像大地鼓出的土包，在年代和风雨里凋零的样子；看到窗户上钉着的塑料布和裂出巨大裂纹的玻璃；看到门前用几块砖铺就的小路和关不严的门以及垂下的屋檐；看到女人们在剥着大葱谁家房子里爆出的好闻的炝锅油花味；看到狗在自由地跑猪在圈里叫鸡红着脸散步；看到女人从土屋里出来穿的是时髦的衣着，我不知道如何去界定现在的乡村。

风貌依旧，人伦变换；也许乡村会永远是这个样子。它从遥远的地方走来，还依然停留在遥远的地方。只是这里的人学会了开四轮子拖拉机和新的恋爱方式，学会了渴望和寄托，学会了等待一天里唯一的一趟公共汽车和把一个诺基亚的手机举在手里。

　　有一个变化的地方我要记录在这里，村干部们会用冰柜了，把食品放在里面，想吃就能吃到。

　　乡村，我的乡村。

乡间的小路

我是在乡间的小路上长大的。

乡间的小路，老百姓叫它毛道。意思是像毛发一样的细，一样的零乱，一样的神秘莫测。很多小路是冬天踩出来的。庄稼收获干净了，草地枯黄了，人们要奔向目的地的时候，就不想绕远，就不想循规蹈矩，就想开拓一次，自己一次，做一次第一，做一次历史的证明人。横垄地的土还没有冻实，第一行脚印走过去，就有了第二行，直到浮土踩成硬地；草地也是如此。干草还硬，草茬子还硬，第一个人走过去时还有些迷茫，他留下的痕迹被第二个、第三个踩出来，草地上就是一条小路。

第一个走出小路的人是要有勇气的，第一个走出小路的人是需要思想的，第一个走出小路的人是需要选择和判断的。摸着石头过河，第一个摸得要准。

我喜欢在秋天的收获里，在田野里从小路上走过，我当时还小，不知道丰收，只知道收获的人很多，我什么也不怕。遍野的高粱大豆，遍野的马车驴车，云彩压得很低，拉庄稼的车装得很高。大地上，晃晃悠悠地走着，晃着。鞭声和吆喝声在天空里炸响。这种原始的收获方式已经被现代的机械代替了。只有威风和壮观，没有了情调和美好。我还喜欢在冬天的冰雪里，走过草地的小路，向灰蒙蒙的深处走去。小路的两旁是厚厚的积雪，小路上是踩硬的雪块。雪地上是兔子留下的脚印，冬天的花朵一样。大地静悄悄的，小路是我们的伴侣，陪着我走向温暖的家。在家的热炕头上，小路又出现在我的梦里，和我一起微笑。

我更喜欢夏天的小路。小路在春天里，被开垦，被埋没，被大自然吞噬掉了。没有了小路，面前是庄稼，草地，绿色，植物。只有在坚硬的公路旁边，还留着一条路，乡间的车从这里走过，没有颠簸，坑洼，平坦地柔软地恬静地睡在那里。最破旧的牛车马车四轮子，呼呼地，突突地，走过去。飘起的尘烟，像一朵薄雾，像一颗玉米，升起来，落下去，不会打搅任何人。偶尔，被大汽车看到了，开进去，掀起漫天的灰尘，车轮快陷到泥里了。这路，是咱乡下的，别的车走不得。

庄稼长起来的时候，小路又出现了。小路不影响庄稼的生长，它从庄稼的腹地穿过，肥大的叶片和粗壮的秸秆抚摸着走路的人，风吹着哗哗响，人碰着沙沙唱。燃烧的绿色是生长的巨浪，把庄稼人拥抱在怀里。我最喜欢瓜地里的小路，像绳索缠绕在一片绿色里。成熟的瓜会把脑袋伸在路旁，甚至趴在路上。香瓜的憨厚而甜蜜，西瓜的浑圆而秀美，在我眼里谁都是熟的、甜的、水灵灵的。瓜农不让你动。后来我才知道，这些拥挤在小路旁的瓜，是留着下雨时，进不了地，急用，就可以在小路上走着，把瓜摘下来了。瓜田的小路，是摘瓜的路、甜蜜的路。

乡间的小路，是种地的人踩出来的。踩它的时候，也许没有留意，但是留下它，却是一种心愿。春天时，它承载着希望；夏天时，它负担着重托；秋天时，它记录着生活；即使冬天小路被遗弃了，忘记了，小路知道，它在种地人的心里，像溪水流着。

乡间的小路，种地人脚步的河床；乡间小路，在乡间延伸，在种地人的心里成长。

向漠河去

傍晚的时候，老猴子给我发来一条短信。

"记不记得过去五连有个叫马前进的人，女的，估计教过你，六九年。"

我们习惯了发短信不用标点。这是我影响他们的。我是不会用标点，后来会了，又懒得使用。空格，能说明意思就行了。看来古人不使用标点是有道理的。

我曾在我的文章里提到过她。我在五连上学时，她是知青，从齐齐哈尔市的解放军 246 医学院来到场里。当时场子是属于部队管理的军马场。军队里很多子女到马场来下乡，主要是马场的条件好。知青下乡到马场，先要到五连锻炼。五连当时正修水利。青年们到那里艰苦一下。但像马前进这样的军队干部子女，不可能安排修水利。她在五连做过教师，当过卫生员。我只记得她非常漂亮，黑黑的头发扎着两条辫子，经常穿一件米黄色带格的上衣。知青们都暗恋她，叫她"马大屁股"。我不记得她的屁股大不大，我只知道很多人喜欢她的漂亮。

我给老猴子回短信：认识。她在哪儿？

老猴子给我回复：来了。

紧接着工会的张主席也来了电话，说他正陪着马前进，下面怎么办。

我让他先安排住宿，然后吃饭。

我在食堂见到了马前进。

她穿了一件红色的 T 恤衫，休闲裤，旅游鞋，剪着短发。面色晒得暗红。圆而亮的眼睛还能看到当年漂亮的丰采。嘴巴有些小，说话时面部表情有些收拢。身材精干，根本没有当年人们的评价，也许那正是美誉。

边吃饭边聊。

她对五连的人已经追忆不出儿人。她记得我父亲会唱京剧，出门把我父亲当领导，其他就记不起来了。她 1969 年来，1970 年走。只在这里待了一年。她先是当兵，后又转业到地方。

我们有意帮着她回忆，她只记得那条河；一家人里有个有病的，她去打青霉素；她想起了那个小岛，小岛上住着一大家人，他家的小媳妇可漂亮了。

我们想起了这家，我们告诉她，那个小媳妇没了。漂亮能给人留下很深的印象。那个漂亮的小媳妇，真是一个好故事。我不想说给她。我准备用小说去写。

她又说起广州的热。她这次是和三个伙伴来旅游的。她们在电脑里查看路线，到北京，到抚远，到五大连池，到漠河。她在齐齐哈尔看了她的母校八中。到这里来看看她参加工作的地方。来的时候她刚二十岁，现在快六十了。她怕过六十后就走不动了，现在要走一走。

我们几个在座的也很有感触。我们也幻想着退休后去旅行，可是到那时候还能走动吗？那个距离又多么遥远。

任何时候都不能等待。

我们也应该放弃身边的琐事，做一个自由人。

在办公楼前，我们照相。她在背着的黑兜里拿出相机，在调整位置的时候，她潇洒的姿势，娴熟的动作，使我们一下找到了她昔日的影子。看她从裤子位于膝盖处的兜里掏出笔记本记下我们的电子邮箱，我笑着说，你真是一个旅游者。

她也笑眯眯的。她说和同伴们明天就向漠河去。

向 日 葵

梵·高的著名油画《向日葵》我认真地读过。我不理解他为什么把向日葵插在花瓶里，那开放的向日葵缤纷着花叶，娇艳幼稚；老成的向日葵凝固着脸庞，孤苦清高。这不朽的杰作，给人以热烈的燃烧，烧尽心底的凄凉。

我心里的向日葵，是开放在广阔的平原上的，一方的边缘在我的脚下，一方的边缘连着太阳。浩浩荡荡，无边无际，宏大而壮观。它如绿色的梦境牵绕着我的情怀，它如行走的游子浪迹天涯。

我曾经在茂密而遥远的向日葵地里劳动，向日葵宽大的叶片划伤了我流汗的肌肤；我曾经在青纱帐般的向日葵地里躲避夏日的太阳，闷热的空气蒸煮着我稚嫩的童年；我曾经羡慕眺望太阳的向日葵，那种纯洁的执着改变了我以后的生活。哦，向日葵，我的太阳。我摘下你金黄的花叶，丝绸般的俊美陶醉了我。我把她夹在我的书本里，使书页里留下了向日葵的芳香。多少年啊，当我打开书本，看到透明的叶片，我仿佛走进了初恋的世界和童话般的烂漫里，就像我第一次看到的女孩留给我的笑靥，久久难忘。向日葵。当我走到田野里，走到你的身边，我会把成熟了的花盘掰下来，抱在怀里。我用手扫去衰败的花蕊，感动着向日葵子精美地编织出的花纹，仿佛阳光的旋转留下的雕刻。我把嫩嫩的向日葵子摘下来，吃到嘴里，这是太阳的恩赐。这时候，秋阳摇晃着大地，摇晃着马车，摇晃着突突地兴奋的四轮子拖拉机。匆匆地收获的人们，他们的手上他们的怀里都会有一块正在吃着的向日葵的花盘。向日葵。忠实的是你，坚定的是你，高远的是你，单纯的是你。你填补着我们的精神世界。当你成熟时你会低下谦虚的头，看着脚下；当你结子时你会把脊背面向天空，爱护生命。你的品质就是我们的文化，你的奉献就是我们的理想。

向日葵。我的生命里把你干枯的秸秆，烧热我冬天的土坯炕，温暖着我和我的父母我的妻子女儿；围起我春天的菜园，打造我快乐的生活；堵上我漏风的天花板，让我和我的一家度过漫长的严寒。我站在冬日风雪的天空里，看收获后的向日葵地，那黑森林般队伍一样干枯的向日葵，齐刷刷地留下追逐太阳的弯曲；那没有头颅的悲壮和挺立的威武，在荒凉里集聚成一股力量。向日葵，庄稼里的伟男子，即使燃烧，也烧出一轮火一样的太阳。

我念念不忘的，是我身边的向日葵。初冬的原野上，向日葵就走进了村庄。我会像村妇那样，衣兜里装满炒熟的向日葵，我和我的村民们，一边走一边嗑着向日葵。向日葵的皮子从嘴里吐出来，像雪瓣一样飞落着，沾满衣服，落英满地。我不好看的牙齿里最漂亮的那颗，已经被向日葵的棱角磨损成一个圆形的豁口。这是向日葵留下的标记。男男女女们，都镶嵌着，在丰收的欢笑里，把这巨大的不完美暴露在世界上。这是我们的骄傲，我们有着这豁口，有着对向日葵的千丝万缕的联系。

我不喜欢那种叫五香瓜子的向日葵。盐和大料改变了向日葵的真实的味道。我喜欢向日葵的清纯，喜欢向日葵诱人的香味。我喜欢我的女人在大锅里把向日葵炒熟，然后在簸箕里簸去灰土；晚风轻拂，簸箕簸起的向日葵飞起来又像珍珠般落下去。幸福的女人把一簸箕的向日葵，哗地倒在广阔的土炕上，像瀑布，像落雨，男女们坐在向日葵旁边，吃着，嚼着，唠着；一粒一粒的向日葵，把一年的酸甜苦辣都嚼成甜蜜，咽下去。这时候，浓浓的向日葵的气味，挥洒在泥土的院落和狗的叫声里，挥洒在老榆树古老的枝丫和女孩的初恋里，挥洒在夕阳映红的高高的白杨树和困倦的柴草堆里。我的可爱的女人，我的披满灰土的亲戚，我的埋汰的村长，那响亮的嗑向日葵的声音，在嘈杂而高远的天地间掀起了巨浪。向日葵，生长在我的乡村。

向日葵，在春天的阳光里升起，在夏天的风雨里蓬勃，在秋天的宁静里守望。这独特的抗拒黑暗热爱光明的品格，感染着我们。当我们赞美梵·高的《向日葵》的时候，我们眼里的是艺术；当我们走进田野里的时候，我们看到的是向上的向日葵。

我站在那里，我身边是高大的向日葵。

心中有片大草原

　　并不是说在草原上长大的人就都去过草原，就知道草原是什么样子。他们生活在草原的边缘，呼吸着草地散发出的清新空气，却没有机会深入到草原中去。只是父辈们从草原工作回来，风尘仆仆，精神焕发的样子，令他们记忆犹新。后来他们上学了，到远方工作了。有一天，静下来的时候，突然想起了家乡，想起了那片草地，以及父辈们关于草地的故事，会使他们激动不已。于是，一个美好烂漫的草原在脑海里出现了。碧草。落日。阳光。这些都是在影像里见到的。烙印在记忆里的。

　　真正把草原写得很美的是契诃夫的小说《草原》。我再也没读过描写草原如此之好的文学作品，包括内蒙古文学。俄罗斯草原是一幅俊美的风景画。

　　我也给我的朋友们讲述过我的草原，他们会张大眼睛看着我，幸福地倾听着我的讲述。他们不仅能听出草原的美丽，也能听出草原带给人的疲惫和恐惧。在草原上，我们和草原里任何一个动物一样，都是十分渺小的，可怜的，就如碱草的一片叶子，融入草地里，模糊成绿色，然后就无法分辨了。大草原犹如浩渺的天空，吞噬尽任何生命，都如一粒沙土。我们常常用广阔的大草原来说明草原之大，其实，没有任何一个词能形容出草原的无边无际，说出草原万物的容量。记得小时候，我拽着父亲的衣襟，走过一段草地的时候，太阳几乎烤干了我身体里的汗水，母亲用多少层布毡做的鞋底磨破后露出了我稚嫩的脚掌。我祈求着父亲，前面还有多远。草原被太阳烘烤出的蒸汽笼罩着天空，我看不到一丝希望。这时我才知道，每天午饭和傍晚吃饭的时候，我母亲就会站在房后高声地喊我回家吃饭，声音在草地的上空回荡。我放弃玩的兴致，向家里走。原来我的母亲怕我迷失在草原里。很多大人都会因为筋疲力尽而放弃走出草原的意志。所以，我喜欢和牧工出去打草，坐在牛车或马车上，慢悠悠地在草地上走过。我坐在车后面的木板上，脚垂下去，脚趾几乎能够碰到地面。天地空旷中制造出的巨大宁静，陶醉了幼小的心灵。

我所居住的草原，生长着碱草，还生长着各种名目的草，牧工叫它杂花草。碱草从干硬的碱地里生长出来，棵棵如剑，锋芒毕露；绿，也是一种坚硬的绿。向外的一面，光洁俊俏；向内的一面，密布细白的绒毛。它们如军人般挺直而整齐。它是草原的伟丈夫。据说，这种草在洪水中可以变成芦苇，水退去，三年就变回碱草。杂花草就不同了。它们各式各样，有阔叶的桑叶、龙葵、女贞子；窄叶的辣蓼、荆芥、地肤子；还有的光秆一个，如木贼；有的高高在上，如地榆；有的贴地而生，如车前子；有的傍他人而长，如野喇叭花。各种草结合在一起，使草原更加好看。我常常在这些草丛里寻找乐趣。鸟儿喜欢在这里面做窝；蚂蚱和蝈蝈喜欢趴在地榆上睡觉或鸣叫。淡淡紫色的紫菀，金黄的旋覆花，和野菊花都很相像，采摘一把，再配上蜡梅一样的野木瓜花和淡蓝的川木通的花，我想，现在的花店里都不会有这样的花束。这是草地里的乐趣。

我的感觉里，草原一年四季都是活的，生命力勃发的。即使严冬里睡去，轰鸣的呼吸声也搅得天地昏暗。巨大的牛蒡草，我们叫它碱蓬，干枯后的枝干像一个浑圆的球，在冬天的狂风里滚动，像千军万马走过。我在滚动的草球后面奔跑，以消耗我无聊的童年。春天的野火无休无止地燃烧，烧煳的虫卵散发出烤肉的味道，诱惑着走出冬天的人们。我在柳条丛里找到一种叫油蜡罐的东西，串珠般大小，样子像北京人用的鼻烟壶，更像汉代出土的陶器。里面是嫩黄的幼虫，把它烤熟了，吃到嘴里很香。钻出去虫子的油蜡罐，罐体上是一个圆而整齐的口。大了，才知道这是毛毛虫的幼虫。冬眠的时候，就是一块脂肪。夏天和雨季联系在一起，暴雨会经常把草原洗刷一遍。太阳晒黑了我除了裤衩之外的所有皮肤，我会为我的腋下残留的一点白色皮肤而惊讶。我会躺在屋檐下冰凉的泥土里躲过草原上沸腾的热浪，和安详的燕子一起观望着绿草和阳光的厮杀，那种混战的呐喊袭扰着我坐卧不安，等待着太阳落下去。我会在消散的暑气里，到草地上走一圈。傍晚的草地，绿草会像过完夫妻生活后的男女，余兴未消地拥挤在太阳细微的光线里，梳理着自己。我光着脚从它们柔软的身体上走过，芬芳的气息正升腾起来。秋天的草原要疏朗得多，收获后的干草被垛成小垛，馒头一样摆满了草原。飞翔的鹰会落在草垛上张望。我母亲这时候会扛着打草的钐刀，到不远的草地上打草，然后捆起来。一捆一捆的草装在马车上，拉到家里去。有一种生长在水边的草，我们叫它蛤蟆腿，学名叫水蓼。秋天水蓼变成了红色，红红的一片，很好看。烧火做饭用，不抗烧。我母亲打的草里面，也有一些水蓼。垛出的柴草垛，就红红地立在夕阳里。这时候，我会和同学们到马厩的草垛上去玩。长长的草垛，像一条巨龙，我们在龙骨上跳着，有时候从上面滑下来，草也跟着滑下来，我会被整个埋在草里面，干草甜甜的清新气息，使人感到很舒服，我坐在草堆里很久，才会站起来。头发上衣服里面都是草叶，我走回家去，母亲就在门外为我拍打掉身上的灰土。这时，太阳和空气都很凉爽。我早已闻到了饭菜的香味。

　　我在四季的草原里长大。但是，再大，在草原里都如同一棵草。我忘不了草原的神秘，忘不了草原的芳香，忘不了草原的宽容，忘不了草原的感情。当草原离我近的时候，我是草原上的踏浪者；当草原离我远的时候，我在心里歌唱着大草原。

幸福深处

有个外国人，到饭店吃饭。服务员问她："你方便一下吗?"她问："什么叫方便?"服务员说："就是上厕所。"外国人笑了："噢，上厕所就是方便，那我不方便了。"

刚坐下，外国人接到中国记者打来的电话，电话里记者问她："如果方便的话，想给她拍照，可以吗?"

外国人想到方便就是上厕所，在厕所里方便，怎么能拍照。她吓得在电话里哎哎地叫起来。

我们单位的女工作人员，当时局里抽去搞一项临时工作。局里定，工作忙的就一边工作一边出来干，和单位半脱钩;不忙的就全天出来，和单位全脱钩。这个女同志单位有事，干完单位的事，还要干这边的活，两边跑，累坏了。她找到领导，说，这样不行。他们全脱的没啥事，我这半脱的累坏了。不行，我也全脱吧。

一个女宣传部长，二婚。结婚的时候，她和丈夫敬酒，她对大家说："我离婚九年。这块荒草地荒了九年，你们谁也不来开垦。现在被人买断了。再想来，不行了。"大家大笑。

从吃饭开始，我的朋友就讲个不停。他被我们誉为"段子大王"。不仅段子，人物故事也满肚子都是。我们一边吃饭，一边听他讲段子。我们笑，他自己也笑。他的笑料说也说不完。

我突然感到，他是最幸福的人。他的肚子里装满了欢乐和笑声。他看生活，是拣高兴的事，看好笑的事，听高兴的事。我不知道他自己没有事的时候，会不会想一想，自己就偷着乐。宋丹丹写的《幸福深处》，就是像演小品一样，把自己生活里的可笑的东西告诉

240

大家。生活顺利的时候，她写的事可笑而幽默；生活苦闷的时候，她写出来的也是可笑而幽默。这是一本快乐的书。我的朋友和宋丹丹一样，就是寻找快乐。其实，他的日子里也有苦闷，我们看不到，他自己也不看。苦等"委员"好多年，他都乐观着。

生活是多侧面的。乐观者看到的都是高兴的事；悲观者看到的都是苦难。我们常常看到有的人生活苦得不得了，可是人家还乐呵呵的。下顿都没饭吃了，人家还在乐。所以，乐也一生，苦闷也一生，不如像我朋友那样，就挑生活的可笑可爱快活快乐的一面，存在肚子里，讲给朋友听，传播快乐，分享快乐。自己乐，大家乐，生活就快乐。

快乐才幸福，幸福才快乐。内心深处，是一潭瀑布，就有激流；是一条小溪，就有欢乐；是一潭死水，就长青苔；是一潭净水，就有蛙鸣。

宋丹丹和先生经常看望婆婆，每次去都留下好多零花钱。有一次，宋丹丹把衣服忘在婆婆家了，第二天宋丹丹去拿，手上有些脏，就掏衣兜里的面巾纸擦，掏衣兜的时候，婆婆高兴地说，又给送零花钱来了。宋丹丹说，刚给你还不到一礼拜呢。

幸福深处是什么？是快乐。

寻找猎人

我读过果戈理的《猎人笔记》，果戈理是俄罗斯最著名的散文家，他的散文深远地影响了我们。猎人，这震撼而潇洒的称呼，也一直占据着我的心。因为我所处的荒原养育锻造了许多猎人。当然我说的猎人，是那些拿枪的人。

还是在我很小的时候，我的荒原上被冬日的积雪覆盖着，被夏日的荒草覆盖着，被泛滥的洪水覆盖着。这被人类惧怕的世界，却是动物天然的乐园。那时候到这里打猎的都是齐齐哈尔的城里人，他们骑着自行车，背着单筒猎枪，来到这里。我记得我见到的猎人来到这里的时候，正是傍晚。他们站在河岸上，看到芦苇丛里那片明亮的水域里悠闲的野鸭，就兴奋得跳起来。枪声响后，他们到水里把牺牲的野鸭捞上来，放在背囊里，然后就向更深的芦荡里走去。第二天他们回来的时候，背囊里装满了野鸭。他们放在办公室走廊里的自行车没气了，就到处找气管子。最后他们用一只野鸭换来了气管子，打上气，骑走了。

后来再看到的猎人就是我身边的人了。一个老头走路都困难，但是，风雪天里，他背着他心爱的老旧猎枪去雪地里打兔子。他走得实在累了，就到我们上学的教室里暖和一下。我看到他的帆布背囊里，装着兔子。那时候，因为穷，有猎枪的人还很少。我认识的人里，就几杆单筒猎枪。这些人的枪法很准，抬枪就响，响过就有物。他们把打来的猎物和朋友们喝酒。这些人都不富裕。荒原的猎物改善了他们的生活。

也不知道从哪一天开始，猎枪遍地了，而且都是双筒猎枪。这

242

些拥有猎枪的人开始走入荒原，他们挥枪击打，一枪不行，就把第二个枪管勾响。那夏季的原野上，哀号遍野，风声鹤唳，一片狼藉。欢乐的上空弥漫着火药的气味。我的同学买了猎枪，见打不到猎物，就打围着车盘旋的赖毛子。多少年过去了，那唧唧叫唤的赖毛子的声音就永远消失了。当年那条草原的土路上，这种像喜鹊般可爱的鸟儿，就在路的上空起落，叫着，玩着，飞着。它们以人为伴，没想到人类却屠杀了它。现在我们不会寻找到那上下翻飞的赖毛子了。

人类的残酷，是消灭；人类的残酷，是寻找欢乐；人类的残酷，是占有。当收缴猎枪的时候，那些不该有猎枪的人，把猎枪上缴了；那些把猎枪当作生命的人，在梦里想着猎枪。

在这片土地上，猎人没有了，猎人这个词也快湮没了。我想，这个世界应该太平了吧！

我为我的荒原祈祷。在没有猎人的日子里，荒原上会是什么样子呢？

一个男人和两个女人结婚的启示

　　我用"启示"这个词是不当的。以他人为镜，教育别人，不是我的风格。而且世界上的事，尤其是男女的事是说不清楚的，更没有普遍的教育意义。鞋合不合适，只有脚知道。因为现在写文章流行"启示录"之类的东西，我也借用一下。但是，我还是说，千万不要在这里面得到启示。因为我怕这启示得不对，就像练功，练出旁门左道，走错了神经，反而把人弄残了。先说声对不起了。

　　我说的这个男人也许并不存在，也许就在身边。因为这个男人太优秀，我说出这个故事，不要影响了人家的前程。可是他的身边确实有两个女人，都深深地爱着他，而且都结过婚。

　　第一个女人是他的妻子，第二个女人也是他的妻子。

　　第一任妻子结婚后，感情很好。后来因为生活的琐事，两人有了摩擦。家庭小事，往往会造成大的影响。我就记得我的朋友和妻子闹别扭，并没有大事。只是妻子做的菜，丈夫少吃了一点，就不高兴起来。因为妻子为这道菜费尽了苦心，丈夫没有感觉，两人的矛盾就爆发了。我说的这个男人，脾气大。男人有才，气必大焉。以后的生活里，两人的不满越来越多。直到孩子十几岁，男的无法再忍受，和妻子离婚了。如果妻子不优秀就罢了，妻子也很优秀。丈夫为争一口气，离婚后就找了第二任妻子。

　　第二任妻子是他的同学，也离婚不久。我们很喜欢把同学的感情理解成爱情。其实，处好了，同学的感情胜过爱情；处不好，也不会计较。所以，他和同学结婚后，恩恩爱爱，生活得十分美满。

　　这时候孩子长大了，很优秀，一路发展下去了。

他和前妻共同抚养着孩子。前妻能力强，钱也不少挣，在给孩子抚养费上从不和他计较，他给就给，不给她全包了。

他也爱自己的孩子，开了工资就给孩子。现任妻子也很大度，丈夫给孩子多少钱，从不争吵。

两个好女人让他感动。

让他最不安的还是第一任妻子。十几年过去了，依然独身，依然把他感觉为丈夫。他劝过多少次，让她结婚，重新组成家庭，他会把贺礼送上门。她不听，也不理，就这样生活。和他一起关心他们的孩子。

第二任妻子知道这一切。她更关心丈夫。她现在没有子嗣，没有亲人，就他这一个丈夫，她把所有的爱，都给了他，给了他的父母，让他感激涕零。

两个女人爱着自己，两个女人的感情使他不知左右，就像两只手，谁也离不开了。

他的孩子反对着他现任的妻子。

他常常不知道如何是好。假如让他选择，他哪一个都不会放弃；如果让他退回到过去，他会告诉人们，在离婚的时候要冷静。

如果和前妻不离婚，忍耐一下，他会有着很好的家庭生活；如果离婚后不急于成立新的家庭，还有退路；可是，现在当他发现前妻依然可爱的时候，退回去就是悬崖。

他的两难是自己造成的。

世界上只有女人的爱才是最让人无奈的。

男人永远是一只风筝，女人永远是一条线；男人永远是猎物，女人永远是蜘蛛结的网。

当我知道了这个男人的故事后，我的同情和怜悯使我自己都不能自拔。我幻想修改《婚姻法》，在《婚姻法》里允许爱情的存在，允许男人在知道自己错了的时候，允许他和爱着的女人同在。

唉，这也不行，男人本来就贪婪，如果真是允许男人特例的话，人类会又一次不能安宁。

天气热起来。我也没有办法去想，到底是谁错了。

一路高歌唱大荒

——看电视剧《龙抬头》有感

　　我喜欢北大荒的广阔和苍凉，我喜欢北大荒的壮丽和充实，我喜欢北大荒人的勇敢和坚韧，我喜欢北大荒人的务实和开拓。这一切我都在电视剧《龙抬头》里看到了，体会到了。面对着许诺这条北大荒的壮汉，我的心久久不能平静。他是谁？他是你，他是我，他是北大荒的那些奋斗的场长经理，他是我们上级呕心沥血的领导，他是千千万万个创造着生活的北大荒人。

　　从北大荒田野上开下的第一犁，埋下的第一粒大豆，到六十年后，崛起的大豆加工企业，我们自己的品牌，我们自己的工艺，我们站在地球之巅左右着大豆的道琼斯指数，我们北大荒人用扛枪的肩膀，挺起了共和国的脊梁。小小大豆，环球同此凉热。这一切，我们也许没有感觉到，或者感觉到了，没有这样深的体会。电视剧《龙抬头》向我们展示了北大荒人把自己种出的大豆加工出来的故事。为了一粒大豆，集聚了爱恨情仇；为了一粒大豆，凝聚了心血汗水。我们从许诺的生活经历和工作经历中，看到我们的干部为事业而忘我的精神。我特别愿意看许诺的戏。他的举手投足，都非常的有气势，有影响力。他的亲情、感情、爱情都代表了"这一个"，是北大荒典型的人物。这片壮阔的原野，就应该站立着许诺。

　　看到许诺，我想起了大庆的王铁人，一片荒原踩脚下，地球也要抖三抖。北大荒太需要这样的硬汉了。这是一个需要英雄而英雄就在我们身边的时代。北大荒发展六十年，辉煌的成就怎么来的？等来的吗？看来的吗？不是。是北大荒人创造出来的。北大荒人创造出了人间奇迹。可是我们的文学艺术里却没有一个北大荒人的英雄形象。我们需要形象代言人，我们需要北大荒人的化身。六十年代前期描写北大荒的文学艺术作品，都是开荒的人物，建设者、创新者、奋斗者的形象一直空缺。这种空缺是巨大的遗憾，因为北大荒发展壮大起来了，可人们不知道怎样发展建设的。不知道我们遭遇了多少困难。我们如花的城区，如画的田野，如诗的生活，如歌的豪情，人们理解不到。所以，《龙抬头》这部电视剧，我认为它是北大荒划时代的作品。它树起一个形象：许诺；说出一个故事：大豆；开辟一个天地：中央一套播出；赢得一个反响：这就是新的北大荒。当然，最重要的还是许诺这个北大荒人代表人物的塑造，是荧屏上开天辟地的事，填补了今天北大荒人形象的空白。

剧作者韩乃寅老师在熟悉北大荒的同时，又浓缩了北大荒。这片饱含深情的土地，寄予了韩老师太多的爱。他的每部作品都是写这片土地的，每部作品都写得那么深刻动情。他用笔向世界打开了一个窗口，让人们了解认识这块土地上的事和人。当北大荒的文化在复转军人的手里从高潮而近平淡的时候，韩乃寅老师挑起了这个重担，把北大荒文化推向了新的高峰。

北大荒的事业在"龙抬头"。

北大荒的文化在"龙抬头"。

一片冰心在玉壶

这篇文章又是送给一个女人的,送给一个明天就要成为新娘的女人。我想了很久,用一个什么题目来表达我对她的感情,对她的祝贺,对她的赞美。我就想到了这句话——一片冰心在玉壶。她就是这样一个纯洁而透明的人,一个才华横溢而积极向上的人。

认识她的时候,也是在一个秋天。树叶刚刚开始变黄,秋意刚刚降临,风儿刮起的几片落叶旋转起来,发出哗哗的响声,仿佛是粘贴在叶子上的阳光在响,仿佛是秋天的笑靥。当时,场里正在修路,到处都很凌乱。我们就在高高的杨树下见面了。

她是记者,她是来采访农场的。宣传部长陪着她,我一直没有和她见面。这些年我见的记者很多,有男的,有女的,他们都瞪着眼睛榨取着我,我就灌他们酒,让他们喝醉了离开。记者的伟大就是无论他了解多少东西都能发表出文章来,然后就埋没在浩瀚的纸堆里了。可是她的到来却不同。她在场里住了下来,她了解得很详细,她非要见我。我说不见,她就不走。后来我陪客人到湿地,她也到了湿地。我酒喝多了,对着她发牢骚,她就惊讶地听着。她的固执感动了我,我向她讲起了我做场长的酸甜苦辣,我内心的感觉,我从生活中得到的启示。她同样瞪着明亮的眼睛听着,记着,我以为这一切很快就过去了。

不久,我就在报纸上看到了她写的文章。文章我看得多了,可是她写的文章却不一样。这是一篇有激情、有道理、有章法、有理性的文章。她写了我,写了现实,写了生活。这样激扬而条理、认真而求实的文字,我也多年没有看到了。我的上级问宣传部门,为什么没有经过批准而宣传一个场长。我为这得意的文字和美好的文章骄傲了很长时间。我没有想到这样一个平常的女子会写出这样的文章。这不是记者的文字，是文学的语言，是创作，是感情，是历史。我被这些文字所陶醉了。可以说，这张办了五十年的报纸，用这样活泼而有色彩的文字写报道，这是第一次。

这种感情一直左右着我。

后来，她又到农场来过多次，每次来都要写出精彩的文字。我渐渐地被她的文字所征服了。这样一个眼睛炯炯有神的女人，潇潇洒洒地写出这样丰富多彩的文字，我没有见过。

她写过场里的葵花，写过场里的生产，写过场里的人物。每篇都有特色，《听，海笑的声音》大气而激昂，《我惊诧于哈拉海的美》细腻而有张力。

她随意而激扬，缠绵而奋进，文学而写实的文字，很快形成了她独到的文笔。每篇作品的开头，都写得非常漂亮，到了可背可诵的程度；每篇作品的进展，都如行云流水；每篇作品的结尾都挥洒而去。

我被她而感动。

场里的每篇文章都要请她来做，包括场庆的广告；即使广告，她也写得认真，就是题目都别具一格，如《军马逝天际，田园画中来》。她是农场的朋友。

一次喝酒，她喝了很多，我们都激动了。我说，你的名字好，子婴，神圣而有历史，执着而奋斗。她就笑了。她说，我对我的名字开始还不接受，现在已经很舒服了。这个名字是父亲的爱，是父亲执意要起的。她对父亲的爱感染了我们。我们对她都有了一种感情，这种感情使我们都联系得更加紧密。

由于她的文笔、她的激情、她美好的文字，给我们留下了很深的印象，我们无论写什么，都找她来写。每次写下来，她都写得很好。后来，她所在的单位也十分赏识她，提拔她做了重要岗位。不知她的心里如何，而我们这些局外人反而高兴，心理平衡了。

这时候我们才知道她还没有婚姻。

这时候我们希望她有着美好的家庭。

其实，很多感情是很复杂的。还是夏季的时候，我到报社喝过一次酒。我们在一起的时候，她竟然喝了很多，多得超过了男人的想象。就在酒桌上，我知道了她有了满意的情侣，即将会有圆满的家庭。我的祝福就油然而生了。

　　也许我祝福的女人很多很多，但是我祝福一个才华横溢的女人圆满的成婚我这是第一次。女人的幸福，首先包含了家庭的幸福；女人的完美，首先具备着伴侣的完美。我认识的记者很多，但是把新闻写得这样好，人品又很高尚的，我还没有看见超过她的；我佩服的写作的人很多，但在报纸上能这样勤奋，才思永不枯竭的人，我见到的只有她自己。女人，是认真的人；女人，是成功的人；女人，生活得应该像子婴这样的人。奋斗，子婴是成功者。

　　女人的成功往往和家庭联系在一起，子婴就要有家庭了，她在已经的成功里又炼狱着成熟，在漫长的奔波里有了恩爱。

　　一片冰心在玉壶。

　　子婴有一颗冰清玉洁的心。她爱，爱得坦荡；她爱，爱得真诚；她想，想得直率；她想，想得单纯；她追求，追求得勇敢；她追求，追求得宏大。她的文笔如浩荡的江水，她的文笔如咆哮的激流，她的文笔如攀缘的山峰，她的文笔如坦荡的平原。我喜欢她的文字，喜欢她的为人，喜欢她的简单，喜欢她的热情。当我祝福她的时候，我想，她正在幸福之中。这永恒的感觉，是她生命的光芒。

　　此时此刻，又是一个九月，又是一个秋高气爽的日子。我在想象着明天的情景。我们心爱的人披上婚纱，和她的伴侣走向辉煌的时候，我就想，她会是什么样子。那洁白的纱幔，汇聚了她的品质；那鲜艳的花朵，点缀了她的灿烂；那款款的脚步，正走过新的世纪。子婴，你是不俗的，你伴着丈夫行走的时候，你知道你的力量吗？你举起酒浆的时候，你知道生活是如此美好吗？你听到音乐的时候，你知道你已经溶化到快乐里面了吗？当然，在这里我还要对她的夫君真诚地祝福。她的夫君同样是个优秀的人，才气蓄含的人。同仁志士走到一起，珠联璧合。

　　我和我农场的朋友们，期待着这个时刻的到来。我们喜欢看到你晴空一鹤排云上的诗情，也愿意看到你温暖在巢穴里的安静；我们喜欢懂得你心潮澎湃的感情，也愿意看到你小鸟依人的享受；我们喜欢望见你出没于采访队伍中的壮举，也愿意看到你孜孜不倦的思索；我们喜欢看到你在身边的丈夫，也愿意看到你们神采飞扬的夫妻靓影。

我们喜欢你，你也喜欢我们。

"你愿意娶我为妻吗?"

"你愿意嫁给我吗?"

"无论是疾病和痛苦，无论是挫折和艰难，我们都永远在一起。"

是啊!

子婴，无论什么时候，我们都希望你幸福。

我们是你的朋友。

有男人找我喝酒

有男人找我喝酒。这个男人是我的同学。当然不是找我一个人，他不敢，也不可能找我一个人，尽管他巴不得和我一个人独处，和我一个人喝酒，但是他要找我喝酒，就要喊上几个同学，取名叫作同学聚会。他心里就是想见我，这我清楚。我也愿意去，就是想气气他，我已经不是当年的我了。我有优越的工作和职位，我有魔鬼般漂亮的身材，我有高雅的气质，我的脸不笑迷人，笑起来吸引人。我在他面前的自信让他自卑、自责。他后悔没有看到我的今天，我骄傲我看到了他的今天。

当年我在班级是不被同学看好的。毕业后，都找了对象成家立业，班里就剩下我和他没有对象。好心人在我们中间牵线，他一口回绝。我知道后，险些没有哭出来。他最后找了当官家的姑娘，虽然这姑娘长得一般，但是他因此进了法院工作。歪歪扭扭会写几个字，就成了法官。他得意地走路要仰着头，说话得看他的脸色，酒桌上得他先提酒。我们同学聚会，就是给他一个人聚的。后来，他的老丈人退休了，老婆开始衰老，法院的工作越来越难干。这时，他在酒桌上发现了靓丽的我，想到了当年的姻缘没有链接。尤其是见同学们把羡慕的眼光投向了我，我渐渐地成为酒桌上的中心。我坐在角落里，可是我笑，大家就跟着笑；我说哪个菜好吃，大家就把哪个菜转向我；我说别喝白酒了，大家就说啤酒好；我说看昨天的电视了吗，大家就说采访我我讲得真好。

他虽然失落，但他还是法官，这些年磨炼的官气，使他抬手伸足都不一般。我从他的法官西服上看到了污迹，领带的结上看到了

252

油星，特别是衣领，衬衣的颜色虽然很深，但已经脏得发亮了。和这样一个不喜干净的人在一起，可怎么生活。当初他拒绝我，真是他的伟大我的造化。吃饭的时候，他会不住地剔牙，黄色的牙齿上结满了牙垢。最让他炫耀的，是他把一盒名牌香烟放在桌子上，叫大家随便吸。富有和身份的意识，是他得意的资本。可是我看不惯他吸一口烟，慢慢地吐出的烟雾有时飞向菜桌的上空，我们在这片缭绕的烟雾里吃菜。有时他吐烟雾的力气很轻，无力的烟雾就爬满了他油乎乎的脸，停留在他浓厚的头发里。他一支接一支地吸烟，喝酒，不喜欢吃菜。民间流传三种最横的人：喝酒不吃菜的，骑摩托没有迈的，光膀子系领带的。看我同学那架势，好像还在审判桌前审理案件，我们是他的审判对象。所以，他的眼睛不停地看着我，我知道，这场官司我说怎么判，他肯定会怎样判。他的习惯动作是扬起手，说道：有事吱声，好说。

我知道，每次吃饭，喝酒是假，要和我跳舞是真。我们就在餐厅里跳。他霸道地走过来，就和我跳。大家就说他癞蛤蟆想吃天鹅肉。他比谁都现实——你比我好，我就靠近你，你比我差，就不理你。学生时代的丑小鸭，他没有想到会变成小天鹅。这样一个光艳的花朵，他不碰一下，岂不法官白当了。

他把手伸向我的后背。我不喜欢他的又粗又短像小棒槌似的手指。本来是坐办公室的白领，可是手背黑得像有一层皱，手掌也不干活，却往外冒茧茧，弄得手掌黄黄的。可是他不在意，粗手指头在我后背上乱戳，快把我的衣服弄破了。搂一会儿后背，手就往下落，直到落到我的屁股上。我不在意，我就喜欢这样。我知道我的屁股是天下最美的，尤其穿上短裙，包裹出的丰满的橄榄形，现在叫性感，过去叫诱人。我让他知道，当初他拒绝我，是他一生的错误。

他有意地靠紧我，我小心地防备着他。既让他找到感觉，又不能让他满足。我是他面前的一个大蛋糕，他垂涎三尺，只能闻到蛋糕散发出的气味，却吃不到蛋糕。他望着我，小声说"后悔呀！"

我说，你在说什么？

他摇着肮脏的脑袋，用一双小眼睛看着我。我感到面前是一堆垃圾，我正把他倒出去。

　　他借着酒劲，用男人的部位接触我，坚硬的手指抠得我后背发痒。那张嘴正酝酿着一个饱嗝。我怕那肠胃翻卷出的声音和气息吹到我，我得快速地把他赶走。我那天正穿了高跟鞋，我用尖利的鞋跟准确地踩在他的小脚趾上，他想叫，可是没敢叫，嘿嘿笑着，松开搂抱着的我的手，退到椅子上。

　　我说，我就喜欢你请我喝酒。

　　他说，求求你，饶了我。

　　我说，怎么了？

　　他说，我不想请你喝酒了。

有女人找我吃饭

　　生活中让我能够快乐的就是被人找去吃饭；可是找我的是女人，我就要犹豫一下。我要想她为什么找我，理由充分吗？像刚才这个电话，是女同学打来的。约好中午在红颜大酒店聚会。来的都是同学。

　　同学们聚会是正常的。可是她通知我，我就要想想。我要先问她谁组织的。她说她组织的。我问她，为什么要组织这次活动。她笑着说，想我了。她这样开玩笑似的回答我，我并不当玩笑。她是真的想我了。她一想我就组织活动。参加活动的同学高高兴兴地跑来，谁也没有多想，更不可能想到这里有她想我的成分。这里只有我和她知道。我们就装作没事似的，在酒桌上敬酒，使劲地喝、闹，还喝交杯酒。别人以为我们的玩笑是在逗大家乐，我们心里是真的，或起码她心里是真的。

　　上学的时候，她就爱我。我不爱她。毕业后就各奔东西了。我有了妻子，她有了丈夫。我的妻子比她好，就是说比她漂亮；她的丈夫比我好，就是说比我工作有档次。我把她早忘了，她还记得我。有一年考公务员，她知道我报考了，她知道后，也报了名。她报名的时候，报名就要结束了，还差一分钟，她报上了。她怨我没有早通知她。我不理解，报考公务员，市里是公开通知的，这和我没有关系。她解释说，她不知道我报名。我报她才报。

　　也许正是这个动力，她考上了，我没有考上。她哭了，我没哭。她说她是为我哭的。我说我感觉不出来。她拍着我的肩，说，你慢慢就会感觉到了。

她穿上了警服。衣服上还散发着樟脑的味道，她就开始请客了。她请我，我不去。她问我不去的理由，我说我不如你，我感到窝囊。她说，这个客请的就是你。我说我知道，才不去的。她突然趴在我身上，哭了。我吓得直推她，她把我搂得更紧了。她说，要怎样你才参加呢？我可怜她，说，把同学找来，共同庆祝我就去。

这成了惯例。只要她想见我，就组织同学会。同学们永远不会知道这里的秘密。我的那些男同学，傻了吧唧地还向她敬酒，说一些勾引羡慕的话，想得到她的感情，她就笑个不停；女同学和我拉关系，我心里骂着这些多情而不甘寂寞的女同学们。

我厌倦了这种宴请。她聪明，她就减少宴会的次数，和我拼命地打手机、发短信。我有老婆，老婆看到了短信的内容，就喊我，看，你的小情人来找你了。

我就告诉她，以后不要再发短信，家庭快破裂了。

她就对我说，要么在一起吃饭，要么就发短信，你选择其一。我倒不怕你家庭破裂。

我屈服了，选择了吃饭。

她高兴起来。她说她的想法也是吃饭。

我不喜欢她。

我必须和她吃饭。

饭后她会安排很多活动，唱歌，跳舞，玩。

唱歌我们一起唱《夫妻双双把家还》。这时候，我看她两眼光芒四射。我小心地唱，因为唱到最后，她肯定要做一个例行的动作，把我搂过去，狠狠地亲一口。她的长牙快把我的脸咬破了。我不知道，人们在亲吻的时候，牙会暴露得这么大，快把人吃了一样。我后来才知道，她是真想把我吃了。

我最怕的是跳舞。她抱着我，像抱着她的儿子。我都要喘不过气来了，恨不得喊救命。在我就要喊的时候，她适当地放松一下，让我喘口气。我正为自己的解放而高兴的时候，她又把我搂紧了。

每次聚会，都是无休止的。她像过节一样，我像一只小鸟，开始被人蹂躏。我恨不得大喊一声："求求你，不要喊我吃饭了。"

做 鱼 干

原料：鲫鱼。

要求：每条鲫鱼在三两以上。

方法：将鲫鱼洗净，去鳞，放于盆中。

取鲫鱼一条，置于案板，用刀在鱼的背部切开，连头及尾同时侧切，切至鱼腹为止，打开，清理鱼的内脏，要清理干净。

照此方法将所有的鱼剖开，清理完毕，码于盆中，每码一层，撒腌渍盐若干。

腌渍时间自定。可长一天一宿，短十几小时。

腌渍以后，在阳光下晾晒，七分干时，可穿成串，继续晾晒，直到晒干为止。

晒好的鱼干可放置阴凉处。

食用时，用温水浸泡，脱盐，泡软后即可食用。

推荐两种食用方法：清蒸。将洗干净的鱼干置于器皿中，可根据器皿大小改刀切块，加葱姜蒜、花椒粉、酱油、盐、料酒，如果喜欢油腻，可放豆油或猪油，但不要多。在锅上蒸十分钟，以开始出蒸汽为计时。

红烧。将洗干净的鱼干切块，待用。锅烧热，放油，待油七分热时，加糖。糖熬至起沫，放入鱼干。翻炒后，放入各种作料、料酒、水，开后十分钟即食。

注意，我所说的鱼干制作方法是较大的鱼，小鱼直接剖开去内脏即可晾晒。现在一些饭店将大鱼制作成鱼干，不按照我的方法制作，在腹部剖开去内脏，然后晾晒，结果腹部闭合后造成腹内晒不透，鱼有异味。食之当谨慎。

小时候住在河边，父母会把买来的鱼做成鱼干，冬天吃。回关里探亲的时候，父母就把晒好的鱼干码好，用绳子捆起来，带到关里，给老家的亲戚们吃。冬天的时候，家里没有菜，母亲就把鱼干洗好，在大锅里煲熟。鱼很大，锅里不用放油，鱼在锅里烤成金黄，鱼油印满了锅。烤鱼的香气从屋里飘出来，在冬天的寒冷里，飘出很远。我玩累了往家走，很远就闻到了烤鱼干的味道，心里高兴起来，就会蹦蹦跳跳地向家里跑。

坚硬的鱼干在烘烤下会变软，一张鱼干，像两条接吻的鱼，中间连着的是鱼肚子，我喜欢鱼肚子的柔软，吃起来很香。鱼头会散发出好闻的气味，令人久久不忘。有时会在鱼的肋骨上发现晒干的鱼子，鲜红得如一片红叶，吃起来，干硬而香醇。

童年的饮食会烙印在脑海里，成为永久对美食的追求。我一直把吃鱼干作为吃鱼中最好的享受。如果家里买一条大鱼，我就在背部剖开，晾晒在阳光里；如果是小鱼，我就清理干净，初步晾晒后，用线穿上，在秋风里晾干。冬天或春天，休息没事的时候，我就开始食用自己储备的鱼干。特别是冬天吃的时候，鱼干吸食着夏秋的阳光，嚼起来，会嚼出阳光，把冬天的灰暗冲淡。

谁看了也不会认为鱼干会多么好吃，可是我不仅能吃出香甜，还能吃出一种感情。

玉　米

　　玉米的别称很多。我常叫它苞米。因为它的果实玉米穗就包裹在一层层的玉米皮子里。我的印象里，玉米才是庄稼。春天农民们起垄种地，新鲜的散发着甜蜜味道的泥土湿乎乎地埋下了金黄的种子。微风吹拂着彩条一样的玉米叶子，夏天里，玉米长成了青纱帐；秋天里玉米地里涛声滚滚。

　　在我的记忆里，最早的食物就是玉米。当时国家困难，但是有玉米吃。为了使玉米够吃或吃得长久，家家在玉米里加进非粮食的东西。我和我的爷爷到树林里采榆树钱儿。高高的榆树枝上结着一朵朵的榆树钱儿。我的爷爷就用铁丝做的钩子伸过去，套住树枝，然后往下撸，榆钱儿就纷纷地落下来，天女散花般地铺满地。我和爷爷弯下腰把榆钱儿捡拾到筐里。中午做饭时母亲就把榆树钱儿掺和到玉米面里，在锅里贴饼子。我扯着母亲的衣襟，靠着母亲的腿，让母亲给我贴一个不带榆树钱儿的饼子。看到金黄的玉米饼子贴到锅里，我才高兴地跑去玩。玉米一直陪伴着我长大成人。那坚硬的玉米面饼子和高耸的窝窝头，带给我艰难的回忆。以至于后来见到或听到玉米就有一种不寒而栗的感觉。我在当工人的时候，看着大家把玉米糙子煮熟后放在冰凉的水里泡过，然后就香甜地嚼着吃下去，我十分地不理解。长时间的玉米生涯，使大家寻找出解决玉米难吃的办法。其实，最容易吃的还是青玉米棒。在玉米还嫩的时候掰下来，扒去老皮，鲜亮而美丽的玉米粒像开蚌的珍珠一样，在薄纱一样的淡绿的纱衣里探出来，如窗扉里欲看还羞的少女。煮玉米棒的时候，为了保留玉米的清香，就要留下几片玉米叶在光洁的玉米身上，使玉米充满了诱惑。

我的意识里，就我所在的区域里有玉米，就我的身边有玉米。长大了，才知道，玉米全国到处都有，就像中国人一样，有人的地方就有中国人，有粮食的地方就种玉米。我们所说的粮食，就是玉米，玉米就是粮食。老百姓说，玉米是铁杆庄稼。我在1998年有了体会。洪水里淹没的庄稼都不行了，只有玉米在水里挺立着。种地的人，用船在地里收玉米。即使春天干旱，只要坐水种，长出苗来，就有收获。颠沛流离的中国人，永远离不开玉米。

玉米高高的秸秆，像竹节一样伸展；开花的叶穗像根须一样吸附在天空里；它不像土豆花生那样把果实埋在地下，不像高粱和稻谷那样把果实展示在头顶，不像豆类那样把果实披满全身，玉米把自己的果实搂抱在怀里，如人类对待自己的儿女；玉米把爱情高举在头顶，在清风里孕育，在阳光里相爱；玉米簇拥在一起，是绿色的海洋；玉米孤独地生活，也是七尺男儿。我曾经在我的文章里计算过，收获后，人们把玉米秸捆在一起，每捆是十根。每根玉米秸要生长一年。那么我们生活的几十年，打成捆，能有几捆呢？人生一世，草木一秋。人生一年，玉米秸一棵。可见人生的短暂。

玉米，像我朴实的农人，像我忠实的土地。它是农民无怨无悔的同志，它是人类生存的基石。战争年代它是弱者的青纱帐，和平时期它是美好生活的靠山。我知道了玉米为什么是金黄色的，它是生命里的黄金；我知道了玉米为什么生长得那么高大，它是大地的守望者；我知道了玉米为什么绿如翡翠，它是人间发掘不完的璞玉。我知道了为什么我们都爱着玉米，其实，就是爱着自己。

我的小说研讨会纪事

我的小说《远去的马群》已经"跑"出很远了。省作协和市作协的领导要开个研讨会，中国作协和《文艺报》的学者受金书记的委派也前来参加，我当诚惶诚恐。会议的内容已见报。我在这里记下一些花絮，满足我的朋友们。

刘 颋

这个名字开始大家写不对，写对之后又怕打标签的时候找不到这个字。果然找到这个字了，大家欢欣鼓舞的样子，很是愉快。

刘颋是《文艺报》的，是搞文艺评论方面的专家。她的发言给大家耳目一新的感觉，谈得既有深度又有广度。大家喊她辣妹子，她是湖南人。她对我说，你写蒙古姑娘那段骑马的文字好漂亮。她和许多文人一样喜欢晚睡晚起。结果我和吴老师喊她吃早饭，她也不应。只得让女领导去打开她的房门，把她叫醒。

送她上火车返程的时候，有人告诉我，刘颋是著名作家王蒙的亲戚。

悄 悄 话

中国作协的吴秉杰老师的发言给大家留下很深的印象。我心里十分感激。

休息的时候，他又把我拉到一边，很认真地对我说：你的这几篇小说的结尾写得蛮好。语言很生动。你这样的语言风格要保持住。只是一篇小说的中间文字没有写好。希望你再上一个台阶。

他说的那段文字是过去的一篇小说，在写到中间的时候，不知如何写下去，敷衍了一下，就被他看出来了。果然是高手，我十分佩服。

他乡遇故知

有一天早晨，中国作协的刘涓迅老师和我谈起了养马的知识，而且很内行，我知道遇见高手了。一问，原来他下乡也在马场工作，而且比我所在的马场要大。

在讨论主人公开枪这个情节时，他问得很细。他给我讲了他所在的马场有一座马坟，有个女知青自杀后埋在马坟里。这情节很动人。我说我们马场没有。我知道他讲这些对我的小说很有益处。

因为时间短，他对我的作品还有很多想法没有时间交流，就上火车了，很遗憾。

临行前，他送我一本他编剧的电视片光碟。

大家之后

我们是半夜接的飞机。到宾馆后，他们就急忙把我的书拿到手了。看着书，他们异口同声地说，这书做得不错。有人问我，字是谁题的。我当时没有想到这里有书法家。市文联的领导很聪明，在明月岛住宿的时候，他们拿了很多宣纸还带去了笔墨，晚上吃完饭，就找到中国作协的尹汉胤老师，求他写字。尹老师有求必应。把抱来的宣纸都写完了，这还不算，临上车前，又被请走，写了一下午。

后来知道，他是我国著名书画家尹瘦石的儿子。尹瘦石先生给毛主席画过像。乌兰夫去内蒙古的时候带去的三位文化人之一。

尹汉胤的书法每平尺两万元，他用卖书法的钱给父亲盖了纪念馆。

他在谈我的作品的时候，也有草原的广阔的风格，很是大气。当人们知道他的书法如此值钱，而他却很随意的时候，都很敬佩。

鹤城的同行们

在家靠父母，出门靠朋友。研讨会得到了鹤城作家们的大力支持。每个发言的人都准备了发言稿，而且谈得头头是道。我第一次看到大家有这样高的水平，而我却显得十分渺小。

看他们的发言题目：

陈玉谦：《并非虚构》
王长军：《精神家园的骑手与牧歌》
赵秀华：《马群没有远去》
朱虹宇：《真实的故事》
赵欣郁：《生死皆美丽》
王彩兰：《冲动的力量》
刘喜录：《最后的"清教徒"》
崔春蕾：《生命在黑暗中喷涌》
赵宪臣：《记住父亲，记住马群》

陈 玉 谦

陈玉谦是著名的作家，齐齐哈尔市作家协会名誉主席，作品有《蛙鸣》《插树岭》等。我对他过去只是作品上的佩服。现在看，他还是著名的社会活动家。他写了兴十四的报告文学《拓荒牛》，写了歌颂齐市建设的《齐齐哈尔脚步》。他不仅写，而且和同仁领导沟通得特别好。现实告诉我们，作家不仅是书斋里的造字者，更应该是生活的弄潮儿。

活动中，陈玉谦老师很善于和大家以及上级来人融洽。

陈玉谦老师是中国作协文学研究所第一期学员。丁玲是他们的所长。

陈玉谦老师也是这次研讨会主持者之一。

曹 志 博

我在过去的文字里写过他。曹志博老师是齐市作家协会主席。这次会议的发起安排组织运行者。会议的成功，就是他的成功。

我个人的感觉是，领导和工作人员是有区别的。作家的作品写得好，不一定能当领导；当领导的不一定写作品。曹主席是既能当专家写作品，又能当领导的为数不多的人才。

王 彩 兰

这是一个烫人的名字。我当时写小说的时候，觉得这个名字既俗又亮堂，符合人物的性格。我就用到作品里了。我作品里的人名都和环境事件有关。

那时候我还不熟悉作家王彩兰。

在研讨会上就出了麻烦。

吃饭的时候，几位北京来的学者就追问我，是先知道有王彩兰还是写完作品才知道的。我解释不清楚。王彩兰借机跑来敬酒，把自己炫耀了一番。尹汉胤狡猾地问我，你是不是通过作品追求女人啊？

我们哈哈大笑。

鲜　花

我刚坐进会场，作家兼朋友王俏梅就走过来，代表她和她丈夫、作家赵欣郁向我献了一束鲜花。

这是我有生以来第一次接受献花。我把鲜花抱在怀里，那种心情是无法用语言表达的。会后我又抱着这束鲜花照相。照完相我把鲜花放在了车上。

妻子和我坐车回家。晚上我就花粉过敏了。她不知道什么原因，我告诉她，这是叫胜利冲昏了头脑。

盘　子

会议结束后，来的作家们就忙着收拾会场。他们把剩余的物品都装起来。我们的女作家们很会过，收拾得汤水不漏。

我在门口见一人提的水果里有一只盘子。我问他怎么把盘子也拿走了，给人送回去吧。他说不是他装的。因为盘子里的水果没动，保鲜膜盖在上面，就连盘子都拿来了。

几个女的过来说，人家服务员知道盘子少了。我知道盘子就是她们装的。都是朋友，也就不外了。可是会议室是朋友联系的，我不能对不起朋友啊。

直到今天，我的朋友还问我盘子的事。我也不知道盘子在哪里。

我也知道朋友的用意。事物太完美了，要做出一件缺憾的事，就更完美。据说东北的婚姻仪式上都要偷些东西，留下些趣事，好来述说。他们忘记了我这是研讨会呀。

研讨会结束后，省作协主席冯建福老师从黑河坐公共汽车赶来看望。他原来是参加会议的，但时间上串不开，只得这时候赶来了。他向我讲述着我小说里的情节，谈着感想，让我受宠若惊。

成君在日报上发表了侧记，春溪用晚报的整版发表了会议的发言。齐市新闻网和中国作家网直播了研讨会。《文艺报》也有版面发表这次研讨会的内容。出版我作品的出版社向我祝贺。

这几天里，喜欢我的人们一直和我联系着。

我因此而迷失了方向。

我还是我吗？

运　河

　　一位对哈拉海湿地陌生的专家问我，你那里有河流吗？我说有啊。他说，什么河流？我说，运河。

　　他被运河这两个字打动，追问起来。因为在他的心目里，所说的运河一定是京杭大运河、巴拿马运河，而我的荒原上也有运河，他很吃惊。

　　是啊，我不知道如何去描绘我身边的这条运河，我是歌颂她还是诅咒她，我是述说她的美好还是讲述她出现后带来的麻烦。但她毕竟出现了，她毕竟是千百万劳动者汗水和生命的结晶。几十年来，她默默地横亘在荒原上，奔流在原野上。她如古老土地上的一道痛苦的皱纹，她如草地上闪耀的蓝飘带。她记录了人们当年征服自然的力量，记录了人与自然的不和谐。现代的人们不会理解这条运河的故事，那时的人们为了生存把青春献给了这片广阔的土地。

　　我就是在这条人工运河边上长大的。

　　我知道那泥土是如何的黏，如何的滑，芦根盘绕，湿水成溪，亿万年积压的贝类层层叠叠，黑黄白各色泥土罗列堆积。民工们用肩膀、扁担、土篮和一把钢锹，勒紧干瘪的肚皮，硬是挑出个运河来。我和我的同学们在老师的带领卜，也挖过运河。铁锹挖不进泥土，我就用我稚嫩的肩膀挑土，当时以为是欢乐，回家后肩膀的疼痛让我难以摆脱。

　　我还记得艾青的诗句："大堰河，我的保姆。"

　　我能把这句子留给我的运河吗？让我叫一声，大运河，我的保姆吗？我想不能。这条运河开挖后，这里的积水被流放到嫩江里。

在没有这条运河之前，河水进入嫩江是自然流淌，原野上是一条时续时断的河流，像顽皮的孩子，在寻找着家园；自从开辟了这条运河，这片积水被瞬间放逐了，积水的河泡成了旱地，野性的湿地变成了温顺的草原。于是，湿地里的自然和谐被打破了，植物开始衰败，动物开始逃逸，河泡沼泽消失在我童年的目光里，连飞起的野鸭抖落的都是干涸的土粒，云雀的叫声里都是干渴的嘶哑。

我们感到唯一骄傲的是，我们躲避了洪水的袭击。我们在河床上耕种，我们的收获富足了我们的生活。

但是，我们的身边越来越干旱，那可怕的洪水都不知躲到哪里去了，夏天无雨，冬天无雪。干涸的运河，像失恋者一样暴晒在滚热的阳光里。

咳，我的运河，我玩耍的运河，我亲爱的运河，我可怜的运河，还在那里张望着、期待着，干枯的河底，是放牧的牛羊和放牧者划过的破旧的鞋底。

我的运河。那些挖掘者测量者决策者都在哪里呢？你们还惦记这条运河么？还回想着对运河的感情么？还在梦里对你的情人讲述运河的故事么？

运河的堤岸上生长出一棵两棵的榆树，疯狂的枝叶像烂漫的思想。我最高兴的事是站在榆树旁边，想我童年的故事。想多了，我就想这条运河里当年制造它的人们的爱情一定会很有意义。可是我还没有听说过。

我的运河。

在都市放牧马群

今年春天的一个星期天，我准备写一个关于保护湿地的小说。开始写得很顺利，破坏湿地的挖掘机挖出了一个猛犸牙的化石。猛犸的牙比象牙要长，因为在地里埋了万年以上，化石很粗糙，谁也没认出来。是宣传部长发现的。当时很轰动。在报道化石的同时，记者发现了破坏湿地的事。矛盾由此开始，发现破坏湿地的记者还是破坏湿地的领导最早的女朋友。接着猛犸化石被人偷走了。谁偷的？领导和以前的女人，现在的记者会怎样？写得正得意的时候，外面下雪了。

纷纷扬扬的雪花，让我放下了笔。我想起了父辈们在风雪里牧马，马群在风雪里滚动的情景。

于是，我拿起另一本稿纸，开始写《远去的马群》。我像着了魔一样，把这篇小说写完了。

接着，《青年文学家》发表了它。文联主席柳树洪给写了评论。著名诗人、中国作协会员王长军也写了评论。让我十分感动。王长军说，我编的稿，老婆都不看，只有你这篇，她看了不住地说好。他建议我把写林彪派芭蕾舞团到军马场慰问演出的一部分拿掉。我接受了建议，删除了这部分。再就是燕子的开枪，我没有写她离去，只是开枪发泄一下，后来长军建议我写得模糊些，我也同意了。

小说发表后，《鹤城晚报》进行了连载。这是著名诗人王新弟和主任李春溪的安排。连载后反响很好。《广播电视报》的主编王爱中，也要连载。考虑到对晚报要负责任，我没有同意。爱中是很有名气的诗人，他的妻子李玲诗写得更漂亮，因为这篇小说没有在电视报上登载，两个人还闹了不愉快，使我很不好意思。因为在写作上我远远不如他们两人，他们这样看重我，我很感动。

今年是军马场成立五十周年，我们搞了大型活动。农垦局的领导给予了很大支持。现在场里没有一匹军马了，我们在种地。可是，我的父辈们是为养育军马来的。所以，心里有些空荡荡的。好在《远去的马群》在报上连载后，被人们所接受，人们仿佛又看到了昔日军马遍地的情景。我算舒了一口气。

接着有人向我请教马的知识，我会很快告诉他们，他们以为我是一个优秀的牧马人。其实，我没有骑过马，我为写作只是看了养马的书，看得直到养马本科毕业的大学生听了都很惊讶我对马的理解，我才罢休。鲁迅说过，要写妓女，不必到妓院里去。我们人和动物的区别是会想象。因为工作的忙碌，这种想象还有很多的距离。其实，完全可以写成长篇。但是，自己的能力有限，忙碌的人群也没有时间去看。

军马场的军马远去了。

我把它们赶进了都市。

那一片马群，正走在人们的心里。

在乡下吃饭

喜欢在乡下吃饭。

乡下人不会做饭。我说的不会做饭，是不会做饭店做的饭；乡下做的饭，是家常饭。家常饭吃了，饱；吃了，舒服；吃的，亲切。

这个乡修了路。路两侧装了路灯。过去有一个饭店，是乡里领导的司机开的。乡里来人都到这个饭店吃饭。我们还以为就这一个饭店，可是发现路的两侧有好几个饭店。为了把握起见，我们还是到了那个老饭店吃饭。

这里的饭店和住户是通用的。进屋的时候，发现里面很乱，像早晨刚起来，没有收拾一样，睡眠的味道还能闻到。椅子上坐着个女人，穿一件黄色 T 恤衫，脸色白净，透着几分俊俏妖媚，嘴里随意地吸着烟，正和一个男子说话。我问了两句这里开业么。她用一种轻蔑的眼神看着我，说，开业。我被她的眼神所激怒，大声地对和我一起进来的人说，这里不开业，我们到别的饭店看看。那女人在后面急忙补充着开业，可是我们已经走了。

另一个饭店和前一个饭店一样，住户兼饭店，屋里很乱，但人很热情。一个矮小的男人把我领进后屋，让我看冷藏柜里的食品。这个男人虽然矮小，但是很会说话，大嘴，圆脸，短头发，笑眯眯的。我说什么他都说行。进来的妇女可能是户主，一个女的是服务员。我点了四个菜。有人爱吃干豆腐，就加了个干豆腐。

坐在那儿，我想不能五个菜，六六大顺，再加一个，六个菜。我到厨房里去看加什么菜。那个矮小的男人正从后面的厕所里出来，一边系裤扣，一边把围裙扎好。因为急，裤口还留下些许湿迹。厕所离饭店很近，夏天苍蝇飞过来很容易。听说我要再加个菜，他让我到厨房里选。我跟进去，灶火正着起来。两个灶口各放一个大勺，一个里面的油正开始热，另一个大勺开始炒菜。地下还有干苞米秸，像农家的外屋地，脏得亲切。也没有什么好选的，芹菜炒粉条，看旁边还有新发的黄豆芽，我说，在芹菜粉里放一把豆芽。

菜上来才后悔，盘子大，菜多，根本吃不了。满满一盘干豆腐，就够我们吃了。

这时附近村里的支部书记领着客人进来，见到我们很高兴。告诉后厨，这桌他们算了。我高兴的是多余的菜正好他们用。

我们要的菜是：狗肉一盘，马下水一盘，炸鱼一盘，驴肉一盘，尖椒炒干豆腐一盘，芹菜粉一盘，豆芽忘加了，出门时小个子厨师说忘了，下回补上。

火爆牌白酒一瓶。

哲学和我们的空虚

昨天，有机会和一位哲学系毕业的大学生谈起哲学。他既学哲学，又热爱生活，所以，工作很出色。我不懂哲学，可是我有生活经验。我们谈起来很投机。再有几分酒气，加上他青春和工作的得意，以及我的不知深浅，竟放纵起来，结果是，不小心喝多了。

我想起一位华人诺贝尔奖获得者的观点：物理的极致是理论物理，理论物理的极致是哲学，哲学的极致是宗教。

这位学哲学的朋友马上理解，他说他的几个同学哲学都学得特别好，可是现在都信教了。

我想起了我国的哲学大师、《中国哲学史》的编写者冯友兰先生。当公共汽车要穿过城门进城的时候，乘务员让乘客不要把胳膊伸到窗外。冯老还年轻，他想，胳膊伸到窗外会怎样？于是，就把胳膊伸了出去，结果，胳膊断了。我还知道一位名校的研究生用硫酸试验狗熊的味觉。后来我们把这个学生的做法归于品质上的问题，没有想到有知识的人也有迂腐和天真的一面。而正是这种天真，才给了这些专家学者创造力。

我们又说起了正红的于丹和她讲述的《论语》和《庄子》。虽然社会上不乏批评者，可是谁也阻挡不住大众追逐于丹的热情。为什么？批评者说，于丹没有讲明白《论语》和《庄子》，甚至说她分段都错误。其实，专家批评得肯定有道理。可是，研究《论语》和《庄子》的专家为什么"红"不起来？前些时间我出差到上海，买了这两本书，认真地看过之后，我有了感觉。于丹是借助《论语》和《庄子》，讲出与现实生活息息相关的哲理和精神。如果就《论语》讲《论语》，就《庄子》讲《庄子》，谁还去听？听了有什么用？于丹就是讲李白，也不拘于内容，而是夸李白三分酒气七分剑气，一张口，就是一个盛唐。于丹给苦闷和空虚的民众注入了一支兴奋剂，大家不想听之乎者也，想听《论语》和《庄子》里散发出的思想。于丹的成功，折射出我们思想的空缺。所谓的"于丹热"，正是我们饥渴的人群对平民化教育的呼唤。

不信神，不信鬼，我们信什么？

一个没有信仰的社会，是不稳固的。我感慨于美国，这样一个发达的有钱的社会，据有关资料显示，有九成以上的人相信上帝。

什么也不信，就什么也没有；什么也没有，心灵就空着。

我对哲学早就反感，可是对有哲理的生活却很尊崇。哲学，把人弄得颠三倒四。中国是哲学的传统大国，白马非马论，就是典型的哲学案例。好像人没事干，玩脑筋急转弯。连哲学家都玩得不是精神病就是信教，何况百姓。

有这么一个故事，就是哲学的最好的范例。

一老一小，牵着一头瘦驴。老人骑上，人们骂老人不关心孩子；小孩骑上，人们骂小孩不孝顺；牵着走，人们又说他们白牵个驴，岂不是浪费。弄得他们只得抬着走。

哲学，让人无所适从。但没有哲学，人们又无所从。

征集情人

有一天，和一个朋友在一起，他非常苦闷。

我说，你为什么苦闷呢？你不是很幸福吗？小小的年纪就提拔到副处，官场上春风得意；老婆很漂亮，还给你生个儿子；出有车，住有屋，吃有酒肉。这样的地位多少人羡慕啊。

他听后，望着我，更加苦笑。

我说，你的工作遇到麻烦了？家里夫妻不和睦了？孩子没考上重点高中啊？

他说，都没有，"工作遇到麻烦，我不怕，谁让你在这个位置上工作，大家羡慕你，你就应该遇到些麻烦。我把麻烦不当麻烦，当作工作中的趣事。老婆自然没有问题。孩子小学还没有毕业，凭现在的成绩，考个重点高中是没有问题。"

我说，那你为什么总是郁郁不乐呢？

他就摇起头来。我的这位朋友十分有才华。机关里所有的公务活动都做得好，写一手好材料。美好的声音听起来像专业广播员。温文尔雅，落落大方，人缘也好。在一起工作的人没有说他不好的。他还极其聪明。麻将扑克这些业余活动他本来不会，只要看过一遍，就玩得很熟练，如果领导在场，他就很好地配合着领导的意图，让领导很高兴。喝酒更是高手，不仅能喝，而且喝得很潇洒。

虽然他长得一般，但才华掩盖了面部的不足。他成了一个很有特色的人。

我不知道他会有苦恼。我们这些他身边的人，羡慕他还来不及呢，他怎么会有不高兴的时候呢。也许正应了那句高处不胜寒，心里的感觉是别人不知道的。

谁也没有听见他的绯闻。他连和女性开玩笑的时候都没有。有一次他找到我的办公室，给我看一样东西。我看是一首诗，写得感情激动，爱意浓浓。我还记得这样几句：

> 在见不到你的日子
> 我好像在病里
> 我望着你的桌椅
> 我想把它们搂在怀里
> 吹来的风啊
> 带来了你的气息
> 拂在我脸上的
> 就是你那一缕

我问他这是谁写的。这是一首情诗。难道有人爱上了他？他说出那女子的名字，吓了我一跳。我说不会的，不会的，那女子怎么会给他写这个。况且她只有初中文化，这样的诗她如何写得出来。再说她是机关里扫地的，怎能有这个胆量追求他呢。

他说是她写的，是她在扫地的时候交给他的。虽然她是个二十多岁的初中生，但爱起来，这种真爱是什么诗歌都会写出来的。愤怒出诗人，这是真的。后来，他把这首诗歌，这首寄托了深厚感情的作品送回到那个女工的手里。为了不伤害她，他说，这首诗我看了，写得好，放在我这儿不合适，你把它寄给报刊吧，肯定能发表。女人哭了。机关里的女人们对他彻底失望了。

他问我：我丑吗？我说不丑。他说为什么喜欢我的女人没有好看的。我说好看的都让别人抢走了，你不会抢，剩下的就都是不好看的女人了。

他问我，我没有人缘吗？我说有。他说为什么我对女人没有非分之想，女人却不理我，而玩弄女人的人却天天有女人涌过去。我说，正因为你不在女人面前非礼，女人感到你没意思，就不到你身边来了；玩弄女人的人，女人觉得刺激，觉得喜欢她，就会跑过去。

你说对吗？

他想一下，说对。

我说，你的苦恼是在这里吗？是需要女人吗？我看你不是这样的。

他说，我的苦恼很多，特别是提拔后，才觉得生活枯燥无聊寂寞孤独。

我说，你现在正是官场上的空白期。这种空白，是好与坏的分水岭。你现在还没有坏，所以你发现了生活的无聊。当有一天，你坐在金钱和女人这条船上，纸醉金迷的时候，你就没有这种感觉了。

他说我不会的。

我说不会就苦恼。

他说要是会呢。

我说你就征集情人。

支　撑

　　天为什么塌不下来，我一直以为有什么在支撑着。小的时候看成语故事，杞人忧天的故事我当时以为是真的，既然有天，天为什么不能塌下来呢？后来说天是气体，塌不下来。我还是不相信。比如说，有人穿得很薄，却不冷；有人穿得很厚，却冷得发抖。为什么？这里是精神问题。既然精神可以把人支撑起来，那么天就一定有东西在支撑。

　　我朋友给我讲述了对一位老人的感觉。这个老人八十多了，还很硬朗。他年轻的时候被从城里下放到农村。他带着一家大小顽强地活下来了。在农村又遇到了许多坎坷，子女也受到不公平的待遇。当天空晴朗的时候，他开始上访，为自己的遭遇讨个说法。我无法计算他上访的次数。如果从他六十岁算起，到现在已经有二十多年了。他的老伴没了，又娶个老伴接着上访。这样一个八十多的老头，上车下车和年轻人一样，是无法想象的。我就亲眼看见他自己在夏日的余晖里，他独自一人挪动一块上百斤的大石头，一点一点地把它挪到屋檐下。儿女要帮忙他就发火。这样的力气，上起访来谁挡得了呢。他的儿女不想让他上访，苦都吃了，岁月也过去了，上访能讨回失去的一切吗？老人不干，他就要讨个说法。后来在儿女的参与下，政府给点钱，就算了。老人不在意钱。后来想出个办法。儿女和政府一起写个东西，给点钱，很少的一点钱，就结束了。政府报上去，领导不愿意批，信访办的女主任急了，说："我们吃喝玩乐要花多少钱，这还不够买一瓶好酒的钱就舍不得了。"领导一想也是。这是人的一生啊。家属和信访办签的协议，内容是一手钱，老人保证再也不上访。儿女们扶着老人回家的时候，突然发现老人老了，走路费劲了。本来高兴的事大家却后悔了。如果不解决，老人依然没有老。没有了支撑，人是会倒下去的。

精神和信念，理想和追求，爱好和想象，性格和脾气，人的身上，有很多支撑的东西。我们常常说，这个人没有这个毛病就好了。我们没有想过，他没有这个毛病就会失去支撑，就无法生活下去。有朋友说，她写博客就是不让人看透自己，不像你心静即佛，让人看个透。我做博客，就想透明自己，这也是支撑；我写博客，就是等待着好朋友的品评，这也是支撑。没有这些支撑，是写不动的。

爱好，支撑起人的方向；理想，支撑起人的精神；苦难，支撑起人的毅力；贪婪，支撑起人的欲望；自私，支撑起人的勤奋；宽容，支撑起人的美好；胆怯，支撑起人的自卑。

支撑天的是云，支撑地的是水，支撑人的是气。支撑男人的是欲，支撑女人的是情。

猪年想起猪八戒

老师问：人是从什么进化来的？

学生答：猴子。

老师问：猪是从什么进化来的？

学生答：猪八戒。

这是猪年老师要讲猪时的一个情景。可见，猪八戒已经是家喻户晓、老幼皆知的人物了。在大学里搞调查，古神话里最喜欢的人物，喜欢猪八戒的占调查人数的百分之八十以上。

《西游记》里，猪八戒是人，唐僧是神，孙悟空是作者的理想，沙僧是佛。

猪八戒身上占尽了人的性格：懒，滑，实在，怕苦，无奈，受欺负，忍辱负重，又充满了理想，热爱故乡，想念亲人，等等。但作者集中写了人的两个特点：贪吃、好色。

孔子说，食色，性也。在猪八戒身上，被夸张得淋漓尽致。高老庄娶亲，最著名的段落是猪八戒背媳妇。把猪八戒这一男人的特征夸张到极点。也说明男性在婚姻和家庭上所占的主动位置和应该做的向前精神。男女之间，男人是要承担责任的。猪八戒是男人的典范，如何做一个女人喜欢的男人，猪八戒告诉了大家。女人找一个什么样的男人，猪八戒做了示范。女人在选择男人时常常陷入误区，喜欢唐僧的端庄和一本正经，组成家庭后会索然无味，枯燥的生活会让女伴后悔，熬不住的就偷情，熬住的就精神恍惚。找孙悟空，家庭一辈子得不到安宁，还疑神疑鬼、闹妖闹鬼的。找沙僧的，也行，老老实实过日子，别想风光，生一大堆孩子，只能温饱。最烂漫，最知冷知热的，最懂得感情的，还是猪八戒。女人，猪年找个好丈夫。

猪八戒是猪年的吉祥。

自卑与我们的生活

　　女人自卑，表现出的形态是含羞、高雅、不屑一顾；男人自卑，表现出的形态是窝囊、倔强、关闭自己。自卑的女人能找到好丈夫，自卑的男人做不了自卑女人的丈夫。女人自卑是美德，男人自卑是懦弱。

　　每个男人都可以成为王者，每个男人都是一样的英勇和智慧。一点儿不自卑的成了王，有点儿自卑的成了相，半点儿自卑的成了侯，多半自卑的成了令，完全自卑的成了民。

　　自卑，是男人的大敌。

　　凡超越者就实现了自我，凡囚困者就画地为牢。

　　自卑，是五千年文化的副产品，是历代帝王统治的基础；自卑，是国之不前的原因，民之不富的结果。

　　我们会常想自己，让我们做哪项工作，我们会做得更好，但是我们没有去争取。为什么没去争取，我们自卑；我们会发现一个漂亮的女人被一个不怎么样的男人娶为妻子，其实，那女子含情脉脉地看了我们很久，以为你不爱她，才不得不选择。因为我们自卑。

　　自卑，使我们失去了称心的工作和满意的女人。

　　自卑，更掩埋了我们的智慧和创新能力。

　　历史上的每一次革命都是打破自卑的过程。王侯将相，宁有种乎。数风流人物，还看今朝。

　　封建社会和资本主义社会的根本区别，是封建社会让人们越来越自卑，资本主义社会让人们越来越不自卑。都是为了做官，封建的是把人关起来考试，资本的是放开竞选；都是为了金钱，封建的存进钱庄，资本的开始股票；都是为了发明，封建的把科技成果变成坟墓，资本的把科技成果变成专利。

成功人士和失败者的根本区别，是成功者打破了自卑的藩篱，失败者陷进自卑的泥塘。成功者的缺点往往要比失败者多，因为成功，缺点就被优点掩盖了；失败者的优点要比成功者的多，但因为失败，被人看到的都是缺点。

幸福和不幸福的根本区别，是幸福者按着自己的意愿生活，不幸福者是跟着别人的意愿生活。幸福者做得多，不幸福者想得多。做的，痛快淋漓；想的，"就当孙子打爷爷了。"

成功者越成功越不自卑，失败者越失败越自卑，恶性循环，陈陈相因。

我们在自卑中生活，别人发现你自卑的时候，你犟；你自己发现自卑的时候就筑起院墙，关闭门窗；有一天你要战胜自卑的时候，你会发现，事业离自己远了，自己喜欢的女人老了。如果还有最后一拼的话，只有讲述过去的故事。

我们的种子里就有自卑的基因。

我们转基因的种子，自卑的因素就会少了。但是，会不是自己了。

不知需几代人的努力。因为自卑的净化是一件不容易的事。不容易就不容易在我们不承认它的存在，或者不敢于承认。或者承认了，却不知道如何去做。

承认是一种进步，做，是一种飞跃。

最别扭的地名

哈拉海，这是我所在的地方的地名。我想，世界上还有比这个地名还别扭的地名吗？在这里居住的时间久了，叫这个名字叫习惯了，才会有一种亲切感。当别人叫不出来的时候，我会一个字一个字地解释："哈"是哈尔滨的"哈"，"拉"是拉车的"拉"，"海"就是大海的"海"。我所在的企业叫哈拉海军马场。在断句时，很多不明就里的，常常这样念：哈拉，海军，马场。我们一下子成了海军的马场了。我还要耐心地解释，哈拉海是地名，我们是"军马场"，为部队养马的。

那么"哈拉海"是什么意思？几乎接触到我的人，都会这样问。

"哈拉海"，是达斡尔族语，也有说是满族语的，还有说是蒙古族语的。

说是达斡尔族语的较多。因为我们所在的区是达斡尔族区。达斡尔族人认为我们养马的甸子过去是达斡尔族游牧的地方，勒勒车，柳蒿芽，达子香花，水泡子，这一切和达斡尔族的生活有着密切的联系的东西，都曾出现在这里。其实，除了这里，别的地方也都是这样的荒蛮。过去的黑龙江，又叫北大荒，到处是荒原。地域的特色，说明不了这里就只有达斡尔族。

另一个民族应该是蒙古族。蒙古族和达斡尔族有很多相通的地方。他们都能用各自的语言拼出"哈拉""海"，意思却截然不同。

为什么有人说"哈拉海"还是满语呢？这也有道理。黑龙江在古代是流放之地，多少人因为种种原因被流放在这里。古代为了管理这里，派了很多官兵，建立了"站"，著名的"站"文化，就是

284

清代在这里形成的。所以，说"哈拉海"是满语的，道理也很多，而且在某些地名考里，都趋向于满语。

我翻过近几年达斡尔族编的地名书，它把哈拉海和文固达村联系起来说，也没有说明白。我问达斡尔族的一个学者，他坚持说哈拉海甸子是达斡尔族游牧的地方。他说，哈拉，是人名，海，是黑色的。我又问同样是达斡尔族的学者的朋友，他一边发音，一边说，哈拉，是语气，海，这地方。每个达斡尔族人都有不同的解释。我请市民族事务委员会的同志吃饭，有达斡尔族有蒙古族，蒙古族坚持哈拉海地名是蒙古语，是指一种植物，甸子上很多。他说完，我也想起来这种遍布草原的绿色阔叶带刺的植物。和他一同来的达斡尔族人，没有坚持这个地名是达斡尔族语。

在说法多样的情况下，现在用满语的比较多，但意思不清。用达斡尔族语的，也说不明白。因为历史没有记载，谁也不好解释。前几天，博物馆要地名考，有人找我给定一下，但是我没敢。这种有争议的东西，不好随便说，万一错了，将埋没历史和历史的真相。

场里有一棵三人抱而不可接的榆树。最少在百年以上。我想，栽种此树的人一定很清楚这里应该叫什么。榆树根深叶茂，经历风雨。故事也许藏在稠密的年轮里，等待着破解。

哈拉海，一个别扭的地名。

哈拉海，一个无法解释其内涵的地名。

我突然感觉到，这个用语音发出的地名，更加赋予了这里神秘而独特的色彩。越是找不出它真正的解释，越说明这里的古老和复杂。

哈拉海，别扭，而又新奇。

最后一匹战马

　　这个题目是一位军旅诗人向我提出的。我读过他的诗，大气而有思想，这是我多年读诗很少看到的。他对我讲起垦区的老红军，这些人默默地生活着，没有人理会他们。他们在过雪山的时候，脚趾冻掉了。有的负伤后，绑在树上做手术，痛得手指都抠进了树皮里；有的死过十次，最后一次，都埋在土里了，他腾地醒过来，把埋的人吓了一跳。就是这些人，他们在广阔的土地上生活，没有人提出过什么。这位军旅诗人把他们写成诗歌，发表在报刊上。

　　我喜欢称呼他的军衔，大校。

　　大校来到场里，他要寻找军马的痕迹。当他听到我讲述军马的故事，不由得感叹道，军马驮着苦难最后又幻化而去，这种精神令人佩服。他仿佛被军马感染得不能自已。当现代化取代军马，我们的军马很快就消失了。这种几千年的马，消失得这么快。它为战争立下了不朽的功勋。他在临走时还说，你写一下最后的战马，那是多么悲壮的事呀！

　　一个在战场上退下来，已经没有了利用价值的动物，它的消失确实令人不解。其实，国外也有战马，那些马离开了战场，现在不是生活得很好吗？

　　中国人有中国人的办法。据说现在开始吃马肉，一盘马驹的肉，要比肥牛贵一倍。这可以理解，人活着就得吃，我们又是一个吃的民族。把战争和生活的功臣——马，吃掉，确实是个好主意。当年养育军马的时候，把马的死亡叫牺牲。马肉是万万不可吃的。那是战友啊！也有好吃者，偷吃了马肉。马肉里含有治疗的药物，结果就中毒了。把他们全家抢救过来，他们才知道这马肉是不可以吃的啊！

人和马同属于动物，而人常常以驾驭马为荣，而马没有思想，不会钩心斗角，以活着为荣。所以我就想，到底是人类的进化好呢还是马的不进化好。尤其我们懂得荣辱羞耻而不以为荣辱羞耻的时候，我看还是马好。马在发情的时候就放纵，其他时间就是吃草和拉车，不像人类像老鼠一样每时每刻都在发情，都在寻找利益，都在琢磨着如何战胜别人，都在萌生王者的情怀，美其名曰"不想当将军的士兵不是好士兵"。当然，人的丑恶还在于把马像人那样管理。连春天的配偶都是安排好的，使马的野性和自由得到了禁锢。所以，动物管理动物是最残忍的。

大校在上车的时候，还不忘记对我说，最后的一匹战马，千万不要忘记写。我知道，那匹战马已经在他的心里长大起来，奔跑起来，我仿佛听到了那冲天一怒的嘶鸣。

聪明的蚊子

昨晚，我拍到了一只蚊子。

傍晚的时候，我听到我的耳边传来一阵蚊子的叫声。这熟悉的响声惊动了我。我好久没有听到蚊子的叫声了，那像防空警报一样的叫声惊醒了我。特别是这封闭得很严实的房间，我惊诧于蚊子的本领，它究竟是怎样进来的？

我寻找它。它在我的耳边叫了几声就飞走了。明亮的灯光消化了它的影子。我的眼前到处是亮亮的光。细小的蚊子像灵巧的阿帕奇直升机一样，在屋宇的天空里躲避起来。我以为这有边界的天空会使我找到它。我错了。直到睡觉，我也没有见到这只蚊子的影子。

前几天和孩子联系，担心大都市的炎热，孩子说最难对付的不是热而是蚊子。这里的蚊子太狡猾，咬了你，就找不到它了。我突然想起了自己的经验。我让孩子到卫生间去找。这些蚊子晚上叮咬之后，天亮之前就躲到卫生间去，在黑暗的角落里休息等待，夜晚再跑出来。

我也十分痛恨都市里的蚊子。最早是在北京学习，知道了北京蚊子的厉害。这种京城的蚊子很有教养，它叮咬过来的时候，根本没有叫声；叮咬之后，皮肤上也没有痕迹，第二天叮咬的地方才出现红色的包，进而疼痛，然后痒得钻心，整整一天都在这种痛与痒的折磨中度过。都说北京人会说话，我知道北京的蚊子会咬人。

后来又认识了沈阳的蚊子。沈阳的蚊子比北京的蚊子更聪明。它白天躲在卫生间里，等到关灯的时候才出来，在人身体的暴露部分叮咬一口以后，就急忙飞走了。有一天，蚊子叮咬了我的脚趾头，

288

使我忍无可忍了。蚊子叮咬人的最痛最无奈的地方就是脚趾，脚趾上没有肉，痒起来挠不得，不挠又痒得难受。我打开灯寻找蚊子。我在雪白的墙壁上一寸一寸找，找得我晕头转向，睡意大发，还是没有找到。我关上灯，坐在床上等着蚊子的到来。也不知道过了多久，我正要睡着的时候，我听到了蚊子翅膀抖动时带起的风声，细密的风轻轻地扑过来，在我头的周围刮起了一阵风暴。我紧张地听着，感觉到风离我的脸近的时候，我打开了灯。一只巨大的黑色的蚊子在我眼前一晃，就腾飞起来，在空中狡猾地打了几个转，想从我的视线里逃脱。我紧跟着，像多普勒雷达一样，直到蚊子飞到屋顶，在天棚上撞了几下，好像要坠落的样子，突然一转弯，向卫生间飞去。我跟到卫生间，发现了停在墙壁上的一只只蚊子。这是我生命中的一次巨大发现。

其实，我是不怕蚊子叮咬的。小时候在草地上，蚊子会在我身体的任何部位落下，然后随意地叮咬。有时候我会发现它们，有时候发现不了，叮出一个包的时候才知道。这包是白色的，很快会消失。有时候消失得慢，我就用唾液抹一下，包就没了。有时候发现蚊子趴在我的皮肤上，我就慢慢地用手指按住蚊子身后拖着的长腿，蚊子感觉到了，张开翅膀飞起来，翅膀在空中拍打，像陀螺一样，我以为它飞不起来了，可是它的两条长腿和身体脱离，扔在我的手上然后就飞走了。

我觉得蚊子是最聪明的。它无孔不入，无处不在，生存的能力也十分强。蚊子传染疾病，但也传播爱情。它在男女之间飞翔，叮咬着不同的皮肤。

晚上睡觉的时候，那只蚊子又来了。它在我的耳边不住地叫。我想，我要沉住气，等到它落在我的身上我再打它，否则，让它飞跑了，会叮咬我的妻子。这个屋子里只有我们俩。我胖，就做出牺牲，等它咬我，咬到深处的时候，我再猛烈地一击。

这样想着，我听着蚊子的叫声。

声音突然没有了。

我知道它停落在我的耳朵上。

我打了自己一耳光。

做一次情人

　　大约在四五年前，我第一次知道了"情人节"。当时，我正在商店里，见到很多人买巧克力，从服务小姐那里我才知道，这一天是情人节。情人节要送给情人礼物，一般要选择巧克力和玫瑰。我所在的城市还没有鲜花店，人们就买巧克力。

　　据讲，情人节也是舶来品。罗马主教华伦泰为逃避兵役的爱侣秘密主持婚礼被处死。世人为了纪念他，奉他为情侣的守护神。并将他的殉难日 2 月 14 日定为"圣华伦泰日"，经过多年的流传，变为今天的情人节。

　　对于中国人来说，这些传说都不重要。就像圣诞节是年轻人为了寻找快乐和欢聚一样，情人节是男女们沟通和消费的日子。情人节到中国的途径可能也是从校园走向社会，但是，它和圣诞节的内涵不一样。男女之事，有人类就存在；但是可以公开化，甚至过节，只有从二十世纪二三十年代和八十年代以后。当花店里的鲜花和带有情人色彩的商品，被男女们大胆大方地买走送给惦记的对方的时候，传统的枷锁开始破碎，人性的东西已经在人们心底涌动。千百年来，人们可以隆重地用各种形式举行男女结合的婚礼，婚配的男女喜气洋洋；同样的一个内容，情人们却成了地下的秘密组织。就像合法的夫妻不一定幸福，偷情的男女其实也不一定欢乐。鲁迅说爱情要时时更新，便证明人是喜新厌旧的。为了看守男女的防线，才有了法律和道德。男女的事论述起来，会很累。做起来就更复杂。想一想，却很简单。

　　妻子说：情人节了，给我买什么礼物啊？

我说，情人节不是给自己的女人买东西，是给别人的女人买东西。

　　我也不知道怎么界定情人节。它是男人的节日还是女人的节日。是女人的节日，三八节就重复了。男人的节日不可能，应该是男女的节日。如果说情人节是给别人的女人或男人过，那么，家家的男女都会收到礼物，夫妻会怀疑对方，节日就变成末日了。如果情人节是夫妻自己过，就应该叫夫妻节。

　　情人，这两个字本身就有巨大的诱惑力和刺激性。要是做起来，肯定更令人兴奋。这种情绪影响到工作和事业，效果会更好。西方的发达，和情人节有关系。中国五千年前要有情人节，历史的车轮会转动得多么快呀！孟姜女哭长城，牛郎织女鹊桥会，都可以演变成情人节，可是，没有。这证明了民间对情人节的渴望、封建的残酷。

　　如果情人成为第三者，破坏了别人的婚姻，再组成家庭，这新组成的家庭，还会发展出新的情人吗？

　　婚姻是情人的绊脚石，情人是婚姻的蛀虫。

　　情人和爱情有联系吗？有，就应该"有情人终成眷属"；没有，就是纯粹的结合。

　　当一个人生活得很疲倦的时候，当夫妻的感情不再发展的时候，当厌烦了某种单调的日子的时候，男人和女人，会希冀着另一个新鲜的影子，闻到另一种味道，体会另一种感情，期待另一种抚摸。

　　人们谁也不愿意破坏温馨的家庭，成为弃儿；人们谁也不愿意把感情的寄托变成一个一个的现实，找不到自己。

　　但是，谁都想做一次情人。

　　真的。

到落雪的地方去

我们走的这条公路叫绥满公路，是绥芬河到满洲里的一条东西干线，又叫 301 国道。每次到我的主管上级去开会，先在这条公路上行驶一段距离，再跨到 111 省道，大约走三个小时就到了。

我所在的位置在南边，我的上级局在北边。我驱车向北行驶的时候，经常遇到从北面开来的车辆。北面有大小兴安岭，有加格达奇市，有黑河市，还有很多的县镇，我不知道这些车辆是从哪里开来的。但是看到拉满煤块的货车，我就知道这车一定是从黑宝山煤矿开出来的。在嫩江县的北面，有个矿区，就是黑宝山煤矿。我在十年前去过。当时上级让我们开矿赚钱。在尖利的沙石道上小车要走两个多小时，这是嫩江县和黑宝山煤矿的距离。在一片荒山里，到处都挖了矿井。当时，每个矿井二十万元的价格对外出售，所谓的矿井就是一个洞，农民们把好采的煤挖了，就废弃在那里，卖给别人。我们早晨出发，晚上回到了嫩江县。当时天寒地冻，车放在外面，机器都冻坏了。我们同行的一台三菱车，第二天早晨发现冻坏的部分，在嫩江县修了一天才修好。我很快地把那里的煤矿忘记了，我只记住了那里的冷。晚上住在宾馆里，屋子里很热，但是能感到外面的寒冷已经把宾馆的墙体冻得发出痛苦的呻吟声。我只在那里住了一夜，第二个夜晚，我就逃跑似的跑了一夜，第二天黎明才赶到家里。

这种印象牢牢地印在我的脑海里。一想到北面，心里就不知不觉地打个寒战，冷气像过电一样爬遍了全身。如果是夏天，我还要到阳光里晒一会儿，才把记忆赶跑。

谁想到，多少年后，我却和这北面打上了交道，成了北面的臣民。

　　和北面联系多了，我才知道，北面有自己的小气候。那里雨雪特别多。天气预报把地图上我所在的位置和北面都圈上雨雪天气，我所在的地方肯定就不下雨雪，而北面是一定要下雨雪，而且下得很厉害。有一次，在北面的农场开完会，我们离开的时候，天阴了，转眼雪就下起来了。汽车在雪里奔跑。当时已是春末，雪是颗粒状的，打在玻璃上，会很响。我们的车跑了有两个小时，到了齐齐哈尔界了，雪就停了。停车休息，在路边方便一下，回头望去，北面还被阴云和雪掩埋着，像堵墙，冷气阴森森地逼过来。心里又是一次不寒而栗。

　　春天或秋末向北面行车的时候，迎面而来的车辆车身上都裹满了泥土，像从泥浆里钻出来一样。我料到北面肯定下雨了。有的车辆上面堆着积雪，在我们面前飞驰而去，我知道北面肯定在下雪。看着一辆一辆擦肩而过的呼啸的汽车，我感觉它们好像从雨雪泥土的包围里突围出来，经历了艰苦和挣扎，斗争了狂暴和风险，大难不死，英雄般地走了出来。披满泥浆的小车，如机敏的战士；车上满是积雪，车轮四周都是泥土一样颜色的坚冰的货车，大将的气度，浑然是英勇的战神。它们在收费站停下来的时候，冰雪的战袍就哗啦啦地退落下来，仿佛到了休息的驿站，颓废了自己的精神。

　　看着从北面飞驰而过的车辆，它们像奔往太阳和温暖的凤凰，欢快地跳跃着，那种摆脱冰雪压抑后畅快地呼出一口气的美好感觉，虽然都封闭在车里，虽然是瞬间的闪过，虽然是不谋面的一瞥，也如车儿带起的风一样感染了我们，我们相互之间心都噗噗地跳着。这是胜利者胜出后的欢呼和勇敢者杀入战区的冷静的两种心态的碰撞，是扬长而去和勇往直前，是大难不死和视死如归，是经历上的一场革命。面对着恶劣的环境，走出来的看着走进去的，是一种幸灾乐祸；走进去的看着走出来的，是一种无可奈何。这样的进进出出，被涂满了感情的色彩，在平静的心头，留下一抹光辉的记忆。

　　我和我的车，正向落雪的地方走去。

"老猴子" 批语

　　"老猴子"是我朋友开的博客名。我朋友离"猴子"很远，但他自己却往猴子身上靠。想做猴子自有猴子的道理。思之再三，朋友的猴性也真有一二。

　　其一，干瘦如猴。老猴子生性瘦而不弱。长得细高，只有骨骼而不见肉。本人不服，自捏臀部给人看，证明肉厚如许。细观之，不过皮多且可抻大，肉在骨中而不出。因长期坐卧，皮上青痕可见。老猴子也有猴之习性，不食动物尸体；菜中有一丝肉也要挑出。后在其妻影响下，渐食肉，但不能多吃。家中买肉，必恨之，夫妻因肉多次反目。酒桌上有人用肉赌酒，老猴子吃一块肉，别人就喝一杯酒。老猴子应战。连吃三块肉，使喝酒者愕然。老猴子胜利一笑：不吃，不等于不能吃。

　　老猴子虽瘦，但身体硬朗。无病无灾，相貌年轻。我们同去检查身体，医生说他心脏年轻得和青年一样。只是穿衣不能撑起，如一木杆挑着一面旗。

　　其二，酒后如猴。老猴子虽瘦，但善饮。动辄半斤，兴则八两，忘怀则一斤以上。不吃肉，喝酒时连菜也不吃。瘦骨嶙峋，一筋一骨都是酒。最后美酒沉重，压得眼皮垂下来，腰带松下来，脚步沉下来，话语多起来。于是，猴性大发。双臂吊在异性的脖颈上取乐，吊于前，为吻；吊于后，为亲。所谓酒之乐，为人之乐；人之乐，为男女之乐也。

　　其三，性情如猴。老猴子工作如狂，一兼多职，从不休息。做教师，善为师表；做工厂，心软而厂散；做机关，如鱼得水。性格执着，不惧官之高低，常让惧官的领导不知左右。心灵手巧，学则会，会则精，精则悟道。自编大书一本，曰《纪事》，囊尽酸甜苦辣，独树一帜。老猴子得一善名。

以上只为老猴子玩笑写三，还有不言之处。并不是为朋友讳，老猴子生之坦坦荡荡，无瑕无疵，实难再寻。如猴之好色，老猴子只谈色而不近色；如猴子之贪，老猴子为办厂养活工人，万贯家财，付诸东流；如猴子之灵，老猴子诚实做人，从不说假话；如猴子之模仿，老猴子看尽天下，我自岿然不动。

老猴子不老不猴，自以老说之，为老实的"老"；自以猴比之，为猴之"厚"。为人之老而猴，老而厚，当自强不息。

两三灯火是故乡

两三灯火是故乡。也许是一种苦苦的恋乡情结，当我听到一位走南闯北的官员面对松花江的夜晚，遥想燕赵大地上一个只有五六户人家的故乡时，感叹出这样的诗句，我的心也跟着颤抖起来，童年的故乡在脑海里翻转，忍不住潸然泪下。

父母带着我们来到北大荒，来到一个叫畜牧队的地方。荒原，水泡，沼泽。在一个高包上，两栋土坯房，一个马厩。住着几户人家。出门就是水，远望荒凉一片。父亲带领人们冬天打苇子，夏天打鱼。家里就我和母亲在一起。

那时候我最大的快乐，就是和大人到十几里外的农村去看电影。天黑下来的时候，我跟着大人们往农村走，到了村子里，要是电影没有开演，就到熟悉的农民家里歇一会儿。大人们坐在土炕上高兴地抽着呛人的旱烟。看完电影，我们就急着往回走。乡间的土路上，飞扬着沙沙的脚步声。天黑如墨，天静如潭，天阔如海。如果是夏天，身边的草丛里就会呼啦啦地飞起一只野鸟；如果是冬天，寒冷就会穿透我的棉鞋。大人们扇动着飞快的脚步，我小跑似的跟着。没走多远，我就气喘吁吁，力不从心了，可是没人理我。谁叫你来呢，我也不吱声，跟着，跑着，望着。也不知道走了多久，我终于看到了远处的星星灯火，也就是两三颗，我就会兴奋得浑身充满了力量。那就是温暖的家，那就是我慈爱的母亲。

那时候没有电，灯是煤油灯。我们管它叫马灯。后来我在澳大利亚牧场还见过这种马灯。这种灯制作得很精密。有个圆形的玻璃罩罩住燃烧的灯火，风不会把火苗吹熄。那遥远的灯火里，肯定有我家的一盏马灯。灯下是我焦急的母亲。在凄凉和寂寞里，母亲等着我，我不回来她是不会睡觉的。有时她会在灯下做针线活等着我，有时就看着马灯里的煤油燃烧，静静地等着我。灯火照亮我母亲的样子，灯火里我推开家门，我母亲高兴的样子，我至今不忘。

还有一盏灯，是瞎老徐挂在马厩的柱子上的。瞎老徐是个好心人。他要给饲养的种马喂料。也许他也知道那些看电影的、深夜里路过的人，需要光亮，经常在深夜里，把马灯挂在马厩的松木柱子上。跳跃的灯火在黑暗里像升起的太阳。

如果这个时间里还有没有熄灭的灯火，就是那些山东移民来的裹着小脚的妇女在做活。她们最喜欢在这时候干的活，就是纳鞋底。她们点的煤油灯不是马灯，是一种最简易的玻璃油灯。玻璃瓶上伸出一点灯芯，一豆灯火躺在上面，像卧着的蚕。屋宇里几乎没有光亮，梳着发髻的妇女，凭着感觉，用锥子扎一下鞋底，然后把带着麻绳的针插进去，接着一手抓住鞋底，一手拽线，张开的手臂，十分有力地拉动着，屋子里发出哗哗的麻绳穿过鞋底的声音。在这好听的音乐里，丈夫和孩子都熟睡了。

两三点灯火，带来的是无限的温馨；两三点灯火，留下的是难忘的记忆；两三点灯火，永远记述着故乡，讲述着故乡。如果你是天涯游子，这两三点灯火，就温暖着你甜美的睡梦；如果你守候着家园，这两三点灯火，就点燃着生活的希望。

在这一片小岛上，我和我的父母生活了十年，那盏马灯一直陪伴着我们；当这片小岛有了电，我们全家已经离开了这里。在新的居住地，当明亮的电灯照亮了我们的新生活的时候，我们的心里依然飘浮着那两三点灯火。艰苦，荒蛮。孤独，咆哮。几十年里，我和母亲追随着父亲，辗转迁徙，在父亲的工作调整中，我们不停地转换着居住地。可是，无论走到哪里，那片荒原上的两三灯火，都在我们的心里明亮着。我知道，这灯火是对故乡的留恋和缅怀。也许有一天，我行走在天涯海角，居住在高楼大厦，我相信，那两三灯火依然会在我的心头燃烧。

因为我深深地爱着我的故乡。

临时党员证

这是一个年代很久远的证件，是我父亲的临时党员证。它一直封存在我父亲的档案里。有一天整理档案的时候，整理档案的人作为一件奇事把它拿了出来。这个年代的人，谁也没有想到会有临时党员证，谁也不理解这个证件的意义和作用。就是突然出现在我面前的时候，我也不能解释这份证件在当时那个年代出现是为了什么。

我细致地看了这份证件。

这份证件只有小孩巴掌大的三张纸，纸的颜色已经发黄。封面是镰刀斧头红星的党旗覆盖了三分之二，党旗上还有"中共"两个字。在留下的一条纸上写着红字"临时党员证"。封二是使用规定，封三是战时党员守则。中间一页正面是编号和拓印的镰刀锤子红星，翻过去是自然情况的表格。表格里的字迹很潦草，但是还很清晰。

部别：八十七团一营机枪连

职别：文化干事

……

年龄：二十八岁

……

何时何人介绍入党：1945 年 11 月（两位介绍人，一姓朱一姓王，后面的字我看不清了）

党员证号码：90

这上面盖着一个大印，但是模糊了。

下面，我把上面的其他内容照录下来。

使用规定：

一、此证只限于负伤之党员入院时过临时组织生活使用，否则均不生效。

二、由团以上部门编号盖章，由支部切实负责为每个党员填写一份交其个人保存不得转交他人，如遗失得迅速报告作废，呈请补发，各支部必须将党员证号码名单登记呈报该团以上部门备案。

三、负伤之党员入院时可凭证过临时组织生活，其正式组织关系仍须原单位转来后才能承认，否则出院时不得给以组织介绍信，如有残废或调动工作不能回原部者，可由卫生机关之组织部门说明原因索取正式组织关系，原部队团以上之组织部门即可直接将正式关系转给。

华东野战军政治部

一九四七年四月一日

临时党员守则：

一、进攻在前退却在后。

二、重伤不哭轻伤不下火线。

三、鼓励作战勇气，提高胜利信心。

四、英勇顽强为人民立功。

五、服从命令、完成战斗任务。

六、帮□指挥员掌握部队。

七、帮助新战士的战斗动作。

八、提高警惕制裁投敌分子。

九、加强爱民观念，遵守□□纪律。

十、不发洋财，严守战场纪律。

十一、优待俘虏，不搜俘虏腰包。

十二、胜利不骄傲，失利不灰心。

我的父亲已经离开这个世界很多年了。每当我想起我父亲的时候，我就想到我父亲在战争年代那段往事。我父亲无论是浴血奋战、征战沙场，还是和平年代耕耘播种，一旦闲暇，父亲就对我回忆起奔赴北大荒的情景。我父亲生来豁达，自己的事从来不说，自己吃的亏从来不谈。本来到北大荒的军人名单里没有我的父亲，我父亲力争要来。领导说，你调级的报告报上去了，如果你到北大荒，这一级就没有了。我的父亲当时没有考虑这些，义无反顾地带着我们一家老小登上了北去的列车。就是这一级，使我父亲和其他转业军人在工资上有了区别。家里需要更多的钱生活的时候，却拿不出钱来；母亲惦记着家乡，想念自己的父母，也只回去两次。就这两次，都是在公家借的钱。每月开工资，都要扣一些，扣了好多年。我父亲回忆说，在部队等待调级的，最后都留在了上海，生活得都很好。

后来我父亲办理了离休。因为这一级工资，没有能享受正处级待遇。这些我父亲都没有在意。我父亲经常和我谈起，他应该是抗日时期的离休干部。因为脱离部队一段时间，再找到部队，就重新计算了参加工作时间，使他变成了解放时期的离休干部。我父亲找了几次，都没有解决。组织部门以档案记载为准，没有上报更改。我说过，我的父亲是心胸敞亮的人，对一些事情并不计较。但是我父亲对自己的这段历史很当回事儿。当时场子归沈阳军区管理，每当上级来人，我父亲就找个理由请他们吃饭。我父亲是做饭的好手，就是白菜和猪肉，也能做出一桌子菜。家里有两瓶好酒，也都给他们喝了。酒喝了，谈得也很好，多少年下来，事情还是没有办。直到我到了组织部，我详细地看了我父亲的档案，又对照了中组部关于离休人员参加革命时间问题的确定的政策，我觉得我父亲应该是抗日时期参加革命的。我父亲1944年8月任村里的农会主任，1945年11月入党。按照政策，我父亲在乡村的农会主任就应该算参加革命时间，如果按照规定，入党时间也可算做参加革命时间。而我父亲现在的入党时间是从1956年12月重新入党算起的。这里面入党时间差了十余年。临时党员证上的入党时间被放在了一边。

当时我觉得应当更改过来。于是，我研究了有关政策，给上级起草了文件。上级根据中组部文件精神，查看了我父亲的全部档案，最后确定为 1944 年 8 月为参加革命时间。父亲抗日的历史得到了承认。这是父亲生命中最重要的一段历史。过去被人为地埋没了。这次更改是认真的。其中这份临时党员证起到了一定作用。我父亲当时没有找到这件临时党员证，后来找到了交上去又被忽略了或者是误解了，结果就让父亲重新入党。我看到我父亲的这张临时党员证的一页纸上还贴着一条白纸，粘补着损坏的地方。我不知道当时我父亲找不到的时候，是放在了棉衣里，还是让母亲放在了家里。交上去后，为什么不按照临时党员证上的规定办呢？我父亲在沙土集战役上负伤，在家养伤，这期间，手里持有了这张临时党员证和部队寄来的通行证。后来追赶部队，因原部队距离远，就在就近的山东省渤海第一军分区部队继续当兵。

我父亲 1981 年离休，重新确定为抗日时期参加革命时间已经是 1989 年了。

当我父亲离开这个世界的时候，他已经没有了遗憾。我所伤痛的是，我父亲在档案里记载如此详细，却没有使他快乐地活着，而是人为地增加了这么些负担，使我想到那个时代档案对于一个人的重要。

我在父亲去世后，就想实现父母的夙愿，把他们安葬在故乡的土地上。我父亲去世后的第二年，我回到了父母的故乡。村庄到处是黄土。我还没有问，村里的人就向我讲起我父亲负伤回到村里，不敢进村，躲在村外的地窖里的情景。我母亲在天黑的时候才敢去送饭。伤还没有好，父亲就去追赶部队了。我想找到我父亲躲藏的地窖，可是黄土早把一切都埋平了。

前几天，和我同学的丈夫吃饭。我的父母就安葬在他管理的墓地里。又说起来，我还是十分激动。我朗诵了一段我即兴的诗句，我们都落下了眼泪。他所管理的墓地里，有着八百英烈的纪念碑，烈士的遗骨就埋在碑下面。他的文化功底颇深，注入了墓地很多文化。可是我受不了这种感情的压迫。我想到我的父亲虽然长眠了，可是现在仍和那些英烈们在一起，仍然在军人的队列里，仍然在战场的厮杀里，莽莽黄土，浩浩大江，钢枪铁炮，枪林弹雨，天崩地裂，风雨如磐，如此风起云涌之地，我怕我的父亲负伤，打扰他和母亲的安宁。他要是在这片新的沙土集战场上负伤了，我的操劳了一生的母亲还要给他送饭送衣。那些负责管理档案的干部们，如果再次忽略了或者否定了我父亲的临时党员证，那么我父亲的倾诉我就会在梦里听到。于是，我会对风说：

爸爸，我马上为您去争辩，您的临时党员证在我这里。

正是风雪缤纷时

前几天天气暖和得让人受不了。我都准备穿单衣服了，可是突然就来了雪，飘飘洒洒了好几天。春天的雪就像夏天的雨，云彩是飘动的、变化的，含了水分的。很多的雪飘落下来，就成了雨，化作了水，使冰冻的大地像没有化开的冻梨，外面水呼呼的，里面是冻着的冰。既没有冬天雪的狂放，也没有夏天雨的潇洒。在这种痛苦的感觉里，我不得不感冒了。

这时我就想，世界是什么样子才好呢？人又怎样地适应自然。当天地发生巨大变化的时候，首先受到冲击的是人类自己。于是人类开始关心自己身体的健康。我感到我们在这硕大的地球上，我们人类就是几只蚂蚁。如果说我们比蚂蚁聪明的话，那么带来的是比蚂蚁更调皮更堕落罢了。无论人类把自己武装得如何，都逃脱不了自然的规律。

规律的事是不可抗拒的，可是人类在这些规律面前还要做一些其他的事。所以，人类把自己的生活打扮得十分美好。

那么什么样的世界是美好的呢？我又犯愁了。前几天我的朋友还说，生活应该干净一些。我的文友也对我说，他的小说是干净的。干净的定义是什么呢？比如这雨雪在春季里生发出来，弄得大地非常的泥泞，家家户户的门口都是泥，这肯定是不干净的。可是农民就喜欢这种不干净。春雨贵如油。旱情解除了。比如吸烟是有害健康的，可是男女们还要吸，这种干净谁来打扫呢？比如喝酒既影响健康，又闹事，也是不干净的，也应该铲除，可是几千年的文化里就包含着酒文化呀；比如性，男女之间，性为最恶。一夫一妻就合

303

理么？本来有一夫一妻了，享受到性的快乐了，为什么还要偷情呢？这些不干不净的性，能够铲除么？男人都去做太监，岂不是最干净的吗？这些都铲除了，繁衍没有了，人还有人么？于是我就丑恶地想，世界上没有不干净的东西。或者说，在世界上的所有的东西都是不干净的。这样就有了两种人，一种是为铲除不干净而出现在世界上的，一种是享受这种不干净而活着的。就像人类有了贫富就有了盗贼，有了吸毒就有了罂粟，有了弱者就有了施舍，有了强者就有了权力。人类在自己的发展中，制造了不干净，然后再自己去寻求干净；自己干净了而周围不干净；周围干净了而自己又觉得世界的无聊。

所以，我们都想有一个干净的世界。我们谁也没有想到，干净的世界是相对的，不存在的。真有一天，干净的世界到来了，人类就先没有了，因为人本身就是不干净的。

外面的风雪依旧地狂舞着。其实，真正的雪、真正的雨有多少呢？漫天都是风。本来雨雪并不可怕，只是这风的呼啸和旋转，使得平静的天地不安稳了。可是我们没有去怨恨风，我们在说着雪和雨的故事。也就是说，存在的东西并不可怕，思想里的东西就像风一样被人忽视而更加可怕。在天地之间，其实什么也离不开啊！好在这不干净的世界里，我们每个人都是干净的。所谓的不干净，属于每个人的眼睛。

雪在下，风还在刮着。

图书在版编目（CIP）数据

喊雪／刘海生著. — 北京：中国文史出版社，2017.10
（跨度新美文书系）
ISBN 978 - 7 - 5034 - 9359 - 1

Ⅰ. ①喊… Ⅱ. ①刘… Ⅲ. ①散文集 - 中国 - 当代
Ⅳ. ①I267

中国版本图书馆 CIP 数据核字（2017）第 150810 号

责任编辑：马合省　薛媛媛

出版发行：**中国文史出版社**

网　　址：http://www.chinawenshi.net
社　　址：北京市西城区太平桥大街 23 号　邮编：100811
电　　话：010 - 66173572　66168268　66192736（发行部）
传　　真：010 - 66192703
印　　装：北京盛彩捷印刷有限公司
经　　销：全国新华书店
开　　本：720×1020　1/16
印　　张：20　　　　　字数：240 千字
版　　次：2017 年 10 月第 1 版
印　　次：2018 年 1 月第 1 次印刷
定　　价：52.00 元